荊釵記

中國古典名著

柯丹邱 著
趙山林 校注

三民書局

國家圖書館出版品預行編目資料

荊釵記／柯丹邱著;趙山林校注.－－初版一刷.－－臺北市: 三民, 2016
面;　公分.－－(中國古典名著)

ISBN 978-957-14-6123-6　(平裝)

853.6　　105000798

編 撰 者	柯丹邱
校 注 者	趙山林
發 行 人	劉振強
著作財產權人	三民書局股份有限公司
發 行 所	三民書局股份有限公司 地址　臺北市復興北路386號 電話　(02)25006600 郵撥帳號　0009998-5
門 市 部	(復北店) 臺北市復興北路386號 (重南店) 臺北市重慶南路一段61號
出版日期	初版一刷　2016年2月
編 號	S 857310

行政院新聞局登記證局版臺業字第〇二〇〇號

ISBN　978-957-14-6123-6　(平裝)

http://www.sanmin.com.tw　三民網路書店

荊釵記　總目

引言

宋元南戲是中國戲曲發展史上一個重要階段，其代表作，歷來認為是「四大南戲」及琵琶記。「四大南戲」即荊釵記、劉知遠白兔記、拜月亭（幽閨記）、殺狗記，簡稱荊、劉、拜、殺。還有一種並稱是荊、劉、蔡、殺，即去掉拜月亭而換上琵琶記。在這兩種說法當中，荊釵記都居於首位，可見它在中國戲曲史上占有重要的位置。

㈠南戲之淵源與體製

南戲是南曲戲文的簡稱，其產生時間實際上還在北曲雜劇之前。明祝允明猥談說：「南戲出於宣和（西元一一一九—一一二五年）之後，南渡（西元一一二七年）之際，謂之溫州雜劇。予見舊牒，其時有趙閎夫榜禁，頗述名目，如趙貞女蔡二郎等，亦不甚多。」趙閎夫是宋光宗趙惇的同宗堂兄弟，他發榜文禁止南戲演出，可見當時南戲的影響已經不小。徐渭南詞敘錄則說：「南戲始於宋光宗朝（西元一一九〇—一一九五年），永嘉人所作趙貞女、王魁二種實首之。……或云：宣和間已濫觴，其盛行則自南渡。號永嘉雜劇，又曰鶻伶聲嗽。」以上二說實際上並不矛盾，綜合起來看，可以認為南戲大約在宋徽宗宣和之後由溫州藝人創立，到宋光宗朝已經傳播到都城臨安（今浙江杭州），以後更流傳到廣大的南方地區。

南戲是在宋代表演藝術、說唱藝術高度繁榮的基礎上，由民間藝人「以宋人詞而益以里巷歌謠」（南詞敘錄），構成曲牌連綴體制，用代言體的形式搬演長篇故事，從而創造出來的一種戲劇樣式。其形式主要特點是：

在結構方面，以劇中人物的上下場來劃分段落，每段自成起迄，稱為齣。一本戲可以是十幾齣，也可以長達幾十齣，視具體情況而定。每本戲開頭有副末開場，說明全劇大意。

在戲曲音樂方面，用南方方音演唱，分平上去入四聲，不像北曲入派平上去三聲，用韻上也較為寬鬆。初期南戲的曲調配合，雖然依照約定俗成的慣例，但並沒有形成嚴密的宮調組織，後來始漸趨嚴格。器樂伴奏，以管樂為主，以鼓、板為節，有別於北曲雜劇的以絃樂為主。音樂風格輕柔婉轉，適合於表達纏綿細膩的情意，與北曲高亢勁切，適合於表現豪放爽朗的氣概明顯不同。在南北曲交流中，南曲吸收了北曲的一些演唱技巧，使得演唱藝術有所豐富與提高。

在演唱形式方面，北曲雜劇一般只能一人主唱，南戲則場上任何角色都可以唱，而且有獨唱、對唱、接唱、同唱，還有在後臺用以渲染氣氛的幫腔合唱。演唱形式靈活多變，不僅有利於調節演員勞逸，活躍場上氣氛，而且有利於表現各個角色的思想感情，有利於刻劃身分不同、性格各異的人物形象，取得相得益彰的效果。

在腳色方面，通常為生、旦、淨、丑、末、外、貼七種。其中生、旦為主角，其他角色為配角。

南戲的文學性經歷了逐步提高的過程，而荊、劉、拜、殺四大南戲和琵琶記的出現是一個關鍵。

四大南戲，在徐渭南詞敘錄宋元舊篇內有著錄。它們最初大多出於民間藝人之手，文學成就不高，但植根於舞臺，具有旺盛的生命力。在長期的演出過程中，戲班和藝人吸收觀眾的信息反饋，對劇本進行反覆修改和打磨，從而使得這些劇本體現出世代累積的特徵。隨著南戲影響的擴大，一部分文人作家也開始染指劇本改編和創作，經過他們的加工潤色，原來稚拙的劇本變得較有文彩，增強了可讀性，進而構成一種寫定本，得以刊刻流行。擔負寫定使命的文人也就被視為作者，當仁不讓地在劇本上署名。在早期南戲作品中，這種情況屢見不鮮。荊釵記的情況也是如此。

(二)荊釵記之故事題材與歷來評價

荊釵記全名王十朋荊釵記，寫浙江溫州書生王十朋幼年喪父，家道清貧，與母親相依為命。貢元錢流行讚賞王十朋聰明好學，為人正派，將自己與前妻所生的女兒玉蓮許配王十朋。十朋母親因家貧，遂以荊釵為聘禮。而玉蓮繼母嫌貧愛富，欲將玉蓮嫁給當地富豪孫汝權。玉蓮愛慕王十朋，樂意聽從父親安排。婚後半載，王十朋告別母親與妻子，上京應試，得中狀元，官授江西饒州僉判，而同時進京趕考的孫汝權卻名落孫山。丞相万俟卨見十朋才貌雙全，意欲招其為婿，十朋不從。万俟卨惱羞成怒，將十朋改調廣東潮陽僉判，並不准他回家省親。十朋託承局帶回一封家書，不料被孫汝權騙走，加以篡改，詐稱十朋已入贅相府，讓玉蓮另嫁他人。孫汝權回到溫州後，即找玉蓮繼母，逼玉蓮改嫁。玉蓮誓死不從，投江殉節，幸被新任福建安撫錢載和救起，收為義女，帶至任所。錢載和差人去饒州尋找王十朋，差人回來復命，說饒州王僉判（實為王十朋同年王士宏）到任不久病故。玉蓮誤以為丈夫已死，悲痛欲絕。而十朋在赴任前接取母親與妻子來京城，聽說玉蓮已投江而亡，十分悲慟。五年後，王十朋升任江西吉安知府，而錢載和也由福建安撫升任兩廣巡撫，赴任途中路過吉安。王十朋與錢玉蓮偶然在觀中相遇，卻未敢貿然相認，錢載和宴請王十朋而以荊釵相試，證明十朋就是玉蓮的丈夫，於是使二人團圓。

王十朋在歷史上實有其人。王十朋（一一一二—一一七一），字龜齡，號梅溪，南宋溫州樂清人。歷任秘書省校書郎、侍御史、龍圖閣學士等職，以名節聞名於世。宋孝宗年間任侍御史時彈劾宰相史浩及其黨羽，震動朝野，人稱為「真御史」。宋史有傳。

由於王十朋是知名人士，因此關於荊釵記的創作動機及其作者，歷來眾說紛紜，大略有以下幾說：㈠宋孝宗時宰相史浩或其子姓、門客所作。明李日華紫桃軒雜綴卷四曰：「玉蓮，王梅溪先生十朋之女。孫汝權，宋進士，先生之友，敦尚風誼。先生劾史浩八罪，汝權實慫恿之，史氏所最切齒，遂妄作荊釵傳奇，故謬其事以蔑之耳。」劉鴻書聽雨增紀云：「……史氏子姓怨兩人刺骨，遂作荊釵記誣之。」勞大輿甌江逸誌云：「……史氏切齒，遂令門客作此傳以蔑之。」按此說於史無徵，焦循劇說卷二、王季烈螾廬曲談已駁其無稽。㈡元柯丹邱作。南音三籟、重訂曲海總目、劇說、今樂考證等主此說。傳奇彙考標目說柯丹邱即元代著名書畫家柯九思，天台仙居人，字敬仲，號丹邱生，著有丹邱生集。清張大復謂柯丹邱為書會才人。其寒山堂曲譜總目於王十朋荊釵記下注：「雍熙樂府六種之第二種，吳門學究敬先書會柯丹邱著。」㈢明初寧獻王朱權作。王國維曲錄卷四首創此說。他認為以前論者「不知丹邱先生為寧獻王道號，故遂以為柯敬仲耳」。姚華、吳梅等人贊同王國維此說。現在的學者對於以上幾說，以贊同張大復之說者較多，因此我們基本上可以肯定荊釵記為元人柯丹邱所著，他是當時蘇州的書會才人，屬於敬先書會。

荊、劉、拜、殺的並稱不詳始於何時，根據現在看到的材料，晚明人已經頻繁提及。對於這一並稱的由來及內在的涵義，則各人的認識有所不同，有一些認識正可以相互補充。

王驥德曲律雜論上：「稱戲曲荊、劉、拜、殺，益不可曉，殆優人戲單語耳。」又曰：「古戲如荊、劉、拜、殺等，傳之幾二三百年，至今不廢。以其時作者少，又優人戲單無此等名目便以為缺典，故幸而久傳。」這是從演出的角度來論述，認為荊、劉、拜、殺的流傳是演員與觀眾選擇的結果。而演員與觀眾之所以選擇這四個劇本，帶有一定的偶然性。

淩濛初譚曲雜箚云：「曲始於胡元，大略貴當行不貴藻麗。其當行者曰『本色』。蓋自有此一番材料，其修飾詞章，填塞學問，了無干涉也。故荊、劉、拜、殺為四大家，而長材如琵琶猶不得與，以琵琶間有刻意求工之境，亦開琢句修詞之端，雖曲家本色故饒，而詩餘弩末亦不少耳。」這是從戲劇語言的角度來論述，認為荊、劉、拜、殺是當行本色的典範，在這一點上超過琵琶記。其後朱彝尊靜志居詩話卷四謂「識曲者以荊、劉、拜、殺為四大家」，焦循劇說卷二謂「荊、劉、拜、殺為劇中四大家」，均是承襲淩濛初的意見。

祁彪佳遠山堂曲品云：「詞之能動人者，惟在真切，故古本必直寫苦境，偏於瑣屑中傳出苦情。如作尋親者之手，斷是荊、殺一流人。」又云：「近日詞場，好傳世間詫異之事，自非具高識者不能，不若此等直傳苦境，詞白穩貼，猶得與荊、劉相上下。」所謂「荊、殺」或「荊、劉」，指的就是荊、劉、拜、殺四種。祁彪佳此處是從劇本的感人力量的角度來論述，認為四劇之所以能打動觀眾的心，關鍵在於它們不搜奇獵異，而是以質樸自然的語言，去描繪日常生活環境、包括生活細節，並從中真實地傳達出人物的情感。

李漁閒情偶寄結構第一減頭緒云：「頭緒繁多，傳奇之大病也。荊、劉、拜、殺之得傳於後，止為一線到底，並無旁見側出之情。三尺童子觀演此劇，皆能了了於心，便便於口，以其始終無二事，貫串只一人也。」這是從戲劇結構的角度來論述，認為荊、劉、拜、殺情節集中，結構緊湊，是「一線到底」的代表之作，並認為這是它們受到廣大觀眾歡迎的原因之一。

在閒情偶寄詞采第二之中，李漁又指出：「荊、劉、拜、殺之傳，則全賴音律；文章一道，置之不論可矣。」在李漁看來，四劇的語言不是最理想，而音律卻是和諧動聽的，這也是它們能長期活在舞臺上，並在觀眾中廣泛流傳的原因之一。

梁廷楠對李漁的這一意見作了發揮。他在藤花亭曲話卷二中說：「荊、劉、拜、殺，曲文俚俗不堪，殺狗記尤惡劣之甚者。以其法律尚近古，故曲譜多引之。」他在這裡批評了四劇的文詞而肯定了四劇的音律，認為其價值在於產生較早，因而能提供音律方面的典範。

通過以上的介紹可以看出，對於「四大南戲」的評價歷來多有歧異，但總的來說，還是肯定的評價占上風。對於這種情況，曲海總目提要卷四分析道：「元明以來，相傳院本上乘，皆曰荊、劉、拜、殺。

……又曰荊、劉、蔡、殺，謂琵琶也。樂府家推此數種，以為高壓群流。李開先、王世貞輩議論，亦大略如此。蓋以其指事道情，能與人說話相似，不假詞采絢飾，自然成韻。猶論文者謂西漢文能以文言道世事也。」這一段議論所依據的標準，大體上是明人提出的「本色當行論」。「四大南戲」的特色和成就，的確主要是表現在本色當行上，荊釵自然也是如此。

在「四大南戲」當中，一般都認為荊、拜二者成就比較高。如呂天成曲品以琵琶記、拜月亭為「神品」；荊釵記為「妙品」，稱其「真當仰配琵琶而鼎峙拜月」；以白兔記、殺狗記列入「能品」，稱白兔「雖不敢望蔡、荊，然斷非今人所能作」。呂天成的意見很清楚：荊、拜在劉、殺之上，而拜又在荊之上。

清初吳儀一的意見與呂天成相同，但論述更為具體。他在吳吳山三婦合評牡丹亭還魂記所附或問十七則中說：「為曲者有四類：深入情思，文質互見，琵琶、拜月其尚也；審音協律，雅尚本色，荊釵、牧羊其次也；吞剝坊言讕語，白兔、殺狗之流也；專事雕章逸詞，曇花、玉盒之亞也。案頭場上，交相為譏，下此無足觀矣。」很顯然，在他這裡，也是拜屬第一等，荊屬第二等，劉、殺屬第三等。

其他論者當中，以拜在荊之上者，如王世貞曲藻云：「拜月亭之下，荊釵近俗而時動人。」徐復祚曲論云：「琵琶、拜月而下，荊釵以情節關目勝。」以荊在拜之上者，如清人金埴不下帶編云：「蓋荊釵、琵琶均非實事，若院本則以二劇為冠。」這是以荊釵與琵琶並列，而將拜月排除在外。近人姚華菉漪室曲話對王世貞所說「荊釵近俗」表示不贊成，認為「其俗處，正元曲本色」，「必以明人習氣繩之，豈得其當」。他說：「荊、劉、拜、殺為四大曲，而荊釵又褒然居首，豈以一二私評遂爾減色耶？」

(三)荊釵記之人物形象與藝術特色

與早期南戲中富貴易妻的蔡伯喈、王魁、張協等人物形象截然相反，王十朋是一個重情重義的「義夫」形象。在他告別母親和妻子進京趕考的時候，錢玉蓮鑑於當時屢見不鮮的婚變悲劇，曾經流露出憂慮：「安然，同效鶼鶼，為取功名，反成拋閃。君今此行，又恐怕貪富別取房奩。」王十朋馬上鮮明地表示：「休言，我守忠信，自古道『貧而無諂』，肯貪榮忘恩失義，附熱趨炎？」他言必信行必果，高中狀元之後，面對万俟丞相的威逼利誘，始終堅守「糟糠之妻不下堂，貧賤之交不可忘」的人生信條，寧可被改調到煙瘴之地的潮陽，也絕不肯另攀高枝，停妻再娶。他誤聞玉蓮死訊後，悲傷不已，到江邊沉痛祭奠，聲淚俱下，並且立誓不再續絃，甚至不顧別人「不孝有三，無後為大」的勸誡，把信守對亡妻的「義」和保存心中一份珍貴的情感，置於禮教規範和家族利益之上。與此相應，他事親至孝，對於母親和岳父母都非常孝順；為官清廉，獲得百姓衷心愛戴。這是許多觀眾喜愛王十朋形象的原因。當然，王十朋性格的核心是「義」，這與高則誠琵琶記中的蔡伯喈還是不一樣的，正如審音鑒古錄中的荊釵記議親總批所說：「琵琶重唱，荊釵重做。蔡中郎孝子始終，王十朋義夫結局。演者不可雷同。」

錢玉蓮的形象與王十朋相互輝映。作為一名女子，她的眼光是出眾的，她選擇王十朋，並非唯父命是從，因為父親給了她選擇的機會，對於丈夫她有自己的標準：「王秀才雖窘，乃才學之士；孫汝權縱富，乃奸詐之徒。才學之士，不難於富貴；奸詐之徒，必易於貧窮。王秀才一朝風雲際會，發跡何難？」對此，就連與她意見相左的繼母也不免讚嘆：「丫頭雖小，且是識人多矣。」王十朋打算進京趕考，卻因親老家貧，心存疑慮，錢玉蓮就鼓勵他：「想蒼天不負男兒，一舉成名天下知。倘登高第，雁塔題名身榮貴。若能勾贈母封妻，也不枉了爭名奪利。」「皇都得意，那時好個風流壻。」那個時代知書達理的女子，其人生理想總是這樣寄託在丈夫身上的，可以說是很高尚，也可以說是很實際，其中並無半點虛情假意。分別一齣寫出了她對丈夫的依戀，閨念一齣寫出了她對丈夫的牽掛，獲報一齣寫出了她對丈夫的信任，有了以上鋪墊，她在被逼婚的情況之下投江自盡，就不僅是基於「烈女不更二夫」的信條，而是有著深厚的感情基礎。她雖然是一個典型的「節婦」形象，但是有王十朋這樣的「義夫」形象相互映襯，她可以說是愛有所值，死有所值。這是許多觀眾喜愛錢玉蓮形象的原因。

王母的形象也值得注意，這是一個良母的形象，與錢玉蓮的賢妻形象相互輝映，與錢玉蓮的繼母又構成反比。王母與錢玉蓮的關係，從名分上說是婆媳，實際上情同母女。從戲曲表演來說，王母的形象對於老旦腳色行當也是很有價值的豐富。審音鑒古錄中的荊釵記議親人物上場按語說：「老旦所演傳奇，獨仗荊釵為主，切忌直身大步、口齒含糊。」俗云：「夫人雖老，終是小姐出身，衣飾固舊，舉止禮度猶存。」說明這一形象早已引起戲曲界的重視。

荊釵記的結構值得稱道。一是以王十朋、錢玉蓮的悲歡離合為主線，貫穿始終，符合「立主腦」、「減頭緒」的要求，使觀眾的注意力能夠集中。二是以荊釵作為標誌性的道具，讓它在關鍵時刻出現，起到畫龍點睛的作用。議親時，不取金釵，而取荊釵，清楚地顯示了錢玉蓮對王十朋的選擇；投江時，「拴原聘之荊釵，永隨身伴」，荊釵成了殉情的信物；團圓之前，錢玉蓮又向義父重申：「把原聘物牢拴在髻上，荊釵義怎忘」，於是荊釵又成了夫妻重圓的見證。三是針線細密，前後照應。如堂試齣寫太守看到孫汝權的試卷與王十朋的試卷筆跡相似，為套書齣孫汝權篡改書信留下了伏筆。到套書齣，又通過孫汝權之口再交代一遍：「我與他同學，況字跡與我相同。」假信能夠欺騙很多人，可見絕非偶然。又如參相齣寫王十朋不接受万俟丞相招贅，万俟丞相將他與原任潮陽僉判的王士宏對調，為誤訃一齣作了張本。意旨齣，王十朋對母親說：「明年正月十五日玄妙觀起醮大會，我已曾差人分付追薦我妻」，為後面薦亡齣王十朋與錢玉蓮在觀中相會作了鋪墊。四是冷熱調劑，使戲劇節奏張弛有致。如哭鞋齣寫錢玉蓮投江，王母到江邊尋找，祭江齣寫王母到江邊祭奠錢玉蓮，兩齣之間插入淨（扮孫汝權）、丑（扮錢姑）演出的搶親，這在演出時可以使劇場的氣氛得到調節，不至於單調和沉悶。這樣成功的戲劇結構，再加上曲調的恰當運用，就使得荊釵記便於演出，能讓生旦淨末丑諸行當腳色各展所長，使戲好看，成為廣受歡迎的場上之曲。

荊釵記的語言雅俗共賞，如晤壻中的：

【小蓬萊】（外上）策馬登程去也，西風裏塋落艱辛。淡烟荒草，夕陽古渡，流水孤村。（淨上）滿目堪圖堪畫，那野景蕭蕭，冷浸黃昏。（末上）樵歌牧唱，牛眠草徑，犬吠柴門。

【八聲甘州】（外）春深離故家，嘆衰年倦體，奔走天涯。一鞭行色，遙指賸水殘霞。牆頭嫩柳籬畔花。見古樹枯藤棲暮鴉。嗟呀，遍長途觸目桑蔴。

【解三醒】（末）步徐徐水邊林下，路迢迢野田禾稼，景蕭蕭疏林暮靄斜陽掛。聞鼓吹，鬧鳴蛙，一徑古道西風鞭瘦馬。謾回首，盼想家山淚似麻。（合前）

隨著人物動作變換展開景物描寫，不僅情景交融，富有詩情畫意，而且便於演員相互配合，移步換形地進行表演。這樣的曲詞，可以說是兼顧了文學性與舞臺性，完全符合本色當行的要求。

荊釵記自問世以後，一直盛演不衰。在綴白裘、納書楹曲譜、集成曲譜等選本和曲譜中入選的齣數都居各個劇本前列。清末崑劇舞臺能演出二十幾齣，傳字輩藝人尚能演出十五齣。近年來有整理或移植演出的，也受到觀眾的歡迎。

荊釵記今存多種版本，包括溫泉子編集、夢仙子校訂的影鈔本，李卓吾評本，屠赤水評本，繼志齋本，富春堂本，毛氏汲古閣六十種曲本。明沈璟南九宮詞譜、清鈕少雅南曲九宮正始（簡稱九宮正始）、呂士雄等南詞定律、周祥鈺等九宮大成南北詞宮譜（簡稱九宮大成）等南曲譜中也引錄了元本荊釵記佚曲。今以六十種曲本為底本，校以影鈔本，李卓吾評本，校改處在注釋中予以說明。

屠赤水評本插圖

回目

第一齣　家門❶

【臨江仙】（末❷上）一段新奇真故事，須教兩極❸馳名。三千今古腹中存，開言驚四座，打動五靈神❹。六府❺齊才并七步❻，八方豪氣淩雲，歌聲遏住九霄雲。十分全會者，少不得仁義禮先行。（問答照常❼）。

❶ 第一齣家門：南戲、傳奇的第一個單元。齣，南戲、傳奇劇本結構的單元。長者幾十齣，短者僅幾齣，演出一個完整故事。家門，即「開場」。明徐渭南詞敘錄：「宋人凡勾欄未出，一老者先出，誇說大意，以求賞，謂之『開呵』。今戲文首一齣，謂之『開場』，亦遺意也。」第一齣副末開場，介紹創作主旨、劇情大意，從第二齣起生旦陸續登場，正式演出。

❷ 末：腳色名。通常扮演年紀較大的男性。此處指副末。

❸ 兩極：此處指天下。

❹ 五靈神：指麒麟、鳳凰、龜、龍和白虎。晉杜預春秋左氏傳序：「麟鳳五靈，王者之嘉瑞也。」疏曰：「麟、鳳與龜、龍、白虎五者，神靈之鳥獸，王者之嘉瑞也。」

❺ 六府：指文昌宮之六星。晉書天文志：「文昌六星在北斗魁前，天之六府也。」古代風俗以為，文昌主文學，故比喻才華出眾。

❻ 七步：用三國魏曹植故事，比喻文思敏捷。南朝宋劉義慶世說新語文學載：魏文帝嘗令東阿王曹植七步作詩，不成者行大法。植應聲便為詩曰：「煮豆持作羹，漉菽以為汁。萁在釜下燃，豆在釜中泣。本自同根生，相煎何太急。」帝深有慚色。

【沁園春】才子王生⑧，佳人錢氏⑨，賢孝溫良。以荊釵⑩為聘，配為夫婦；春闈⑪催試，拆散鸞凰⑫。獨步蟾宮，高攀仙桂⑬，一舉鰲頭⑭姓字香。因參相⑮，不從招贅，改調

---

⑦ 問答照常：省略語。謂副末之問與後臺之答，照常例表演。此亦傳奇開場形式之一。繼志齋本即以常例寫作：「（問內科）借問後堂子弟，今日搬演誰家故事？那本傳奇？（內應科）今日搬演一本義夫節婦荊釵記。（末）原來此本傳奇。待小子略道家門，便見戲文大意。」葉刻本、毛本等，均略去。

⑧ 王生：本劇男主人公王十朋。王十朋（西元一一一二—一一七一年），字龜齡，號梅溪，南宋溫州樂清人。資穎悟，有文行。紹興二十七年（西元一一五七年）進士第一，先後知嚴州、攸州、夔州、湖州、泉州，皆有政績，所至人繪而祠之；去之日，老稚攀留，涕泣越境而送。除太子詹事，以龍圖閣學士致仕。年六十而卒。謚曰忠文。為人至孝，友愛兄弟，一生不忘國恥，常陳恢復之計，每以諸葛亮、顏真卿、寇準、范仲淹、韓琦、唐介自比。朱熹、張拭雅敬之。宋史卷三八七有傳。本劇所寫其婚姻故事，殆出於虛構。

⑨ 錢氏：本劇女主人公錢玉蓮。

⑩ 荊釵：荊枝製作的髻釵，古代貧家女子所用。東漢梁鴻妻孟光不慕榮華，荊釵布裙，為世推重，見後漢書梁鴻傳。荊釵遂又成為賢女、賢妻的一種象徵。劇中王十朋之母以荊釵為聘禮，也有此寓意。

⑪ 春闈：唐宋禮部試士和明清京城會試，均在春季舉行，故稱春闈。闈，貢舉試院之稱。唐李肇國史補：「凡進士籍而入選，謂之春闈。」宋史趙安仁傳：「大中祥符八年，知貢舉，三典春闈，擇士平允。」

⑫ 鸞凰：喻夫妻。宋蔡伸青玉案詞：「鸞凰本是和鳴友。奈無計，長相守。」

⑬ 獨步蟾宮二句：中狀元之謂。蟾宮即月宮。晉書郤詵傳載：武帝於東堂會送，問詵曰：「卿自以為何如？」詵對曰：「臣舉賢良對策，為天下第一，猶桂林之一枝，崑山之片玉。」相傳月宮有桂樹，唐以後遂牽合二事，以「蟾宮折桂」喻科舉及第，進士第一。

⑭ 鰲頭：比喻狀元的常用語。鰲頭謂殿下雕墀之螭首，為大臣奏事或承旨批詔站立處。清洪亮吉北江詩話云：

潮陽⑯。

修書遠報萱堂⑰，中道奸謀變禍殃。岳母生嗔，逼凌改嫁；山妻⑱守節，潛地去投江。幸神道匡扶撈救，同赴瓜期⑲往異鄉。吉安⑳會，義夫節婦，千古永傳揚。

「俗語為狀元獨占鰲頭語，非盡無稽。臚傳畢，贊禮官引東班狀元、西班榜眼二人，前趨至殿陛下，迎殿試榜抵陛，則狀元稍前進，立階石上。正中鐫升龍及巨鰲，蓋禁蹕出入所由，即古時所謂螭首矣。俗語本此。」

⑮ 參相：參拜宰相。宰相指万俟卨，情節見第十九齣。

⑯ 潮陽：縣名。晉置，在今廣東省東部沿海。以在大海之北而名。宋屬廣南東路、潮州，元隸潮州路，明代屬潮州府。

⑰ 萱堂：語出詩經衛風伯兮：「焉得諼草，言樹之背。」毛傳：「諼草令人忘憂。背，北堂也。」經典釋文曰：「諼，本又作萱。」詩言北堂種萱，可以令人忘憂。古制北堂為主婦居室，故北堂、萱堂等即指母親居所或母親。宋蔡襄喜弟及第：「連登桂籍青袍客，共拜萱堂白首親。」

⑱ 山妻：自稱其妻的謙詞。也指隱士之妻。唐李白贈范金卿二首之一：「只應自索漠，留舌示山妻。」高適宋中遇林慮楊十七山人因而有別：「耕耘有山田，紡績有山妻。」

⑲ 瓜期：本指任期屆滿，此謂赴任、上任。語出左傳莊公八年：「齊侯使連稱、管至父戍葵丘，瓜時而往，曰：『及瓜而代。』」史記齊世家：「瓜時而往，及瓜而代。」集解引服虔曰：「瓜時，七月；及瓜，謂後年瓜時。」書言故事仕進類：「賀赴任曰榮赴瓜期。」這裡指王十朋赴任吉安府事，見第三十三齣。

⑳ 吉安：路、府名。唐為吉州，又為廬陵郡，宋升為上州，元置吉安路，明改為府。治所在廬陵縣。今為江西省吉安市。

王狀元不就東牀壻㉑，万俟相㉒改調潮陽地。

孫汝權㉓套寫假書歸，錢玉蓮守節荊釵記。

㉑ 東牀壻：女壻的美稱。典出世說新語雅量：「郗太傅在京口，遣門生與王丞相書，求女壻。丞相語郗信：『君往東廂，任意選之。』門生歸，白郗曰：『王家諸郎，亦皆可嘉，聞來覓壻，咸自矜持；唯有一郎在東床上坦腹臥，如不聞。』郗公云：『正此好。』訪之，乃是逸少，因嫁女與焉。」逸少，即王羲之。明張昱陳孔碩回泰和東寄其丈人羅楚翁處士詩：「俊哉東床壻，玉樹照名門。」

㉒ 万俟相：指劇中宰相万俟卨，複姓万俟，名卨。万俟卨（西元一〇八三－一一五七年）字元忠，一作元中，宋開封陽武縣（今河南原陽）人。北宋末為太學生，歷任樞密院編修等職。南宋初，以附秦檜任監察御史，承檜意劾殺岳飛，次年升參知政事。後與秦檜爭權，遭罷黜。檜死，復被召回，紹興二十六年（西元一一五六年）又任宰相。宋史卷四七四姦臣傳四有傳。

㉓ 孫汝權：劇中反面人物。

第二齣　會講

【滿庭芳】（生❶上）樂守清貧，恭承嚴訓❷，十年燈火相親。胸藏星斗，筆陣掃千軍❸。若遇桃花浪暖，定還我一躍龍門❹。親年邁，且自溫衾扇枕❺，隨分度朝昏。

❶ 生：戲曲腳色行當之一，分正生、小生、老生、武生等。小生或稱貼生，見清李斗揚州畫舫錄。南戲、傳奇一般有男女兩個主人公，男主人公多為青壯年男子，由生扮演，此與元雜劇每劇僅一個主角不同。本劇之生，即扮男主角王十朋。

❷ 嚴訓：父訓，亦可含母訓在內。易經家人：「家人有嚴君焉，父母之謂也。」疏曰：「父母一家之主，家人尊事，同於國有嚴君，故曰家人有嚴君焉，父母之謂也。」然古俗又有嚴父慈母之說，故對人稱其父曰家嚴，母曰家慈，而嚴訓則專指父訓。唐孫逖贈太子詹事王公神道碑：「公夙遭閔凶，不稟嚴訓，聖善所育，孩提有成。」劇中王十朋之父早逝，據其上下文意，嚴訓當指父母之訓戒為是。

❸ 胸藏星斗二句：比喻錦心繡口，才華超群。南朝梁蕭統正月啟：「談業發流水之源，筆陣引崩雲之勢。」唐杜甫醉歌行：「詞源倒流三峽水，筆陣獨掃千人軍。」元貢奎贈倪生：「愛君秀眉綠髮凝青瞳，胸羅星斗筆掃虹，口如懸河寧有窮。」筆陣，意謂詩文謀篇布局運筆猶如用兵佈陣。

❹ 若遇桃花浪暖二句：用鯉魚跳龍門典故，自信春闈一定高中。太平廣記卷四六六引辛氏三秦記曰：「龍門之下，每歲季春有黃鯉魚，自海及諸川爭來赴之。一歲中，登龍門者不過七十二。初登龍門，即有雲雨隨之，天火自後燒其尾，乃化為龍矣。」唐杜甫春水：「三月桃花浪，江流復舊痕。」後常用「桃花浪暖」代指春闈、春榜之時。如宋陳造次韻汪解元：「禹門合有龍頭信，小待桃花浪暖時。」龍門即禹門，在山西省河津

【古風】越中古郡誇永嘉❻，城池闤闠❼人奢華。思遠樓❽前景無限，畫船歌妓顏如花。詩禮傳家忝❾儒裔，先君不幸早傾逝。奈何家業漸凋零，報效劬勞未如意。儘交彈鋏歎無魚❿，甘守虀鹽樂有餘。萱堂淑賢齊孟母，諄諄教子讀詩書⓫。刺股懸頭⓬曾努力，引光夜鑿匡衡壁⓭。胸中拍塞書五車⓮，

市西北。

❺溫衾扇枕：古代孝行之一，引申指克盡孝道。禮記曲禮：「凡為人子之禮，冬溫而夏凊，昏定而晨省。」意謂冬天為父母暖被，夏天為父母扇席，黃昏鋪床使父母安睡，早晨向父母請安。

❻永嘉：郡、縣名。即今浙江省溫州市。漢為永寧縣，晉置永嘉郡，唐廢郡而置溫州府，宋初為溫州永嘉郡，元置溫州路，明又改為溫州府。治所皆在永嘉縣。永嘉於春秋時屬越，故稱為「越中古郡」。

❼闤闠：音ㄏㄨㄢˊ ㄏㄨㄟˋ，市肆；市井。左思蜀都賦：「闤闠之里，伎巧之家。」注：「劉曰：闤，市巷也；闠，市外門也。」

❽思遠樓：溫州名勝，據永嘉縣志記載，在溫州城西南端城頭，面對西山群峰，下臨會昌湖。宋葉適有端午思遠樓小集。

❾忝：辱。後常用作謙詞，如忝居、忝列、忝附等。

❿彈鋏歎無魚：典出戰國策齊策四馮諼彈鋏事。馮諼客孟嘗君，「左右以君賤之也，食以草具。居有頃，倚柱彈其劍，歌曰：『長鋏歸來乎，食無魚。』左右以告，孟嘗君曰：『食之，比門下之客。』居有頃，復彈其鋏，歌曰：『長鋏歸來乎，出無車。』左右皆笑之，以告，孟嘗君曰：『為之駕，比門下車客。』……後有頃，復彈其劍鋏，歌曰：『長鋏歸來乎，無以為家。』左右皆惡之，以為貪而不知足。孟嘗君問：『馮公有親乎？』對曰：『有老母。』孟嘗君使人給其食用，無使乏，於是馮諼不復歌。」劇中用此，僅自訴貧窮，別無深意。

⓫萱堂淑賢齊孟母二句：以孟母比喻王十朋的母親。孟子幼年因住處靠近墓地，嬉戲時常「為墓間之事」，孟母遂遷之街市附近。孟子又學「為賈人炫賣之事」。再遷至學宮旁，「乃設俎豆揖讓進退。孟母曰：「真可以居

舌底瀾翻⑮浪千尺。嗟吁歲月不我留，親年老邁喜復憂⑯。甘旨⑰奈何缺奉養，功名況且志未酬。一

吾子矣』」（見列女傳母儀）。又列女傳鄒孟軻母：「自孟子之少也，既學而歸。孟母方績，問曰：『學何所至矣？』孟子曰：『自若也。』母以刀斷其織，孟子懼而問其故，孟母曰：『子之廢學，若吾斷斯織也。』」齊，相等；相同。諄諄，教誨不倦的樣子。

⑫ 刺股懸頭：喻發憤學習。刺股，戰國縱橫家蘇秦事蹟。戰國策秦策一載：蘇秦「讀書欲睡，則引錐自刺其股，血流至足」。懸頭，漢孫敬事。太平御覽卷三六三引漢書曰：「孫敬字文寶，好學，晨夕不休，至眠睡疲寢，以繩繫頭懸屋梁。後為當世名儒。」今本漢書無此文。

⑬ 引光夜鑿匡衡壁：漢匡衡鑿壁偷光事。西京雜記卷二：「匡衡，字稚圭，勤學而無燭。鄰舍有燭而不逮，衡乃穿壁引其光，以書映光而讀之。」

⑭ 胸中拍塞書五車：喻學識淵博。拍塞，充滿。宋歐陽澈小重山：「慒騰醉眼不禁秋，追舊事，拍塞一懷愁。」書五車，即學富五車，比喻藏書多、讀書多，學問淵博。典出莊子天下：「惠施多方，其書五車。」南朝梁庾肩吾和劉明府觀湘東王書：「五車方累篋，七閣自連雲。」宋王安石贈外孫：「年小從他愛梨栗，長成須讀五車書。」

⑮ 舌底瀾翻：形容言辭滔滔不絕。唐韓愈記夢：「夜夢神官與我言，羅縷道妙角與根。挈攜陬維口瀾翻，百二十刻須臾間。」

⑯ 親年老邁喜復憂：寫孝子複雜情感。論語里仁：「父母之年，不可不知也，一則以喜，一則以懼。」正義曰：「言孝子當知父母之年也。其意有二：一則以父母年多，見其壽考，則喜也；一則以父母年老，形必衰弱，見其衰老，則憂懼也。」

⑰ 甘旨：原謂美味，後多指對雙親的奉養。南朝梁任昉上蕭太傅固辭奪禮啟：「飢寒無甘旨之資，限役廢晨昏之半。」

躍龍門從所欲，麻衣換卻荷衣綠⑱。丹墀⑲拜舞受皇恩，管取全家食天祿⑳。

小生姓王名十朋，表字龜齡，溫州在城居住。不幸椿庭㉑早逝，惟賴母親訓育成人。家無囊橐㉒，忝列庠生㉓之數；學有淵源，慚無驛宰㉔之榮。明日府尊㉕堂試㉖，他時大比㉗，未知若何，此乃天命

---

⑱ 麻衣換卻荷衣綠：意謂進士及第。宋以後科舉中進士者有「釋褐」禮，褐即麻衣。事物紀原學校貢舉部「釋褐」條：「宋朝會要曰：『太平興國二年正月十二日，賜新及第進士諸科呂蒙正以上綠袍靴笏，非常例也。』御前釋褐，蓋自此始。」荷衣，即綠袍，低級官服。唐會要卷三十一章服品第：「貞觀四年八月十四日詔曰……三品以上服紫，四品五品以上服緋，六品七品以綠，八品九品以青。」又載：「上元元年八月二十一日敕……六品服深綠，七品服淺綠。」

⑲ 丹墀：宮殿的赤色臺階。文選張衡西京賦：「青瑣丹墀。」呂向注云：「丹墀，階也，以丹漆塗之。」唐李嘉祐送王端赴朝：「君承明主意，日月上丹墀。」墀，音ㄔˊ，臺階上的平地。此指臺階。

⑳ 天祿：天授之福祿。語出尚書大禹謨：「四海困窮，天祿永終。」孔傳：「天之祿籍，長終汝身。」蔡傳：「君之天祿，一絕而不復續。」漢書刑法志：「功成事立，則受天祿而永年。」

㉑ 椿庭：指父親，與以「萱堂」稱母親相對。莊子逍遙遊：「上古有大椿者，以八千歲為春，八千歲為秋。」論語季氏述孔鯉趨庭接受其父孔丘訓導之事，後因以「椿庭」為父親的代稱。

㉒ 囊橐：盛物的袋子，借指財物。

㉓ 庠生：古時府學、縣學生員之稱。庠，音ㄒㄧㄤˊ，學校名。孟子滕文公上：「設為庠序學校以教之。庠者，養也；校者，教也；序者，射也。夏曰校，殷曰序，周曰庠；學則三代共之，皆所以明人倫也。」注：「庠以養老為義，校以教民為義，序以習射為義，皆鄉學也。學，國學也。」

㉔ 驛宰：驛站之官。也稱驛官、驛長。其職卑微，屬「未入流」者。

㉕ 府尊：知府。通俗編仕進州尊引蜀志秦宓傳：「王商與宓書曰：『貧賤何可終身，宜一來與州尊相見。』」並

所賦，亦非人意所期也。日昨已曾相約朋友們講學，以明經史，在此等候。

【水底魚】（末上）白屋㉘書生，胸中醉六經㉙。蛟騰鳳起，管登科㉚，為上卿㉛。

自家府學生員㉜王士宏，明日府尊堂試，已約朋友會講，不免到梅溪家去。迤邐行來，此間就是，梅溪有麼？（生）四明請了！（末）請了！（生）半州為何不至？（末）隨後來了。

【前腔㉝】（淨㉞上）白面兒郎，學疏才不廣。粗豪狂放，指銀瓶，索酒嘗㉟。

加按語：「今日稱府尊、縣尊等，皆仿於此。」

㉖ 堂試：即府試，目的是為鄉試、會試做準備。

㉗ 大比：開科取士。周禮地官鄉大夫：「三年則大比，考其德行、道藝，而興賢者、能者。」

㉘ 白屋：古代平民所居。漢書王莽傳：「開門延士，下及白屋。」顏師古注曰：「白屋，謂庶人以白茅覆屋者也。」宋程大昌演繁露：「古者宮室有度，官不及數，則屋室皆露本材，不容僭施采畫，是為白屋。師古謂白茅覆屋，非也。」

㉙ 六經：詩經、尚書、禮經、樂經、周易、春秋六部儒家經典的統稱。也稱「六藝」。其中禮經漢代是指儀禮，宋以後「五經」中的禮經一般是指禮記。

㉚ 登科：謂及第。科舉時代，試士之年曰科，入選者曰登科。開元天寶遺事：「新進士才及第，以泥金書帖子附家書中，用報登科之喜。」

㉛ 上卿：古官名。周制天子及諸侯皆有卿，分上中下三等，最尊貴者稱為「上卿」。後泛指朝廷重臣。

㉜ 府學生員：府學為古代官學之一，由府一級設立。州一級設立的叫州學，縣一級設立的叫縣學。府、州、縣生員均稱秀才。

㉝ 前腔：指同前曲。南曲中，連續使用同一曲牌時，只在第一支曲前標明曲牌，其後各支只寫「前腔」，意思是

自家孫汝權，府尊堂試，來到梅溪家會講，迤邐行來。梅溪有麼？（生見介㊱）明日本府堂試，我等各把本經講習一篇。（淨、末）君子講學，以文會友㊲，有何不可？（生）如此，先把四書㊳講一講。（淨）講甚麼書？（末）若講四書，先講論語㊴。梅溪「學而時習之，不亦悅乎？」半州「有朋自遠方來。」㊵（生）學生亂道了。（淨）願聞。（生）學之為言效也㊶。人性皆善，而覺有先後，後覺者必效先覺之所

曲名同前。

㉞ 淨：戲曲腳色行當名。細分又有正淨、副淨、二淨、外淨等。淨色是由唐代參軍戲中的參軍發展而來，在劇中多扮演粗魯、剛烈、愚昧或奸險之人。

㉟ 指銀瓶二句：語出杜甫少年行：「不通姓字粗豪甚，指點銀瓶索酒嘗。」

㊱ 介：南戲、傳奇劇本中，關於人物的動作、表情和舞臺效果的提示語。如「見介」、「飲酒介」、「起風介」等。相當於雜劇之「科」。

㊲ 以文會友：通過詩文來結交朋友。原指學子間以文德交友，語出論語顏淵：「君子以文會友，以友輔仁。」後擴展到詩文之交，如宋柳永女冠子：「以文會友，沉李浮瓜忍輕諾。」

㊳ 四書：論語、孟子、大學、中庸的合稱。大學、中庸本為禮記之章節，南宋朱熹摘出，與論語、孟子編為四書章句集注，為儒學入門之書，「四書」之名始興。元明清三代規定考試科目，必須在「四書」內出題，於是「四書」、「五經」具備了同樣的權威性。

㊴ 論語：儒家學派經典著作之一，由孔子弟子及再傳弟子編撰而成。共二十篇，以語錄體和對話文體為主，記錄了孔子及其弟子言行，集中體現了孔子的政治主張、倫理思想、道德觀念及教育原則等。

㊵ 梅溪學而時習之三句：引文均見論語學而。

㊶ 學之為言效也：語出朱熹論語集注學而篇。廣雅釋詁三亦曰：「學，效也。」效，學其不能、受教傳業的意思。

為，乃可以明善而復其初也。習，鳥數飛也42，學之不已，如鳥飛也。管見如此，望二位改教。（末）講得有理。（生）四明，「不亦悅乎」怎麼講？（末）學生亂道。（生）願聞。（末）既學矣，而又時習之，則所學者熟而中心喜悅，其進自不能已矣。請二位改教。（生）講得有理。（末）半州，「有朋自遠方來，不亦樂乎」怎麼講？（淨）我也要講？免了罷！（末）這個如何免得！（淨）鵬，大鳥也。一飛九萬里，果是遠方之外。落者，是調也。那大鵬在遠方之外飛來，不想飛得羽垂翅折，在半空中停翅而想，說道：「我有些乞力了，莫不要調下去？」說言未盡，蹼蹬，此乃不亦樂乎？（末）半州差了，你我同心為友，合志為朋，怎麼到說了飛禽？（淨）二位滿腹文章，無忝同類。我學生不通古今，一味粗俗，誠所謂馬牛而襟裾43。飛禽與走獸，正是同類。（末）休要取笑。

【玉芙蓉】（生）書堂隱相儒，朝野開賢路44，喜明年春闈已招科舉。窗前歲月莫虛度，燈下簡篇45可卷舒。（合46）時不遇，且藏諸韞櫝47。際會風雲48，那時求價待沽諸49。

42 習二句：說文：「習，數飛也。」

43 馬牛而襟裾：馬牛穿人衣，比喻為人粗俗，不明事理。唐韓愈符讀書城南：「人不通古今，馬牛而襟裾。」

44 書堂隱相儒二句：神童詩：「道院迎仙客，書堂隱相儒。」二句當本此。相儒，有宰相才幹的儒生。

45 簡篇：指書籍。戰國至魏晉時代的書寫材料，是削製成的狹長竹片或木片，竹片稱「簡」，木片稱「札」或「牘」，統稱為「簡」。若干簡編綴在一起叫「簡篇」。

46 合：有兩義，一指合唱，一指合頭，此處為合頭。在南戲和傳奇中，凡一曲迭用數曲，末幾句文字相同，叫做「合頭」。在第一支曲合頭上注一「合」字，第二支曲以下就不再重出曲文，僅在合頭處注明「合」、「合前」或「合同前」。

【前腔】（末）懸頭及刺股，掛角并投斧50，歎先賢曾受許多勤苦。六經三史51靡52溫故，諸子53四書可誦讀。（合前）

【前腔】（淨）家私雖富足，心性忒愚魯，向書齋剛學得者也之乎。無才學休想學干祿54，有才的便能身掛綠55。（合前）

47 藏諸韞櫝：比喻韞藏其才，待時而出。語出論語子罕：「有美玉於斯，韞櫝而藏諸？求善賈而沽諸？」韞，音ㄩㄣˋ，藏。櫝，音ㄉㄨˊ，櫃。

48 際會風雲：比喻得遇良機。語出易經乾卦：「雲從龍，風從虎，聖人作而萬物睹。」意謂同類相感應，後世常用來比喻君臣遇合，或泛指好的際遇。

49 求價待沽諸：論語子罕：「子貢曰：『有美玉於斯，韞櫝而藏諸？求善賈而沽諸？』子曰：『沽之哉，沽之哉，我待賈者也。』」其中賈指商人。又一說，賈與價音義同。劇中既寫作「價」，可見取後一說。

50 掛角并投斧：比喻刻苦攻讀。本隋末李密、東漢文党事蹟。舊唐書李密傳載：李密年輕時，常以蒲韉騎於牛背，將漢書一帙掛在牛角上，一手抓住牛繩，一手翻書讀之。北堂書鈔卷九十七「投斧受經」注引廬江七賢傳云：「文党，字翁仲，未學之時，與人俱入山取木，謂侶人曰：『吾欲遠學，先試投我斧高木上，斧當掛。』仰而投之，斧果上掛，因之長安受經。」

51 三史：三部史書的合稱。魏晉南北朝時，以史記、漢書、東觀漢記為三史。唐開元以後，因東觀漢記失傳，遂以史記、漢書、後漢書為三史。

52 靡：通「摩」，切磋、研究。荀子性惡：「身日進於仁義而不自知也者，靡使然也。」

53 諸子：指先秦至漢初各派學者的著作。漢書藝文志：「諸子十家，其可觀者，九家而已。」

54 干祿：求祿位，追求仕進。干，求。祿，官員的俸給。論語為政：「子張學干祿。」

（生）聖朝天子重英豪，（末）常把文章教爾曹。
（淨）世上萬般皆下品，（合）思量惟有讀書高56。

55 掛綠：穿綠袍，指及第做官。

56 聖朝天子重英豪四句：化用宋汪洙神童詩：「天子重英豪，文章教爾曹。萬般皆下品，惟有讀書高。」爾曹，猶言汝輩、你們。這四句為下場詩，生、末、淨每人吟一句，合吟第四句。每齣末尾都有下場詩，這也是南戲、傳奇體制的一個特徵。

第三齣　慶　誕

【高陽臺】（外❶上）兔走烏飛❷，星移物換，看看鬢髮皤然❸。嗣息❹無緣，幸生一女芳年。溫衣飽食堪過遣❺，賴祖宗遺下田園。喜一家老幼平安，謝天週全。【鷓鴣天】華髮蕭蕭鬢若霜，老來無子實堪傷。箕裘事業❻誰承繼，詩禮傳家孰紹芳❼。閒議論，細思量，欲將一女贅

---

❶ 外：戲曲腳色名。明徐渭南詞敘錄：「外，生之外又一生也，或謂之小生。外旦、小外，後人益之。」在南戲中，外多扮演老年男子。

❷ 兔走烏飛：形容光陰迅速流逝。古代傳說月中有玉兔，故稱月亮為玉兔；日中有三足烏，故稱太陽為金烏。唐韓琮春愁：「金烏長飛玉兔走，青鬢長青古無有。」

❸ 皤然：鬚髮斑白的樣子。說文：「皤，老人白也。」唐權德輿渭水：「呂叟年八十，皤然持釣鉤。」

❹ 嗣息：兒子。漢孔融雜詩：「人生圖嗣息，爾死我念追。」

❺ 過遣：打發時光。

❻ 箕裘事業：比喻繼承父兄之業。禮記學記：「良冶之子，必學為裘；良弓之子，必學為箕。」唐孔穎達疏：「積世善冶之家，其子弟見其父兄世業陶鑄金鐵，使之柔和，以補治破器，皆令全好，故此子弟仍能學為袍裘，補續獸皮，片片相合，以至完全也。……善為弓之家，使干角撓屈調和成其弓，故其子弟亦睹其父兄世業，仍學取柳和軟撓之成箕也。」

❼ 紹芳：繼承美德。

賢良。流行坎坷皆前定，只把丹心托上蒼。老夫姓錢，名流行，溫城人也。昔在鴻門❽，忝考貢元❾。衣冠世裔，時乖難顯於宗風，閥閱❿名家，學淺粗知乎禮義。不幸先妻早逝，只存一女，年方二八，欲招王十朋為壻，以繼百年。自愧再婚姚氏，幸喜此女能侍父母。正是子孝雙親樂，家和萬事成⓫。今日是老夫賤誕⓬，聊備蔬酒，少展良辰。李成那裏？（末上）一點祥光現紫微⓭，匆匆瑞氣藹庭幃⓮。齊簪翠竹⓯生春意，共飲瑤卮介壽眉⓰。老員外有何鈞旨？（外）請老安人⓱出來。（末）老安人有請。

❽ 鴻門：即鴻都門。東漢靈帝光和元年（西元一七八年）在洛陽鴻都門設立鴻都門學，學生由州、郡三公舉送，專習辭賦。

❾ 貢元：貢生的第一名。科舉時代，從府、州、縣學中選舉出來的學行俱優的生員，貢於京師，升入太學，叫做貢生。

❿ 閥閱：仕宦人家大門外題記功業的柱子。玉篇門部：「在左曰閥，在右曰閱。」借指仕宦人家。

⓫ 子孝雙親樂二句：見宋陳元靚事林廣記卷九「治家警語」。

⓬ 賤誕：對自己生日的謙稱。

⓭ 紫微：星名。又星座名。晉書天文志上：「紫宮垣十五星，其西七，東蕃八，在北斗北。一曰紫微，大帝之座也，天子之常居也，主命主度也。」古人常以紫微借指帝王宮殿。微，原作「薇」，據影鈔本改。

⓮ 瑞氣藹庭幃：指家中充滿祥瑞之氣。藹，通「靄」，原指雲氣，此處用作動詞，有彌漫之意。庭幃，父母居住之處。

⓯ 簪翠竹：以翠竹為簪，古代民間迎春習俗之一。後有云：「簪翠竹同樂同歡，齊歌齊唱。」

⓰ 瑤卮介壽眉：以美玉製成的酒器為年長者祝壽。詩經豳風七月：「為此春酒，以介眉壽。」介，助。壽眉，年老者常有豪毛秀出於眉，故習稱其眉曰壽眉，長壽者為眉壽。

【臘梅花】（淨上）年華老大雙鬢皤，胭脂膩粉幸丟抹⑱。市人都道我，道奴相像夜叉婆。

（末）牛頭獄卒做渾家⑲，此不是夜叉婆？（淨）老員外萬福⑳。

【前腔】（丑㉑上）奴奴㉒體兒多嬝娜，嫦娥也賽奴不過。市人都道我，道奴相像緊那羅㉓。

（末）小心金鼓手，此不是緊拿鑼。（丑見介）願嫂嫂千年朱頂鶴，願哥哥萬代綠毛龜㉔。（外）甚麼說話？

（淨）姑娘，今日是你哥哥誕日，為何來得能㉕遲？（丑）在家整備些薄禮，因此來遲。（外）妹子自家，如何送許多禮。（丑）沒有什麼。牽得一隻黃狗，與哥哥慶壽。（外）狗慶得壽的？（丑）「黃耈無疆」，願

---

⑰ 老安人：老夫人。安人本為命婦（官員的母、妻）的封號，宋制，正從六品朝奉郎以上，母、妻並封安人。參見續通典職官。

⑱ 丟抹：塗抹打扮。

⑲ 渾家：妻子的俗稱。清錢大昕恒言錄親屬稱謂：「稱妻曰渾家，見鄭文寶南唐近事。」

⑳ 萬福：多福，祝頌之詞。古時女子與人見面行禮時，常口稱萬福。

㉑ 丑：戲曲腳色名。明徐渭南詞敘錄：「以墨粉塗面，其形甚醜，今省文作丑。」多扮演滑稽逗笑的人物，男女均可。

㉒ 奴奴：奴家，古代女子自稱。

㉓ 緊那羅：佛教神名。梵語音譯。義譯為疑神、人非人。似人而有角，居十寶山，為天帝法樂神。見隋釋智顗法華經文句卷二。

㉔ 綠毛龜：調侃的話，比喻妻子有外遇的男人。

㉕ 能：如此；這樣。

哥哥「受天之慶」㉖。（淨）每年間是你把盞，今年你姪女長成了，該他把盞，學些禮體㉗。待我去叫他出來。孩兒那裏？

【珍珠簾】（旦㉘上）南極㉙耿耿祥光燦，明星爛，慶老圃黃花㉚娛晚。（眾）去了青春不再返，且暫把身心遊翫。（旦）疏散，喜團圓歡會，慶生華誕。

（外）紛紛紅紫競芳塵，日永風和已暮春。（旦）但願年年當此日，一杯壽酒慶生辰。（外）雖然如此，一則以喜，一則以憂。（淨）所喜者何也？（外）所喜者家庭溫厚，骨肉團圓。（丑）所憂者？（外）所憂者奈我女兒姻親未遂。若得了汝終身，永無掛念。（旦）告爹爹知道，念玉蓮溫清之禮㉛尚缺，蘋蘩

㉖ 黃耇無疆二句：祝老人長壽的祝願語。語出儀禮士冠禮：「黃耇無疆，受天之慶。」注云：「黃，髮也；耇，凍梨也，皆壽徵也。」疏曰：「凍梨者，以其面似凍梨之色也。」一說耇為垢。漢書師丹傳：「丹經為世儒宗，德為國黃耇。」注：「黃耇，老人之稱也。黃謂白髮落更生黃者也；耇，老人面色不淨如垢也。」耇、狗音同，故丑用以打趣。

㉗ 禮體：禮儀；禮節。

㉘ 旦：戲曲腳色名。在南戲和傳奇中扮演女主角。

㉙ 南極：南極老人星，壽星。史記封禪書稱，秦時「於杜、亳有三社主之祠、壽星祠」。司馬貞索隱：「壽星，蓋南極老人星也，見則天下理安，故祠之以祈福壽。」

㉚ 老圃黃花：以秋景比喻老景。宋韓琦九日小閣：「莫嫌老圃秋容淡，且看黃花晚節香。」宋陳深齊天樂八月十八日壽婦翁號菊圃：「老圃黃花，清香宜歲晚。」

㉛ 溫清之禮：侍奉父母的禮節。禮記曲禮：「凡為人子之禮，冬溫而夏清，昏定而晨省。」意謂冬天為父母暖

之事㉜未諳，且自開懷暢飲，不必掛念。（淨）我兒說得有理。今日是壽日，說什麼招女壻。有了這等如花似玉的女兒，怕無門當戶對的女壻！（丑）自古道：「腰間有貨不愁窮。」取酒來，該你把盞。

【錦堂月】（旦）華髮斑斑，韶光荏苒㉝，雙親幸喜平安。慶此良辰，人人對景歡顏。畫堂中寶篆㉞香銷，玉盞內流霞㉟光泛。（合）齊祝贊，願福如東海，壽比南山。

【前腔】（丑）筵間，繡幙圍環，奇珍擺列，渾如洞府仙寰。美食嘉殽，堪並鳳髓龍肝。簪翠竹同樂同歡，飲綠醑㊱齊歌齊唱。（合前）

【前腔】（淨）堪歎，雪染雲鬟，霞銷杏臉，朱顏去不回還㊲。椿老萱衰，只恐雨僽風僝㊳。

被，夏天為父母扇席，黃昏鋪床使父母安睡，早晨向父母請安。

㉜ 蘋蘩之事：婦人的職責。蘋蘩，兩種可食用的水草，古人常用作祭品。左傳隱公三年：「蘋蘩薀藻之菜……可薦於鬼神，可羞於王公。」詩經召南采蘩序：「采蘩，夫人不失職也。夫人可以奉祭祀，則不失職矣。」

㉝ 韶光荏苒：比喻美好年華漸漸流逝。潘岳悼亡詩：「荏苒冬春謝，寒暑忽流易。」唐白居易井底引銀瓶：「聘則為妻奔是妾，不堪主祀奉蘋蘩。」

㉞ 寶篆：香煙上升，盤旋彎曲如篆文，故稱。宋黃庭堅畫堂春：「寶篆煙消龍鳳，畫屏雲鎖瀟湘。」

㉟ 流霞：指美酒。宋毛滂菩薩蠻：「玉卮細酌流霞濕。金釵翠袖勸留客。」

㊱ 綠醑：美酒。綠，指酒上浮起的綠色泡沫。唐太宗春日玄武門宴群臣：「清尊浮綠醑，雅曲韻未弦。」

㊲ 雪染雲鬟三句：謂年老色衰。「銷」，原作「綃」，據李卓吾評本改。

㊳ 雨僽風僝：謂風雨交相摧折。僽，音ㄓㄡˋ。僝，音ㄔㄢˊ。俱為折磨之意。宋辛棄疾粉蝶兒和晉臣賦落花：「甚無情，便下得、雨僽風僝，向園林、鋪作地衣紅縐。」

但只願無損無傷，咱共你何憂何患？（合前）

【前腔】（外）幽閒，食可加餐。官無事擾，情懷並沒愁煩。人老花殘，於心尚有相關。待招贅百歲姻親，承繼我一脈根蔓。（合前。淨）李成，收了罷。（外）媽媽，正不曾喫得酒，就收拾了，你這等慳吝。（淨）老兒。

【醉翁子】（丑）非慳。論治家千難萬難，休只管喫得甕盡杯乾。（丑）今番，慶生席面，難做尋常一例看。（合）重換盞，直飲到月轉花梢，影上闌杆。

【前腔】（外）神仙，滿座間人閒事減。慶眉壽，樽前席上，正宜疏散。（眾）歡宴，樂人祗應㊴，品竹彈絲敲象板㊵。（合前）

【僥僥令】（眾）銀臺燒絳蠟㊶，寶鼎噴沉檀㊷，望乞蒼穹從人願。（合）骨肉永團圓，保歲寒。

【前腔】炎涼多反覆，日月易循環，但願歲歲年年人康健。（合前）

㊴ 樂人祗應：宋灌圃耐得翁都城紀勝：「今衢市有樂人三五為隊，專趕春場，觀潮，賞芙蓉，及酒坐祗應，與錢也不多，謂之荒鼓板。」祗應，伺候；伺奉。

㊵ 品竹彈絲敲象板：指器樂演奏。竹，管樂。絲，絃樂。象板，拍板。

㊶ 銀臺燒絳蠟：銀製的燭臺上點著紅燭。

㊷ 寶鼎噴沉檀：香爐裏燒著沉香和檀香。

【尾】玉人彈唱聲聲謾，露春纖㊸把錦箏低按，曲罷酒闌人散。

（外）四時光景疾如梭，（淨）堪嘆人生能幾何。

（丑）遇飲酒時須飲酒，（旦）得高歌處且高歌。

㊸ 春纖：女子纖細的手。語出詩經魏風葛屨：「摻摻女手。」傳曰：「摻摻，猶纖纖。」

第四齣　堂試

【謁金門】（小外❶、雜❷從上）簡命分專邦甸❸，報國存心文獻；蒲鞭枉昭公椽❹，三載民無怨。【鷓鴣天】千里承恩秉郡旄❺，矢心曾不染秋毫❻。公門既許清如水，吏筆何須利似刀？無德政，起童謠，聿修文事❼讚皇朝。願將廉范龔黃❽意，布政甌城❾教爾曹。自家溫州府太守吉天祥是也。即

❶小外：戲曲腳色名。外的分支。

❷雜：戲曲腳色名。多扮演僕人、從人等。

❸簡命分專邦甸：意謂被委任為太守。簡命，選拔任命。專，專城，指任太守。漢樂府陌上桑「四十專城居」，即指官拜太守。邦甸，天子直轄之地，即畿內之地。溫州在南宋時，是京城臨安之畿，故云邦甸。

❹蒲鞭枉昭公椽：蒲鞭徒掛於官署屋椽之明處而不用，意謂刑罰寬仁。典出後漢書劉寬傳：寬拜南陽太守，溫仁多恕，「吏人有過，但以蒲鞭罰之，示辱而已，終不加苦。」蒲鞭，以蒲草為鞭。李白贈清漳明府侄聿：「蒲鞭掛簷枝，示恥無撲抶。」

❺秉郡旄：指行使郡守的職權。旄，即旄節，古代使臣和鎮守一方的軍政長官所持的節，以竹為之，上綴犛牛尾飾物，故名。

❻染秋毫：指輕微的貪汙受賄行為。染，沾染。秋毫，鳥獸秋天生出的細毛，喻細微之物。孟子梁惠王上：「明足以察秋毫之末，而不見輿薪。」史記淮陰侯列傳：「大王之入武關，秋毫無所害。」

❼聿修文事：述治先人文教之事。詩經大雅文王：「無念爾祖，聿修厥德。」毛傳：「聿，述。」

❽廉范龔黃：漢代循吏，即西漢龔遂、黃霸，東漢廉范。據漢書循吏傳，黃霸字次公，宣帝時為潁川太守，力

今賓興之秋⑩，又當堂試之日，下官今日考試諸生。左右，喚秀才進來。

【轉山子】（末扮學官⑪上）六經慚負管窺天⑫，可信燈氈⑬恁有緣。士子作章編，爭望登高選。送生員手本。（外）趲⑭生員進來，教官出去罷。（末應下）

行教化，盜賊日少，「以外寬內明，得吏民心，戶口日增，治為天下第一。」「自漢興，言治民吏，以霸為首。」龔遂字少卿，任勃海太守時已七十餘歲，以教令悉平盜賊，教民耕桑，安土樂業，而吏民皆富，獄訟止息。唐白居易郡齋暇日憶廬山草堂：「有期追永遠，無政繼龔黃。」據後漢書廉范傳，廉范字叔度，廉頗之後，任雲中太守，抵禦匈奴有功。後頻歷武威、武都二郡太守，「隨俗化導，各得治宜」。建初中遷蜀郡太守，「其俗尚文辯，好相持短長，范每厲以淳厚，不受偷薄之說。成都民物豐盛，邑宇逼側，舊制禁民夜作以防火災，而更相隱蔽，燒者日屬。范乃毀削先令，但嚴使儲水而已，百姓為便，乃歌之曰：『廉叔度，來何暮。不禁火，民安作。平生無襦，今五絝。』」

⑨ 甌城：溫州的別稱，因甌江經溫州流入東海，故名。

⑩ 賓興之秋：猶謂開科取士之時。周禮地官大司徒：「以鄉三物，教萬民而賓興之。」鄭玄注：「物猶事也，興猶舉也。民三事教成，鄉大夫舉其賢者、能者，以飲酒之禮賓客之，既則獻其書於王矣。」此為周代選舉之法，後世地方官設宴招待應舉之士，亦稱賓興。

⑪ 學官：此指地方上主管學務的官員，也稱教官，如教諭、學正、教授、儒學提舉等。

⑫ 管窺天：喻所見之小。漢東方朔答客難：「語曰：以管窺天，以蠡測海，以莛撞鐘，豈能通其條貫，考其文理，發其音聲哉？」

⑬ 燈氈：指燈下讀書。氈，鋪氈的書案。

⑭ 趲：催促。

【水底魚】（生上）仰之彌高，鑽之彌堅，忽焉在後，瞻之忽在前⑮。

【前腔】（末上）學問無邊，如人臨廣淵。意深趣遠，玄玄復又玄。

【前腔】（淨上）身似神仙，金銀積萬千。無心向學，終朝只愛眠。（眾見介。外）眾生員起來作揖。（眾應介。淨）學生皆膚見之學，望大人賜淺些題目。（外）眾秀才，今日考試汝等，不意分巡大人⑯報到，將就考一道策⑰罷。起來聽題。

【紅衲襖】（外）問：古人君所以賢，古人臣所可言，聖王汲汲思為善，為善還當何者先？子輩燈窗已有年，所得經書學問淵。悉心為我敷陳也，毋視庸常泛泛然。（眾遞卷介。外）叫左右。拿那生員背起來打。（淨）老大夫何以賜責？（外）我什麼衙門，令人代作文字？（淨）怎麼代作文字？（外）這卷與這卷，明明是一個人寫的字。若肺腑流出，必然成誦。眾生員始初送卷的，各背爾所作上來。

【前腔】（生）對：古明君在重賢，古良臣貢舉⑱先。巫咸傅說⑲初皆賤，伊尹曾耕莘上

---

⑮ 仰之彌高四句：論語子罕原作：「仰之彌高，鑽之彌堅，瞻之在前，忽焉在後。」是顏淵讚頌孔子語。說老師之道，越仰望越覺得高，越用力鑽研越覺得深。看看似乎在前面，忽然又到後面去了。意思是，孔子之道既很高深，又不可捉摸，難以窮盡。劇中為叶韻，顛倒了後兩句的次序。

⑯ 分巡大人：指分道巡視的官員，如巡按之類。

⑰ 策：古代試士文體之一。其制始於漢，以政事或經義中的問題令應試者對答。

田⑳。皋陶既舉不仁遠㉑，四皓出而漢祚安㉒。恭承執事㉓詢愚見，敢不諄諄露膽肝？

（外）此篇以薦賢立論，是知國家之首務者，宜取以冠首。

【前腔】（末）對：古賢王在獵畋㉔，古賢臣開墾先。孟軻十一言猶善㉕，八口同耕井字

⑱ 貢舉：古代官吏向皇帝薦舉人才，稱貢舉。

⑲ 巫咸傳說：俱商代大臣。巫咸與相伊陟輔助商王太戊，穩定政局。擅長術數星占，能以巫接神事。傳說曾築於傅巖之野，商王武丁訪得之，遂以傅為姓，拜為相，殷商從而開創出中興局面。

⑳ 伊尹曾耕莘上田：伊尹為商初賢相。早年曾耕於有莘之野，商湯三以幣聘之始出，相湯伐桀滅夏而王天下，湯尊之為阿衡。湯崩，其孫太甲無道，伊尹放之桐宮；三年，太甲悔過，復歸於亳。事見史記殷本紀。

㉑ 皋陶既舉不仁遠：語出論語顏淵：子夏曰：「富哉言乎！舜有天下，選於眾，舉皋陶，不仁者遠矣。湯有天下，選於眾，舉伊尹，不仁者遠矣。」何晏集解引孔安國曰：「言舜、湯有天下，選擇於眾，舉皋陶、伊尹，則不仁者遠矣，仁者至矣。」皋陶，一作咎繇，舜時賢臣，掌刑法之官。

㉒ 四皓出而漢祚安：漢初四位老者，曾為保住太子的地位而出山，打消了劉邦欲重立太子的念頭，使國家得以安定。漢書王貢兩龔鮑傳序：「漢興，有園公、綺里季、夏黃公、甪里先生，此四人者，當秦之世，避而入商雒深山，以待天下之定也。自高祖聞而召之，不至。其後呂后用留侯計，使皇太子卑辭束帛致禮，安車迎而致之。四人既至，從太子見，高祖客而敬焉，太子得以為重，遂用自安。」亦見史記留侯世家，惟四皓之名略別。

㉓ 執事：對對方的敬稱。左傳僖公三十年：「敢以煩執事。」

㉔ 獵畋：狩獵耕種之事。

㉕ 孟軻十一言猶善：孟子關於十分取一賦稅制度的主張仍是好的。軻，孟子之名。孟子滕文公上：「夏后氏五

田㉖。庸言「民乃國之本」㉗，故曰「食為民所天」㉘。躬承執事詢愚見，敢不精心進數言？（外）此篇以井田十一立意，足見其有憂國憂民之意，可喜可喜。

【前腔】（淨）對：古剛明須積錢，臣奉行須聚斂㉙。治財理賦稱劉晏㉚，功數蕭何㉛餽餉先。徵糧要他加二三，糧完時賞他一個錢。若今府庫充盈也，大敵聞之不敢前㉜。（外）

十而貢，殷人七十而助，周人百畝而徹，其實皆什一也。」注云：「民耕五十畝，貢上五畝；耕七十畝，以七畝貢公家；耕百畝者，徹取十畝以為賦。」

㉖ 八口同耕井字田：八家同耕於井田。這是古代井田制的情況。孟子滕文公上：「方里而井，井九百畝，其中為公田。八家皆私百畝，同養公田；公事畢，然後敢治私事，所以別野人也。」

㉗ 民乃國之本：古代民本思想的說法。漢劉安淮南子主術訓：「民者國之本也。」

㉘ 食為民所天：糧食乃民人賴以生存之物。古人對凡所仰賴者皆曰天。史記酈生陸賈列傳：「王者以民人為天，而民人以食為天。」

㉙ 聚斂：徵收重稅。論語先進：「季氏富於周公，而求也為之聚斂而附益之。子曰：『非吾徒也。小子鳴鼓而攻之可也。』」禮記大學：「百乘之家，不畜聚斂之臣。與其有聚斂之臣，寧有盜賊。」

㉚ 劉晏：唐代著名理財家。字士安，曹州南華（今山東東明）人。年七歲，舉神童。肅宗、代宗時歷任京兆尹、戶部侍郎、吏部尚書同中書門下，及度支、鹽鐵、轉運、鑄錢等使。管理財政達二十年，實行一系列改革，整理鹽法，穩定物價，使安史之亂後的財政、經濟危機狀況得以改善。新舊唐書有傳。

㉛ 蕭何：沛縣人，秦末從劉邦起兵。楚漢相爭時，何留守關中，補兵餽餉，多次扭轉劉邦的敗局。劉邦即位，論功第一，封酇侯。與張良、韓信並稱「漢初三傑」。

㉜ 前：原作「言」，據李卓吾評本改。

此篇陳辭未純，立論不正，宜加刻苦之功，須革富貴之相，方免馬牛襟裾之誚。庸勉庸勉。諸生過來，先遞卷的甚麼名字？（生）生員王十朋。

（外）今朝堂試汝魁名，他日須知作上卿。

（眾）大惠及民誇德政，又將文字數書生。

第五齣 啟媒

【荷葉魚兒】（外上）春雨新收，喜見山明水秀，萬花深處有鳴鳩，軟紅泥踏青時候❶。試躡青鞋❷，慢拖斑竹❸，去尋良友。

自分老林丘❹，詩酒朋儔。昔年璧水❺壯遨遊，學冠同流。嗟吁獨負鄧攸憂，一子難留。且求佳壻續箕裘，是亦良謀。老夫昔在太學❻，曾試貢元，人故以貢元呼之。至親三口，繼室小女而已。田園足以供衣食，廬舍足以蔽風雨。中郎有女傳書業❼，伯道無兒嗣世家。老夫聞得王景春之子王十朋，近

❶ 軟紅泥踏青時候：意謂春雨過後，土地道路變得鬆軟舒適，正是春遊的好時候。明楊基再用前韻書事三首之一：「春來不到鳳凰坡，辜負江頭白苧歌。輕薄衣裳宜換夾，軟紅泥土不沾靴。」踏青，春日郊遊。唐孟浩然大堤行寄萬七：「歲歲春草生，踏青二三月。」

❷ 青鞋：草鞋。唐杜甫發劉郎浦：「白頭厭伴漁人宿，黃帽青鞋歸去來。」仇兆鰲注：「沈氏曰：黃帽，籜冠。青鞋，芒鞋。」

❸ 斑竹：竹上有斑點，故稱斑竹。此處指竹子做的拐杖。

❹ 林丘：山林丘壑，指歸隱的地方。晉謝安蘭亭：「伊昔先子，有懷春遊。契茲言執，寄傲林丘。」

❺ 璧水：本指太學，此處指老貢元讀書求學的地方。宋吳自牧夢粱錄學校：「古者天子有學，謂之成均，又謂之上庠，亦謂之璧水，所以養育作成天下之士類，非州縣學比也。」

❻ 太學：又稱國學，古代設在京城之中的國家最高學府。

日堂試魁名，欲浼❽將仕郎❾南陽郡許文通為媒，求作小女之壻。故此扶筇❿而來，不免到他門首。且咳嗽一聲，老將仕在家麼？

呀！原來是老貢元，請了。（外）過竹方通徑，穿雲始見山。（末）家因貧故靜，人為老而閒。連日少會，今日下顧，必有佳教。（外）只因小女未有佳配，昨聞故人王景春之子，堂試魁名，去後必有好處，敢煩將仕作伐⓫，往彼一說，成此姻緣。但恐輕瀆⓬，有屈神勞。（末）鄙夫即當往議此親，諒此富彼貧，必無辭。且請一茶。（外）不勞賜茶，但得早為玉成⓭，多幸。

【前腔】（末上）靜把詩書閒究，竹扉上是誰頻扣？

---

❼ 中郎有女傳書業：指蔡邕因有女兒而把文學書法之業流傳後世。蔡邕，字伯喈，東漢陳留圉（今河南杞縣南）人，官至左中郎將。精曉經史、音律、天文、地理，長於碑記，又善書法，尤其以隸書著稱於世。有蔡中郎集。其女蔡琰，字文姬，博學能文，精通音律。初嫁河東衛仲道，夫亡，歸娘家。漢末動亂中，被匈奴虜獲，歸南匈奴左賢王，居匈奴十二年。曹操遣使以金璧贖歸，再嫁屯田都尉董祀。應曹操之請，將父親已散佚的一部分書籍背誦出來，親自手錄，文無遺誤，又有長篇五言敘事詩悲憤詩等。

❽ 浼：音ㄇㄟˇ，央求。

❾ 將仕郎：文散官名。隋始置，唐宋從九品下為將仕郎，金升為正九品，元升為正八品，明為正九品初授之階。

❿ 扶筇：拄著手杖。筇，音ㄑㄩㄥˊ，竹名。適宜製作手杖，此代指手杖。

⓫ 作伐：做媒。詩經豳風伐柯：「伐柯如何？匪斧不克。娶妻如何？匪媒不得。」

⓬ 輕瀆：輕慢、褻瀆。唐劉禹錫為京兆韋尹降誕日進衣狀：「輕瀆宸扆，無任兢惶。」

⓭ 玉成：成全，助之使成。語出宋張載西銘：「富貴福澤，將厚吾之生也；貧賤憂戚，庸玉女於成也。」

【三學士】弱息及笄⑭姻未偶，故來拜屈同遊，書生已露魁人手，山老因營繼嗣謀。(合)若得良媒開笑口，這求親願必酬。

【前腔】(末)解綬⑮歸來為至友，果然同氣相求⑯。爾玉人窈窕鍾閨秀，那君子慇懃須好逑⑰。(合)管取兩門開笑口，這求婚願必酬。

【前腔】(外)人世姻緣天所授，惟媒妁得預其謀。篇瓢兀自浮仙澗⑱，紅葉猶能上泝流⑲。

---

⑭ 弱息及笄：指女兒成人。弱息，猶言小兒、小女，多指小女。及笄，古代女子十五歲成人，以簪結髮，稱及笄。笄，髮簪。禮記內則：「女子……十有五年而笄。」

⑮ 解綬：解下印綬，意謂辭去官職。

⑯ 同氣相求：比喻志趣相同或氣質相類的人互相吸引、聚合。易經乾卦：「同聲相應，同氣相求。」孔穎達疏：「同氣相求者若天欲雨，而礎柱潤是也……言天地之間共相感應，各從其氣類。」

⑰ 爾玉人窈窕鍾閨秀二句：語本詩經周南關雎：「窈窕淑女，君子好逑。」窈窕，美好的樣子。好逑，好的配偶。

⑱ 篇瓢兀自浮仙澗：晉干寶搜神記天台二女：劉晨、阮肇入天台山採藥，迷路不得返，幸得仙桃充飢，「以杯取水，見蕪菁葉流下，甚鮮妍。復有一杯流下，有胡麻飯焉。乃相謂曰：『此近人矣。』遂渡山。出一大溪，溪邊有二女子，色甚美，見二人持杯，便笑曰：『劉、阮二郎捉向杯來。』劉、阮驚。二女遂忻然如舊相識，曰：『來何晚耶？』因邀還家。」劉晨、阮肇居此半年後還鄉，「鄉邑零落，已十世矣」。

⑲ 紅葉猶能上泝流：唐僖宗時，宮女韓氏以紅葉題詩，自御溝流出，為書生于祐所得。祐亦題一葉，投溝上流，亦為韓氏所得。不久，宮中放宮女三千人，祐適娶韓氏。成禮日，各取紅葉相示，方知紅葉是良媒。見宋劉斧青瑣高議卷九引張實流紅記。紅葉題詩結成良緣的故事尚多，情節略同而人事各異。

（合前）若得。

【前腔】（末）謹領尊言求鳳偶，管教配合鸞儔。雲英志不存田玉⑳，織女期嘗訂斗牛㉑。

（合前）管取。

（外）釐降㉒篇成事豈虛，（末）詩言夫婦首關雎㉓。

（外）人間未結前生契，（合）天上先成月下書㉔。

---

⑳ 雲英志不存田玉：意謂雲英之志不在玉杵，而在裴航。傳說書生裴航過藍橋驛時，以玉杵為聘禮，娶雲英為妻，後來夫婦俱入玉峰成仙。事見唐裴鉶傳奇裴航。田玉，藍田玉的省稱。藍田在陝西渭河平原的南緣，秦嶺北麓，灞河的上游，是盛產玉石的地方。

㉑ 織女期嘗訂斗牛：月令廣義七月令引南朝梁殷芸小說：「天河之東有織女，天帝之子也。年年機杼勞役，織成雲錦天衣，容貌不暇整。帝憐其獨處，許嫁河。牛宿又稱牽牛，俗稱西牽牛郎，嫁後遂廢織紝。天帝怒，責令歸河東，但使一年一度相會。」斗牛，二十八宿中的斗宿和牛宿（牛郎星）。

㉒ 釐降：下降。本指堯女嫁舜之事。書經堯典：「釐降二女於媯汭，嬪於虞。」孔傳：「降，下嬪婦也，舜為匹夫，能以義理下帝女之心。」段玉裁撰異：「釐，整治之意；降，下也，整治下二女於媯汭。」

㉓ 關雎：詩經周南篇名，為詩經首篇。詩義有多說，通常認為是寫愛情。

㉔ 月下書：姻緣簿。唐傳奇定婚店：「杜陵韋固旅次宋城，見老人倚布囊坐於階上，向月檢書。固問，答曰：「天下之婚牘耳。」」

第六齣　議親

【繞池遊❶】（老旦❷上）桑榆暮景❸，將往事空思省。家貧窘，悶懷耿耿。共姜誓盟❹，慕貞潔甘守孤零，喜一子學問有成。

老身柏舟誓守，自甘半世居孀，榆景身安，惟愛一經教子。雖有破茅之地，儘可容身；囊無挑藥之資，旋謀糊口。剪髮常思侃母❺，斷機每念軻親。正是「不求金玉貴，惟願子孫賢。」老身張氏，少適❻王門，自從丈夫亡後，不幸祖業凋零。止生一子，名十朋，雖喜聰慧，才學有成，奈緣時乖運蹇❼，

❶ 繞池遊：原作繞地遊，誤，據九宮正始冊六引改。

❷ 老旦：戲曲腳色名。旦行的一支，扮演老年婦女。

❸ 桑榆暮景：比喻人的老年時光。曹植贈白馬王彪：「年在桑榆間，影響不能追。」李善注：「日在桑榆，比喻人之將老。」

❹ 共姜誓盟：像共姜一樣堅守與丈夫的誓言盟約。典出詩經鄘風柏舟。毛詩序：「柏舟，共姜自誓也。衛世子共伯蚤死，其妻守義，父母欲奪而嫁之，誓而弗許，故作是詩以絕之。」

❺ 剪髮常思侃母：晉陶侃之母剪髮待客。陶侃早孤貧，為縣吏。鄱陽孝廉范逵過侃，倉猝之間，無以待賓，其母乃截髮以易酒肴，樂飲極歡，後世奉為良母典範。

❻ 適：女子出嫁。

❼ 時乖運蹇：時運不濟，命運不好。元白樸牆頭馬上雜劇第二折：「早是抱閑怨，時乖運蹇。又添這害相思，

功名未遂。今乃大比之年，且訓誨一番。十朋那裏？

【風入松】（生上）青霄萬里未鵬摶⑧，淹⑨我儒冠；布袍雖擬藍袍換⑩，榮枯事皆由天斷。

且自存心奉母，何須著意求官？

母親拜揖。（老旦）春榜動，選場開⑪，收拾行李，上京科舉。（生）母親，事業要當窮萬卷，人生須是惜分陰⑫。正是「學成文武藝，貨⑬與帝王家。」孩兒只為家貧親老，不敢遠離。（老旦）孩兒，豈不聞孝經云：「始于事親，終于事君⑭。」君親一體，若得你一官半職回來，也顯做娘的訓子之功。（生）

月值年災。」乖，不順利。蹇，一足偏廢，引申為不順利。

⑧ 鵬摶：大鵬展翅盤旋而上，比喻人奮發有為，飛黃騰達。語出莊子逍遙遊：「鵬之徙於南冥也，水擊三千里，摶扶搖而上者九萬里。」摶，音ㄊㄨㄢˊ，鳥類向高空盤旋飛翔。

⑨ 淹：滯留，久留。

⑩ 布袍雖擬藍袍換：意謂打算步入仕途。布袍乃平民所穿的服裝，麻布所製。宋劉過壽建康太尉：「萬里寒風一布袍，持將詩句謁英豪。」藍袍，即藍衫，古代八、九品官員所穿的衣服。五代齊己與崔校書靜話言懷：「我性已甘披祖衲，君心猶待脫藍袍。」

⑪ 春榜動二句：指會試，因在春季進行，故稱。唐代的考試定在春夏之間，宋時，諸路州軍科場並限八月引試，而禮部考試，則在次年二月，殿試在四月，於是有秋貢、春試之名。元代於八月鄉試，次年二月會試，明清相沿。

⑫ 惜分陰：珍惜點滴時間。分是寸的十分之一，古人以晷計時，故云。晉書陶侃傳：「大禹聖人，乃惜寸陰；至眾人，當惜分陰。」

⑬ 貨：本指貨物或錢幣，引申為出售，即為……所用。

敢不遵命。（老旦）兒，還有一件事，前日雙門巷錢貢元央許將仕議親，無物為聘，以此不敢應承。只恐今日又來，如何是好？（生）母親，豈不聞古人云：「娶妻莫恨無良媒，書中有女顏如玉。」孩兒只慮功名未遂，何慮無妻？（老旦）兒，你也說得有理。自從你父親亡後，做娘的呵！

【黃鶯兒】半世守孤燈，鎮朝昏⑮幾淚零，到今猶在淒涼景，寒門似冰，衰鬢似星。（生）母親為何調淚？（老旦）為只為早年不幸鸞分影⑯。（合）細評論，黃金滿籯，不如教子一經⑰。

【前腔】（生）父喪母勞形，論孩兒當報恩，奈何人事不相稱。（老旦）只怕你學未成。（生）非學未成。（老旦）只怕你己未能。（生）非己未能，為只為五行不順⑱男兒命。（合前）

【簇御林】（老旦）親師範⑲，近友朋，把詩書勤講明。聚螢鑿壁⑳真堪敬，他們都顯父母、

---

⑭ 始于事親二句：孝經原文為：「夫孝，始於事親，中於事君，終於立身。」

⑮ 鎮朝昏：從早到晚。鎮，整。宋朱熹邵武道中：「不惜容鬢凋，鎮日長空飢。」

⑯ 鸞分影：比喻夫妻散離，或其中一人先亡。鸞，傳說鳳凰一類鳥。唐李賀湘妃：「離鸞別鳳煙梧中，巫雲蜀女遙相通。」

⑰ 黃金滿籯二句：漢書韋賢傳：「遺子黃金滿籯，不如一經。」意謂學問比金錢更重要。籯，音一ㄥˊ，竹籠。

⑱ 五行不順：意謂命運不順。舊時星相家以金、木、水、火、土為五行，以五行生剋推算人的命運。宋華嶽自寬次遊少翁韻：「十事相尋九不諧，骨窮更值五行乖。」

⑲ 師範：師表、模範。法言學行：「師者，人之模範也。」北史楊播傳：「恭德慎行，為世師範。」

⑳ 聚螢鑿壁：用車胤、匡衡之典。晉書車胤傳：「胤恭勤不倦，博學多通。家貧不常得油，夏月則練囊盛數十螢火以照書，以夜繼日焉。」西京雜記卷二：「匡衡，字稚圭，勤學而無燭。鄰舍有燭而不逮，衡乃穿壁引

揚名姓。（合）奮鵬程，名題雁塔㉑，白屋顯公卿㉒。

【前腔】（生）親年邁，家勢傾，恨腴甘缺奉承。臥冰泣竹㉓真堪並，他們都感天地、登臺省㉔。（合前。末上）受人之託，必當終人之事。錢貢元央老夫到王宅議親，此間有人麼？（老旦）兒，有人在外，你去看。（生）待孩兒去看。呀！老將仕，失迎了。（末）令堂有麼？（生）家母有。（末）老夫求見。（生）少待。母親，許將仕在外。（老旦）請進來。（見介）許大人請。重蒙貴步到寒家，有何見諭？（末）老夫非為別事，只因錢貢元前番央老夫來說令郎親事，老安人不允。近聞得賢郎堂試魁名，貢元不勝之喜，今著老夫送吉帖㉕到宅，望乞安人允就，不必推辭。（老旦）多蒙貢元見愛，又蒙將仕週

其光，以書映光而讀之。」唐高適奉酬北海李太守丈人：「一生徒羨魚，四十猶聚螢。」明陳獻章戒懶文：「昔聞鑿壁有匡衡，又聞車胤能囊螢。」

㉑ 名題雁塔：指進士及第。唐代新科進士在曲江宴會之後，常題名於慈恩寺大雁塔。五代王定保唐摭言慈恩寺題名遊賞賦詠雜記：「神龍以來，杏園宴後，皆於慈恩寺塔下題名，同年中推一善書者紀之。」

㉒ 白屋顯公卿：意謂寒士成為顯宦。漢書吾丘壽王傳：「三公有司，或由窮巷，起白屋，裂地而封。」顏師古注：「白屋，以白茅覆屋也。」宋儲國秀寧海縣賦：「或能流光於宦業，匪徒角勝於文囿。爾乃白屋公卿，青雲步驟。」

㉓ 臥冰泣竹：用王祥、孟宗之典。臥冰，晉干寶搜神記卷十一云，王祥「母常欲生魚，時天寒冰凍，祥解衣，將剖冰求之，冰忽自解，雙鯉躍出。」泣竹，相傳三國時吳之孟宗，以孝著稱。其母嗜筍，冬日無筍，孟宗到竹林之中哀嘆悲泣，筍為之出。見三國志吳書孫皓傳注引楚國先賢傳。

㉔ 臺省：漢代有尚書臺，三國魏有中書省，皆為代表皇帝發布政令的中樞機構，故有臺省之稱，並長期沿用。

全。只是家窘，不敢應承。（末）貢元說道：不問人家貧富，只要女壻賢良。聘禮不拘輕重，隨意下些，便可成親。（老旦）貢元乃豐衣足食之家，老身乃裙布荊釵㉖之婦，惟恐見誚。（末）安人何必太謙！

【桂枝香】（老旦）年華衰邁，家私窮敗，要成就小兒姻親，全賴高賢擡帶。論才難佈擺㉗，錢難揭債，物無借貸。（拔釵介）兒，自你父親去後之時，再無所遺，止有這荊釵，權把他為財禮，只愁事不諧。

【前腔】（生）萱親寧耐㉘，冰人㉙休怪。小生呵！貧居陋室多年，惟苦志寒窗十載。倘時運到來，功名可待，姻親還在。母親，這荊釵又不是金銀造，如何做聘財？

【前腔】（末）安人容拜，秀才聽解，那貢元呵，不嫌你禮物輕微，偏喜愛熟油苦菜。但心無忌猜，物無妨礙，人無雜壞。方纔聘禮取過來一覷。（生）請覷。（末）昔日漢梁鴻聘孟光㉚，荊

㉕ 吉帖：喜帖；庚帖。舊時訂婚時寫著生辰八字的帖子。

㉖ 裙布荊釵：以粗布作裙，荊枝作釵，形容生活清苦。太平御覽卷七一八引皇甫謐列女傳：「梁鴻妻孟光，荊釵布裙。」

㉗ 佈擺：調度、安排。元無名氏漁樵記雜劇第二折：「你怎生著我佈擺？」

㉘ 寧耐：忍耐。

㉙ 冰人：媒人。晉書藝術傳索紞：孝廉令狐策夢立冰上，與冰下人語。紞曰：「冰上為陽，冰下為陰，陰陽事也。士如歸妻，迨冰未泮，婚姻事也。君在冰上與冰下人語，為陽語陰，媒介事也。君當為人作媒，冰泮而婚成。」

釵遺下，豈不是達古㉛之家？這荊釵雖不是金銀造，非是老夫面奉，管取門闌㉜喜事諧。(老旦)將仕回見貢元，只說禮物輕微，表情而已。(末) 謹領，謹領。

(生) 寒家乏聘自傷情，(老) 權把荊釵表寸心。

(末) 著意種花花不發，(合) 等閒插柳柳成陰。

㉚ 梁鴻聘孟光：夫婦恩愛的典型。後漢書梁鴻傳載，鴻字伯鸞，有高節，久不娶，「同縣孟氏有女，狀肥醜而黑，力舉石臼，擇對不嫁，至年三十。父母問其故，女曰：『欲得賢如梁伯鸞者。』鴻聞而聘之。……及嫁，始以裝飾入門，七日而鴻不荅……乃更為椎髻，著布衣，操作而前，鴻大喜曰：『此真梁鴻妻也。』」

㉛ 達古：世代興旺發達。

㉜ 門闌：門上的橫木。說文門部：「闌，門遮也。」借指家門、門庭。唐杜甫李監宅之一：「門闌多喜色，女壻近乘龍。」

第七齣　遐　契❶

【秋夜月】（淨上）家富豪，少甚財和寶？未畢姻親，縈牽懷抱。思量命犯孤星❷照，沒一個老瓢❸。

自家號做孫汝權，牛羊無數廣田園。無瑕美玉白似雪，沒孔珍珠大似拳。白銀積下如土塊，黃金堆垛似方磚。溫州城裏第一個財主，件件稱心，樣樣如意。說也惶恐，夜夜縮腳眠。前日學中回來，偶見一家門徑裏面四個大字：「為善最樂」。正看之際，閃出二八佳人，生得描不成，畫不就，十分美貌。若得此女為妻，不枉了今生一世。

【駐雲飛】思憶多嬌，想他十指纖纖一捻腰，兩瓣金蓮❹小，賽過西施貌。妖，其實是俊多嬌，想他身材小巧，教我日夜相思，時刻縈懷抱。若得成親，我也不枉了。

❶ 遐契：謂婚約。

❷ 命犯孤星：命中註定要孤身一人生活，婚事不諧。孤星，單獨出現的星星。以星宿與人命相關聯，是古代算命的方式之一。

❸ 老瓢：指妻子。

❹ 金蓮：女子的小腳。事本南史齊紀下廢帝東昏侯：「鑿金為蓮花以帖地，令潘妃行其上，曰：『此步步生蓮花也。』」

呸！想他也沒用，我家裏有個才六、才七，只好管些家事。有個朱吉能言語，我未曾說起，他就曉得我心事，叫他出來商議。朱吉那裏？（末上）聽得叫朱吉，慌忙走來立，大膽寸難行，小心儘去得。官人，有何分付？（淨）朱吉，前日我在學中回來，打從雙門巷裏經過，一家門前寫著：「為善最樂」，你曉得是那一家？（末）是錢貢元家裏。（淨）你怎麼認得？（末）小人常在他門首經過，認得。（淨）他家好個女兒。（末）官人怎麼曉得？（淨）我在學中回來，偶見此女，生得十分美貌。我要取他為妻，沒個人去說合。（末）他家對門賣燒餅的張媽媽，是錢貢元的妹子。姑娘說姪女，有何不可？（淨）我兒好聰明，姑娘說姪女，有何不依？小廝，取文房四寶過來。（末）要文房四寶何用？（淨）寫個票兒❺，拿他來。（末）這就不是，求親猶如告債，須是登門相請才可。（淨）你不知道，這媽媽聞得他嘴頭子極快，他問道官人多少年紀，方才娶親，教我怎麼回他？（末）只說高來不成，低來不就，蹉跎了歲月，少說些年紀便了。（淨）你分付家裏，只說我學中去了。（末叫後科。淨）出得家門口，此間已是大街坊。

（末）待我去請他。（淨）有理。（末叫）張媽在家麼？（丑上）來了。

【秋夜月】蒙見招，打扮十分俏，走到門前人都道，道奴奴臉上胭脂少，搽些又好，抹些又俏。

（末）搽多了，好與關大王❻作對。（丑）你來我家何幹？（末）孫官人要見。（丑）呀！相公請了。（淨）媽媽請了。（丑）看茶。（淨）媽媽請。（丑）相公，接待不周。春牛上宅，並無災厄❼。（淨）我今閒走，

---

❺ 票兒：舊時官府拘傳犯罪嫌疑人的憑證。

❻ 關大王：即關羽。相傳關羽為大紅臉。

特來看你這母狗。（末）出言太毒，將人比畜。（淨）怎麼屎口傷人？（丑）慣有這毛病。（淨）茶來。（丑）免茶。（淨）免茶不是你說的。（丑）討茶也不是你說的。（淨）我在家裏討慣了。（丑）相公，今日到此貴幹？（淨）他問我貴幹，我怎麼回他？（末）便說煩媽媽為媒。（淨）特煩媽媽為媒。（丑）不知取與第幾位令郎？（淨）小兒尚未有母，就是這小花男子❽。（丑）相公今年高壽了？（淨）一百八十歲。（末）一十八歲。（淨）看，一十八歲。（丑）好少年老成。要取那家女兒？（淨）朱吉，怎麼回他？（末）便說令兄宅上有個令愛❾，要娶他做娘子。（淨）媽媽，聞知令愛宅上，有個令兄，取他做個掌家娘子。（丑）我哥哥六十歲了，還饒他不過。（淨）都是你只管令令令，都令差了。巧言不如直道，便說你哥哥家裏有個丫頭，我要討他做老婆便了。（末）是令兄宅上有個令愛，財主取他做掌家娘子。（丑）若說我姪女兒，只教你雪獅子向火，酥了一半❿。看我姪女兒，長、不料料窕窕⓫，短、不蹋蹋促促。他眉彎新月，髻挽烏雲，臉襯朝霞，肌凝瑞雪：有沉魚落雁之容，閉月羞花之貌⓬。秋波滴

---

❼ 春牛上宅二句：意為春牛來到宅院之中，並不會發生災禍之事。春牛是打春的土牛。舊俗立春前一日，用土牛打春，以表示迎春和勸農。後人亦以葦與紙為之。宋孟元老東京夢華錄卷六：「立春前一日，開封府進春牛入禁中鞭春。」

❽ 小花男子：意猶花花公子。

❾ 令愛：對別人女兒的敬稱。

❿ 雪獅子向火二句：形容被迷醉，不能自持。元吳昌齡東坡夢雜劇第一折：「行者，你去溪河楊柳邊小舟中，叫一聲白牡丹安在，只待他應了一聲，你急急抽身便走……走遲了，只教你做雪獅子向火，酥了半邊。」

⓫ 料料窕窕：瘦長的樣子。

瀝⑬，雲鬟輕盈，淡掃蛾眉⑭，薄施脂粉。舒翠袖，露玉指，春筍⑮纖纖；下香階⑯，顯弓鞋⑰，金蓮窄窄。這雙小腳，剛剛三寸三分。（淨）好！連夜就成。朱吉，這媽媽說小姐的腳，剛剛三寸三分，這是賣弄金蓮，就值一千兩。請問媽媽要多少價錢？（末）這就差了，買牛馬便說價錢，親事只說財禮。（淨）你曉得我的，我若過一兩遭，便曉得。苦惱，小花男子那裏曉得？你教我便好。（末）請問媽媽要多少財禮？（丑）相公，我哥哥是詩禮之家，出得你的門，進得我哥戶，樣樣成雙，件件成百。（淨）有！大人家幹事不小，小人家幹事不大，只管出得我家門，進得你令兄家戶。媽媽，成親之後，自有禮物登門謝媒。花紅⑱羊酒錦段贈之。朱吉，今日是個好日，你連忙回去，取金釵一對，壓釵銀四十兩，相煩媽媽就去。

---

⑫ 沉魚落雁之容二句：形容女性貌美。沉魚落雁，莊子齊物論：「毛嬙、麗姬，人之所莫也。魚見之深入，鳥見之高飛，麋鹿見之決驟，四者孰知天下之正色哉！」莊子原意是魚鳥不能分辨美醜，只知見人驚避，後人作為形容女性美貌的套語。閉月羞花，女子貌美，使皓月、鮮花都感覺羞慚。

⑬ 秋波滴瀝：形容女性眼睛明亮、靈動。滴瀝，水稀疏不落。

⑭ 蛾眉：像蠶蛾觸鬚似的彎而細長的眉毛。楚辭招魂：「蛾眉曼碌，目騰光些。」

⑮ 春筍：春天的竹筍形狀纖細，比喻女子纖嫩的手指。

⑯ 香階：指閨房的臺階。李煜菩薩蠻：「剗襪步香階，手提金縷鞋。」

⑰ 弓鞋：舊時纏足女子所穿的鞋子。元王實甫西廂記雜劇第四本第一折：「弓鞋鳳頭窄。」

⑱ 花紅：舊俗喜事禮物簪花掛紅，故稱。宋孟元老東京夢華錄卷五：「至迎娶日……從人及兒家人乞覓利市錢物花紅等，謂之攔門。」此處指謝媒錢。

【豹子令】聞說佳人多嬝娜，多嬝娜，端的容貌賽嫦娥，賽嫦娥。此親若得週全我，酬勞財禮敢虛過。（合）花紅羊酒謝媒婆。（丑）成親之後，就是姑婆。（淨）朱吉，你牽羊担酒謝姑婆。

【前腔】（丑）非是冰人說強呵，說強呵，成敗都是女蕭何⑲，女蕭何。若是才郎拚財禮，管教織女渡銀河。（合前）

（淨）為媒作伐莫因循，（丑）管取教君成此親。

（末）匹配姻緣憑月老⑳，（合）調和風月㉑仗冰人。

---

⑲ 成敗都是女蕭何：韓信因蕭何大力舉薦而被劉邦拜為大將，其後呂后欲除韓信，又是蕭何設計誘韓信入宮，故俚語有「成也蕭何，敗也蕭何」之說。此處指媒婆，故云「女蕭何」。

⑳ 月老：即月下老人。神話傳說中掌管婚姻之神。後作為媒人的代稱。唐李復言續玄怪錄定婚店略謂，杜陵韋固，元和二年旅次遇一老人，倚布囊坐於階上，向月檢書。固問何書，答曰：「天下之婚牘耳。」又問囊中何物，答曰：「赤繩子耳。以繫夫妻之足，及其生，則潛用相繫，雖仇敵之家，貴賤懸隔，天涯從宦，吳楚異鄉，此繩一繫，終不可逭。」

㉑ 風月：指男女情愛。

第八齣　受釵

【似娘兒】（外上）一女貌天然，緣分淺，親事遷延。願天早與人方便，絲蘿共結❶，蒹葭可倚❷，桑梓相聯❸。

「男子生而願為之有室，女子生而願為之有家。」❹老夫昨央將仕王宅議親，回來便知端的。（末上）仗托荊釵成好事，何須紅葉作良媒❺。昨蒙貢元央我王宅議親，不免回覆。有人麼？（外）將仕，有勞動問，親事如何？（末）老夫初到王宅，說起親事，王老安人再三推辭。已後將尊言說明，纔得允

---

❶ 絲蘿共結：比喻夫妻結合。絲蘿，即菟絲和女蘿，兩種蔓生植物，糾結一起，不易分開。古詩十九首冉冉孤生竹：「與君為新婚，兔絲附女蘿。」

❷ 蒹葭可倚：比喻女兒有如意郎君可為依託。蒹葭，音ㄐㄧㄢ ㄐㄧㄚ，荻和蘆葦。南朝宋劉義慶世說新語容止：「魏明帝使后弟毛曾與夏侯玄並坐，時人謂蒹葭倚玉樹。」

❸ 桑梓相聯：比喻就近結親。詩經小雅小弁：「維桑與梓，必恭敬止。」宋朱熹集傳：「桑梓二木。古者五畝之宅，樹之牆下，以遺子孫給蠶食，具器用者也……桑梓，父母所植。」漢以來，文學作品中常以桑梓代表故鄉。

❹ 男子生二句：孟子滕文公下：「丈夫生而願為之有室，女子生而願為之有家。」宋朱熹集注：「男以女為室，女以男為家。」

❺ 紅葉作良媒：參見第五齣注⑲。

從。（外）將何物為聘？（末）聘物雖有，只是輕微，將不出。（外）老夫有言在先，不拘輕重，只要成其姻事。（末）聘物在此，請收。（外）好罕物。昔日漢梁鴻聘孟光荊釵，至今遺下，豈不是達古之家？老安人那裏？（淨上）「姻緣本是前生定，曾向蟠桃會裏來。」那個在此？（外）是將仕。（淨）不是來說我兒親事麼？（外）正是。（淨）李成看茶來。將仕公，外日多蒙厚禮，我說李成去請將仕公來喫些壽麵，說你不在家；一鉢頭麵，放了三日，把與狗喫了。（外、末）這什麼說話？（淨）敢問將仕，說我女兒親事怎麼了？（末、外）親事已成了。（淨）既成了，幾時下盒子❻？（末、外）就是今日。（淨）今日教我怎麼安排得酒與來人喫？（末）都是乾折❼，袖裏來，袖裏去。（淨）看雞鵝汙屎，壞了衣服。（末）不是這個乾折。（淨）小廝討天平來。（外）要天平做什麼？（淨）要他兌銀子。（外）銀子希什麼罕？（淨）銀子不希罕，什麼希罕？（外）一股荊釵，只怕你不曉得。（淨）你拿來我看。多少年紀，不曉得這是什麼東西。聞又不香，拿在手又不重，待我磨一磨。（外）這是寶貝，擦不得的。（淨）人到禁擦，他到不禁擦。（外、末）什麼說話？（淨）這木頭簪子，一分銀子買了十根，討得十個媳婦。（外）不要多說。（淨）我曉得。當初漢梁鴻仗他討了個娘子，如今又將來討我女兒，是二婚人了。（末）休得取笑。（淨）你便說何人置造，甚人遺下的？

【柰子花】（末）論荊釵名本輕微，漢梁鴻已仗得妻，芳名至今留傳於世。老安人，休將他恁般❽輕視，聽啟，明說道表情而已。

❻ 下盒子：下財禮之意。舊時的財禮常盛在盒子中，故云。

❼ 乾折：以錢代物作為餽贈。

【前腔】（淨）雖然是我女低微，他將我恁般輕覷。一城中豈無風流佳婿？老員外，偏只要嫁著窮鬼。老許，你做媒氏，疾忙與我送還他的財禮。

【前腔】（外）這財禮雖是輕微，你為何講是說非？婆子，你不曉得，那王秀才是個讀書人，一朝顯達，名登高第，那其間夫榮妻貴。這財禮呵，縱輕微，既來之，且宜安之⑨。

【前腔】（丑上）富家郎央我為媒，要娶我姪女為妻。說開說合，非通容易，也全憑虛心冷氣⑩。匹配，端的是老娘為最。

（淨）姑娘那裏來？（丑）我在家裏來，特來與女兒說親。（淨）不要說這親事，我老員外憑了那老許，把女兒許與王什麼朋。（丑）不是王景春的兒子王十朋，娘兒兩個過活的？（淨）正是他家，不知富貴發積⑪何如？（丑）就是孤老院裏趕出跎子來，窮斷了他的脊觔。風掃地，月點燈。（淨）你說的是誰家？（丑）我說的是孫半州孫官人，名頭也有十七八個，金銀使秤稱，珠子使斗量。先將金釵一對，

---

⑧ 恁般：這般。恁，音ㄖㄣˋ。

⑨ 既來之二句：論語季氏：「夫如是，故遠人不服，則修文德以來之。既來之，則安之。」本指招來遠方之人，就應加以安撫。後指既然來了，就應安心。

⑩ 虛心冷氣：猶言虛情假意。元石君寶曲江池雜劇第二折：「娘使盡虛心冷氣，女著些帶耍連真，總饒你便通天徹地的郎君，也不彀三朝五日遭瘟。」

⑪ 發積：即發跡，指由貧窮卑賤到發財做官。元無名氏焚兒救母雜劇楔子：「我賣的是草香水酒，似我這等瞞心昧己又發積，除死無大災。」

壓釵銀四十兩，交了年庚吉帖，就有禮物登門。（淨）如此只許他家罷。姑娘，只說我不曾見你進來，你就說退了王家，我就說嫁了孫家。（丑）正是。（淨）只是老許在裏面，不好說得。（丑）自古道：「男不作媒，女不保債。」若是老許搶我這媒做了，汗都弄他的出來。嫂嫂，你先進去。（淨）老許還不去。（丑）哥哥嫂嫂，此是那個，狗也不養出我來。我到人一般敬他，他到驢了眼看我，我到深深拜一拜，他到直了腰哈人。（末）老人家曲不倒腰，只是這等。（丑、淨）老人家曲不倒腰，彭祖⑫公不唱喏⑬的？「男有男行，女有女伴。」請出去，待我們說幾句家常話。哥哥，特來與我姪女說頭親事。（外）妹子來遲了，女兒許了王秀才，聘禮受了，就是王景春之子王十朋。（丑）那個做媒的？千百担柴煮不爛的老狗，這是女人家勾當。那王家朝無呼雞之食，夜無引鼠之糧，若是嫁了他，餓斷了絲腸。若餓死我家女兒，要與老許討命。（外）什麼說話？（淨）姑娘，你說的是那家？（丑）我說的是孫半州，前門進去一百條水牛，有老許大。（淨）就嫁這水牛。（丑）後門進去一百條黃牛。不要說他珍珠財寶，只這象牙屏風底下，冰乾也有一千担。（淨、外）冰見了日頭就洋⑭了，怎麼晒得冰乾？（丑）各天一方，有這等天晒得這冰乾。嫂嫂，生藥鋪裏賣的是什麼？（淨）這是冰片⑮。（丑）正是，正是。退了

⑫ 彭祖：傳說中的高壽之翁。相傳他有養生之秘訣和導引之術，活到八百歲高齡。事見神仙傳、列仙傳。

⑬ 唱喏：舊時男子行禮的一種，要求作揖的同時出聲致敬。京本通俗小說碾玉觀音：「（崔寧）倒退兩步，低聲唱個喏。」

⑭ 洋：同「烊」。融化。

⑮ 冰片：中草藥名。即龍腦。可作香料。

王家，嫁那孫家。（外）你不曉得，就是那孫汝權，極奸詐。我也配他不來，還了他聘禮。（淨）這等人家不與他？如今退了王家，許了孫家。（外）你那婆子，曉得什麼？「一家女子百家求，求了一家便罷休。」（淨）唊⑯了嘴，「一家女子百家求，九十九家不罷休。」（丑）只有一家不求得，扒在屋上打磚頭，一失了打了老許的頭。

【駐馬聽】（外）巧語花言，竟不顧男女婚姻當遴選⑰，此子才堪梁棟，貌比璠璵，學有淵源。我孩兒非比孟光賢，那書生亦遂梁鴻願。這親事也由我不得，也由你不得。（合）萬事由天，一朝契合，做了百年姻眷。

【前腔】（淨）才貌兼全，親老家貧囊又艱，羞殺荊釵裙布，繡褥金屏，綺席華筵。好姻緣番做惡姻緣，富親眷強似窮親眷。（合前）

【前腔】（丑）四遠名傳，那個不識孫汝權。他貌如潘岳⑱，富比石崇⑲，德並顏淵⑳，

⑯ 唊：音ㄐㄧㄚˊ，妄語。

⑰ 遴選：審慎選拔。王安石辭男雱說書札子：「一介之任，必欲因能；講藝之臣，尤為遴選。」

⑱ 潘岳：字安仁，故亦省稱潘安，晉滎陽中牟人。美姿儀，每出門，老嫗以果擲之盈車。見世說新語容止「潘岳妙有姿容」注引語林。

⑲ 石崇：字季倫，西晉渤海南皮（今河北南皮）人。嘗劫遠使客商，遂致豪富，於河陽置金谷園，奢靡成風。後世以為豪富的象徵。

⑳ 顏淵：即顏回，字子淵，春秋魯國人，孔子弟子。好學，樂道安貧，在孔門弟子中以德行著稱。論語雍也：

輕裘肥馬㉑錦雕鞍，重裀列鼎㉒珍羞饌。（合前）

【前腔】（末）五百年前，月老曾將足繫纏㉓，不用詩題紅葉，書附青鸞㉔，玉種藍田㉕。瑤池曾結並頭蓮㉖，畫堂中已配豪家眷。（合前）

（外）今日未可便相從，（淨）須信豪家意頗濃。

（末）有緣千里能相會，（丑）無緣對面不相逢。

（外）怎成得人家？一個客在此，也沒茶水，到有許多不賢之處！（淨）還不跪？（丑）跪了，嫂嫂。

「子曰：『賢哉，回也！一簞食，一瓢飲，在陋巷，人不堪其憂，回也不改其樂。賢哉，回也！』」

㉑ 輕裘肥馬：穿著輕便而暖和的皮裝，坐著肥壯馬駕的車子，形容生活豪富。論語雍也：「赤之適齊也，乘肥馬，衣輕裘。」宋辛棄疾水龍吟題瓢泉：「蒼顏照影，故應零落，輕裘肥馬。」

㉒ 重裀列鼎：座上鋪設層層墊褥，陳列置有盛饌的鼎器。古代貴族按爵位配置鼎的數。孔子家語致思：「從車百乘，積粟萬鍾，累茵（裀）而坐，列鼎而食。」裀，墊褥。

㉓ 五百年前二句：意謂姻緣本是天定。

㉔ 書附青鸞：即青鳥傳信。青鸞是古代傳說中凰類的神鳥，常為仙人所騎。元王實甫西廂記雜劇第四本第三折：「我這裏青鸞有信頻須寄，你卻休金榜無名誓不歸。」

㉕ 玉種藍田：藍田在陝西，以產美玉著名。晉干寶搜神記卷十一載，楊伯雍隱居無終山，有人給他一斗石子，云可以種玉，且得好婦，後果種得白璧五雙，聘大姓徐氏女為妻。

㉖ 瑤池曾結並頭蓮：比喻夫妻恩愛，男女好合。瑤池是傳說中崑崙山上的池名，西王母居住之所。並頭蓮，一梗並生的兩朵蓮花。晉樂府青陽渡：「青荷蓋綠水，芙蓉披紅鮮。下有並根藕，上有並頭蓮。」

（外）妹子，一家好人家是你攪壞了，我也做不得主。我兒在繡房中，你將兩家聘禮問女兒。願嫁金釵，就是孫家；願嫁荊釵，就是王家。（淨、丑）正是。（外）只說王家是詩禮之家，那孫家一味村濁。（淨）再說一個大巴掌。（外）罷罷，我再不管了。（先下。丑）世間無難事，只怕歪絲纏。一個老官人被你一纏，就纏壞了。玉蓮就比我小時節，只要有得喫，有得著。這等人家不嫁，倒去嫁窮鬼？好計，「計就月中擒玉兔，謀成日裏捉金烏。」㉗（下）

㉗ 計就月中擒玉兔二句：意謂只要巧施計謀，一定能夠成功。

第九齣　繡房

【戀芳春】（旦上）寶篆香消，繡窗日永，又還節近朱明❶。暗裏時更換，月老逼椿庭❷，惟願雙親福壽康寧。

鏡中常自歎嬋娟❸，生長閨門二八年，惟喜椿庭身在室，何堪萱室魄歸天？工德❹悉兼全，玉質無瑕賽月圓。春去秋來多世事，金蓮那肯出房前？奴家侍奉早膳已畢，且向繡房做些針指❺。

【一江風】繡房中，裊裊香烟噴，翦翦❻輕風送；但晨昏問寢高堂，須把椿萱奉。忙梳早整容，忙梳早整容，惟勤針指功，怕窗外花影日移動。

【前腔】聽鵲鴉，噪得我心驚怕，有甚吉凶話？念奴家不出閨門，莫把情懷掛。依然繡

---

❶ 朱明：夏天。爾雅釋義：「夏為朱明。」

❷ 椿庭：古代對父親的稱呼。莊子逍遙遊：「上古有大椿者，以八千歲為春，八千歲為秋。」因其長壽，後因以為父親的代稱。

❸ 嬋娟：形容姿態曼妙優雅。

❹ 工德：禮記昏義：「古者婦人先嫁三月，……教以婦德、婦言、婦工、婦容。」工，指女工。

❺ 針指：指刺繡縫紉等女工。

❻ 翦翦：形容風輕微而帶寒意。唐韓偓寒食夜：「惻惻輕寒翦翦風，杏花飄雪小桃紅。」

幾朵花，依然繡幾朵花，天生怎比他？再繡出薔薇架。

【青哥兒】（丑上）豪門議親，哥哥嫂嫂已許諧秦晉❼。未審玉蓮肯從順，且向繡房詢問。開門。（旦）是誰？（丑）是你姑娘。（旦）姑娘那裏來？（丑）我兒，這就不是了，怎麼攔門拜？詩禮人家，只象小家子出身，好歹等姑娘坐定了拜才是。（旦）多謝姑娘指教。（丑）這才是。我兒坐了。（旦）姑娘，告坐了。（丑）你在這裏做什麼？（旦）這是枕方❽。（丑）這是什麼花？（旦）並頭蓮。（丑）這是做親的意思了。（旦）姑娘休要取笑。（丑）下面是鴨、是鵝、哺雞？（旦）鴛鴦。（丑）鴛鴦嘴長了七八針。這是什麼書？（旦）是烈女傳❾。（丑）我兒，這書且放過一邊，我要說正經。我兒，特來與你說一頭親事。（旦）不是爹爹許那王？（丑）虧你不羞，不出閨門的女兒，曉什麼王、白，好歹等姑娘說出來。你爹爹許了王家，母親見他艱難，將你許了孫半州。他是溫州城裏第一個財主，我兒若嫁了他，一生受用不盡。這是王家的聘禮，這是孫家的聘禮。（旦）姑娘，他乃豪家富貴，玉蓮乃家寒貌醜，不敢應承孫家。（丑）嫁孫家是，聽我說他富貴。

【梁州序】他家私迭等❿，良田千頃，富豪聲振甌城⓫。他又不曾婚聘，專浼⓬我來求親。

❼ 諧秦晉：結為婚姻。春秋時秦晉兩國世為婚姻，特別是重耳得婦於秦，後世以秦晉為兩姓成婚。元王實甫西廂記雜劇第二本第一折：「倒陪家門，情願與英雄結婚姻成秦晉。」

❽ 枕方：枕套兩頭方形的堵頭。

❾ 烈女傳：西漢劉向編，共七卷，記載了上古至西漢約一百位左右具有通才卓識、奇節異行的女子，是舊時的女教讀物。

（旦）他恁的錢物昌盛，愧我家寒貌醜難廝稱⑬。（丑）這段姻緣料想是前定，入境緣何不順情⑭？休得要恁執性⑮。

【前腔】（旦）他有雕鞍金鐙⑯，重裀列鼎，肯娶我裙布荊釵？我須房奩不整，反被那人相輕。（丑）雖是你房奩不整，他見你恭容，自然相欽敬。（旦）嚴父將奴先已許書生，君子一言⑰怎變更，實不敢奉尊命。

【前腔】（丑）你爹娘俱已應承，問姪女緣何不肯？恁推三阻四⑱，莫不是行濁言清⑲。

---

⑩ 迭等：上等。

⑪ 甌城：指溫州城。因溫州在甌江之畔，故稱。

⑫ 浼：音ㄇㄟˇ，懇託。

⑬ 廝稱：相配。宋無名氏齊天樂賀人入贅：「一笑相迎，一雙兩好恰廝稱。」

⑭ 入境緣何不順情：入境隨俗之意。宋釋普濟五燈會元卷十二「洪州大寧道寬禪師」：「師曰：『四時運用，日月長明，法本不遷，道無方所，隨緣自在，逐物升沉，此土地方，入凡入聖。雖然如是，且道入鄉隨俗一句，作麼生道？』」

⑮ 執性：固執、任性。

⑯ 鐙：原作「凳」，誤，據九宮大成卷十一引改。

⑰ 君子一言：君子一言，駟馬難追的省略。比喻恪守承諾。

⑱ 推三阻四：以各種藉口推託、阻攔。元無名氏鴛鴦被雜劇第一折：「非是我推三、推三阻四，這事情應難、應難造次。」

(旦) 枉了將人凌併⑳，便刎下頭來，斷然不依允。(丑) 論我作伐，宅第盡聞名。十處說親九處成，誰學你假惺惺。

【前腔】(旦) 做媒的，(丑) 做媒的不是做賊的。(旦) 做媒的個個誇能，也多有言不相應，信著你都被誤了終身。(丑) 合窮合苦沒福分，丫頭強廝挺㉑，令人怒憎。(旦) 出語傷人，你好不三省㉒，榮枯事總由命。

【尾】(丑) 這段姻緣非廝逞，少什麼花紅送迎？(旦) 誰想番成作畫餅㉓。

(旦) 姻緣自是不和同，　(丑) 無分榮華合受窮。

(旦) 雪裏紅梅甘冷淡，　(合) 羞隨紅葉嫁東風。

---

⑲ 行濁言清：言辭高潔，行為卑汙，言行不一致。唐李虛中命書：「言清行濁，執不通變。」

⑳ 凌併：逼迫、欺凌。明單本蕉帕記鬧釵：「你做人脫天兼弄井，把親妹妹也來凌并。」

㉑ 廝挺：頂撞。琵琶記牛相發怒：「他原來要奏丹墀，敢和我廝挺相持。」

㉒ 三省：多次省察、反省。論語學而：「曾子曰：『吾日三省吾身。』」

㉓ 畫餅：畫餅充飢之意。

第十齣　逼嫁

【福青歌】（淨上）只因我女嬌媚，富家郎要結姻契。姑娘在此作良媒，尋思道理，強如嫁著窮鬼。

常言道：「會嫁嫁田莊，不會嫁嫁才郎。」好笑我老兒將女兒許嫁王十朋，姑娘來說的溫州城內第一個財主孫汝權。如今姑娘繡房中與女兒議親，待姑娘來便知端的。

【前腔】（丑上）玉蓮賤人無理，激得我怒從心起。腌臢❶蠢物太無知，千推萬阻，教我受了這場嘔氣。

（淨）姑娘，為何這般氣？（丑）嫂嫂，只說人家養女兒，你當初把他如金寶，如今把你當蒿草。我便領你的命，到繡房中去，他便閉著門兒。我便叫開門，他便不該就是攔門拜。我該奉承他一分便好。我不合教道他，他便怪我搶白了，心裏有些不自在我。我便說特來與你做媒，他到嗞❷了這張嘴，說道：姑娘莫不是爹爹說王……我就說：不出閨門的女兒，曉得什麼王、白好歹。等姑娘說出來，又說爹是親的，娘是繼母，不知是那一個養漢老淫婦，不知他是那裏來的，便是這等跟我爹的。還要拿他

❶ 腌臢：骯髒，此處做壞、劣解。

❷ 嗞：同「齜」。

到稅課司❸去稅他一稅，羞也羞殺了他。（淨）他是這等無理，七歲無了母，是我扶養長成。說我做主不得，我且喚他出來，肯嫁孫家，我有一處，要嫁王家，也有一處。（丑）嫂嫂不要說我說的。（淨）玉蓮那裏？

【七娘子】（旦上）**芳心未許春撥弄，傍紗窗繡鸞刺鳳。**（淨）玉蓮。（旦）**母命傳呼，奴當趨奉❹。金蓮輕舉湘裙❺動。**

（旦）母親。（淨）撒開❻，不是你娘。（旦）姑娘。（丑）不是你姑娘。（淨）你好欺心！雖無十月懷胎，且有三年乳哺。怎麼得你長大嫁老公，姑娘與你說親，肯不肯好好回他，怎麼說爹是親的，娘是繼母，做主不得，罵我許多？（旦）是那個來說的？（淨）姑娘說的。（旦）姑娘曾在那裏罵？（丑）你罵來。

（淨）賤人罵得好。

【鎖南枝】（旦）**休發怒，免性焦，一言望乞聽奴告。這聘禮荊釵，休恁看得小。**（淨）是金的？（旦）**非是金。**（丑）敢是寶？（旦）**非是寶。**（淨）非金非寶，要他何用？（旦）**將來聘奴家，**

---

❸ 稅課司：宋代設於各州府負責收稅的官署。

❹ 趨奉：服侍。京本通俗小說碾玉觀音：「小娘子如今要嫁人，卻是趨奉官員？」

❺ 湘裙：用湘地的絲織品製成的女裙。湘，湖南。元王實甫西廂記雜劇第一本第三折：「嚲香袖以無言，垂湘裙而不語。」

❻ 撒開：走開。水滸傳第三回：「俺只指望痛打這廝一頓，不想三拳真個打死了他。洒家須吃官司，又沒人送飯，不如及早撒開。」

一似孟德耀⑦。

【前腔】（淨、丑）聽他道，越氣惱，無知賤人不聽教。因甚苦死執迷，惹得娘焦燥？他禮物有甚好？比著玉鏡臺，羞殺晉溫嶠⑧。

（旦）母親，豈不聞商相埋名，版築巖前曾避世；阿衡遁跡，躬耕莘野未逢時⑨。買臣見棄於其妻⑩，季子不禮於其嫂⑪。先朝蒙正運未通，破窯困苦⑫；昔日韓信時不遇，當道餓寒⑬。王秀才雖窘，乃

⑦ 孟德耀：孟光字德耀。參見第六齣注㉚。

⑧ 比著玉鏡臺二句：以晉朝溫嶠的玉鏡臺作對比，說明王十朋的聘禮過於薄陋。晉朝溫嶠北征劉聰，獲玉鏡臺一架。從姑有女，囑代覓壻，溫嶠有自娶之意，因下玉鏡臺為定。後人以玉鏡臺作為豐厚聘禮的代稱。事見南朝宋劉義慶世說新語假譎。元代關漢卿和明代朱鼎，分別作有玉鏡臺雜劇和傳奇。

⑨ 豈不聞商相埋名四句：參見第四齣注⑳。

⑩ 買臣見棄於其妻：朱買臣，漢武帝時吳縣人，字翁子。家貧，以砍樵為生。其妻嫌其貧寒，諷刺挖苦，並要求離異。買臣苦讀成名，為武帝所用，出為本郡太守。其妻與其後夫相迎於道中，被買臣認出，接到官署之中。其妻不久羞愧而死。

⑪ 季子不禮於其嫂：戰國時洛陽人蘇秦，字季子。早年外出遊說，金銀耗盡而功名未就，回到家中，妻不下機，嫂不為炊，家人都恥笑他。後來，蘇秦終於佩帶六國相印，路經洛陽時，兄嫂都不敢仰視。蘇秦問其嫂：「何前倨而後恭也？」嫂曰：「見季子位高而金多也。」參見史記蘇秦列傳。

⑫ 先朝蒙正運未通二句：呂蒙正，宋河南人，字聖功，太平興國二年進士第一，太宗、真宗時三任宰相。傳說呂蒙正微賤時，家住寒窯，吃飯憑寺院齋施，富家女劉月娥卻拋繡球選呂為壻，並由此導致與原家庭破裂。南戲和雜劇均有破窯記雜劇演其事。

才學之士；孫汝權縱富，乃奸詐之徒。才學之士，不難於富貴；奸詐之徒，必易於貧窮。王秀才一朝風雲際會⑭，發跡何難？（淨）姑娘，丫頭雖小，且是識人多矣。不知那裏尋許多苦堆一處。

【四換頭】賊潑賤閉嘴，數黑論黃⑮講甚的？我是你什麼人？（旦）是娘。（淨）恰又來，娘言語怎違？那裏是順父母顏情⑯卻是你？（旦）順父母顏情，人之大禮。話不投機，教人怎隨？富豪戀貪，貧窮見棄，惹得傍人講是非。

【前腔】（丑）呆蠢丫頭，出語汙人耳。恁推三阻四，話不投機。豪家求汝效于飛⑰，他有甚相虧？出言抵撞，你好沒尊卑。

⑬ 昔日韓信時不遇二句：韓信，秦末淮陰人。初屬項羽，繼而歸劉邦，拜為大將軍。韓信少時貧困落魄，常釣於淮陰城下，一漂母見其飢餓，曾賜他飯食。參見史記淮陰侯列傳。

⑭ 風雲際會：比喻遇到好機會而平步青雲，也指君臣遇合。風雲，比喻機遇、好機會。際會，遇到機會。元耶律楚材次云卿見贈：「風雲際會千年少，天地恩私四海均。」

⑮ 數黑論黃：說長道短，講論是非。元楊梓霍光鬼諫雜劇第一折：「倒把我迎頭阻，劈面搶，到咱行數黑論黃，賣弄他血氣方剛。」

⑯ 順父母顏情：指順從父母，依據父母的臉色和心理行事說話。論語為政：「子夏問孝。子曰：色難。」包咸注：「色難者，謂承順父母顏色，乃為難也。」

⑰ 于飛：原指鳳與凰相諧而飛，後比喻夫妻和諧。左傳莊公二十二年：「初，懿氏卜妻敬仲，其妻占之曰：『吉，是謂鳳凰于飛，和鳴鏘鏘。有嬀之後，將育於姜。』」杜預注：「雄曰鳳，雌曰凰，雄雌俱飛，相和而鳴，鏘鏘然，猶敬仲夫妻和睦，適齊有聲譽。」

【前腔】（旦）非奴失禮儀，望停嗔，聽拜啟。婚姻事有之，恐誤了終身難改移。（淨）嫁去好，多住幾日，不好，回來再嫁。（旦）怕一時貪富侈，恐船到江心補漏遲。

【前腔】（淨、丑）好言勸你，再三阻推。娘是何人你是誰？（旦）母親暫息雷電威，休恁自差池。今日裏緣何將我苦禁持⑱？（淨）自今和你做頭敵⑲。（旦）謾威逼，斷然不與孫氏做夫妻。

（旦下。外上）自不整衣毛，何須夜夜嚎。為何在此喧嚷？（淨）老賊養得好女兒，把我一頓打。若無姑娘勸，幾乎打死。（外）媽媽，玉蓮最孝順，敢不是他？（淨）且住！待我思想。我扯住他衣服，他洒調⑳跑了去，方纔打。姑娘，是你打的。（外）妹子回來一次，惹得他母子鬧吵，今後再不要你回來。（丑）我為你女兒親事，今後再不回來了。（淨哭）我的姑娘。（丑哭）我的嫂嫂。（外）呸！好人好家，哭怎麼的？（丑）耍戲有哭有笑。（淨）依我嫁孫家，多與他房奩首飾。若不肯嫁孫家，剝得赤條條，揀個十惡大敗日㉑，一乘破轎子，送到王家。房奩首飾，一些沒有，再不管他。（外）將機就機㉒，明日乃是一好日，只說不好。媽媽，十惡大敗之日，就是明日送去。（淨）也罷，就是明日。（外）媽媽，

---

⑱ 禁持：折磨。宋姜夔浣溪紗丙辰歲不盡五日吳松作：「雁怯重雲不肯啼，畫船愁過石塘西，打頭風浪惡禁持。」

⑲ 頭敵：對頭；敵手。元楊顯之酷寒亭雜劇第二折：「來，來，來！我便死也拼著和你做頭敵。」

⑳ 洒調：掙脫。

㉑ 十惡大敗日：不吉利的日子。

㉒ 將機就機：同「將計就計」。

你送去。（淨）我不去。（外）妹子，你送去。（丑）嫂嫂，一個泥人送到廟裏去，看個下落，就是我去。

（外）不貪富貴自甘貧，（淨）叵耐㉓無知小賤人。

（丑）惟有感恩并積恨，（合）萬年千載不成塵。

㉓ 叵耐：亦作「叵奈」。可恨。唐無名氏鵲踏枝：「叵耐靈鵲多謾語，送喜何曾有憑據。」

第十一齣　辭靈

【破陣子】（旦上）翠黛❶深籠寶鏡，蛾眉懶畫春山❷。絲蘿雖喜依喬木❸，椿樹還憐老歲寒，偷將珠淚彈。

我生胡不辰❹，襁褓❺失慈母。鞠育❻賴椿庭，成立多艱楚。此日遣于歸，父命曷❼敢阻？進退心恐傷，有淚出肺腑。奴家被繼母逼嫁孫郎，我爹爹不允，將機就計，只說今日是十惡大敗之日，匆遽之間，將奴出配王家。首飾衣服，並無一件。苦呵！若是親娘在日，豈忍如此骯髒❽？不免到祠堂中拜

❶ 翠黛：眉的別稱。古代女子用一種叫螺黛的青黑色礦物顏料畫眉，故名。

❷ 春山：指女子眉毛，如同春日裏黛青的遠山。元吳昌齡端正好美妓套數：「秋波兩點真，春山八字分。」

❸ 絲蘿雖喜依喬木：意謂自己出嫁，且喜離父親不遠。

❹ 生胡不辰：猶言生不逢時，而語氣更為強烈。辰，時辰。宋文天祥六歌：「我生我生何不辰，孤根不識桃李春。」

❺ 襁褓：襁指背負小兒用的布兜和繫帶，褓指包裹嬰兒的布或被。後借指嬰兒。本齣所用是泛指意義。據前齣所云，錢玉蓮生母亡故時，玉蓮已經七歲，不當以襁褓稱之。

❻ 鞠育：養育；撫育。詩經小雅蓼莪：「父兮生我，母兮鞠我，拊我畜我，長我育我。」毛傳：「鞠，養也。」

❼ 曷：同「何」，怎。

❽ 骯髒：此處用如動詞，猶言作賤。

別親娘神主⑨。此間已是祠堂中了，這一位是我親娘呵！一入祠堂心慘悽，百年香火嘆無兒。涓埃未報母恩德⑩，反哺⑪忍聞烏夜啼。

【玉交枝】（旦）音容不見，望冥中聽奴訴言。甫⑫離懷抱娘恩斷，目應怎瞑黃泉⑬。誰知繼母心太偏，逼奴改嫁相凌賤。我那親娘，孩兒今日出嫁，本待做一碗羹飯與你，料他決不相容。苦！莫說羹飯，我要痛哭一場，（合）怕他們聞之見嫌，只得且吞聲，淚痕如線。我的親娘在日，豈是今日？

【前腔】不能光顯，嘆資裝⑭十無一完。爹爹，母親，荊釵裙布奴情願。只是我爹爹年老在堂，奴家去後，嘆無人膝下承顏⑮。我的親娘，七歲拋離了你，受他折磨難盡言。孩兒倘有一些差處，非打即罵，他全無骨肉親相眷。（合前。外上）荊釵與裙布，隨時逼婚嫁。（丑上）三夜不息燭，相思

---

⑨ 神主：指牌位。

⑩ 涓埃未報母恩德：意謂對母親的生養之恩沒有任何細微的報答。涓，細流。埃，塵埃。

⑪ 反哺：長大後的烏鴉餵養自己的母鴉。比喻報答父母的養育之恩。晉成公綏烏賦：「雛既壯而能飛兮，乃銜食而反哺。」

⑫ 甫：剛才。

⑬ 黃泉：陰間，或指人死之後的葬地。

⑭ 資裝：嫁妝。隋書食貨志：「老弱耕稼，不足以救飢餒；婦工紡績，不足以贍資裝。」

⑮ 承顏：迎合臉色，指盡心侍奉。晉書孝友傳序：「柔色承顏，怡怡盡樂。」

何日罷。（外）我兒，哭得這等模樣，你在此怎麼？（旦）我在此別母親神主。（外）我的兒，

【憶多嬌】你且開鏡奩⑯，整翠鈿⑰，休得界破殘妝玉箸懸⑱。今日我做爹爹的骯髒了你，首飾全無真可憐。（合）休得愁煩，喜嫁個讀書大賢。

【前腔】（旦）愁只愁你子嗣慳⑲，爹老年，何忍教兒離膝前。爹爹，你與母親不諧，孩兒去了，凡事忍耐些罷。莫惹閒非免掛牽。（合前。丑）我兒，你若依了我，嫁了孫家，大樣妝奩，十分富貴。今日什麼來由，到嫁這個窮鬼？（外）你好胡說！

【鬥黑麻】自古姻緣事，非偶然，五百年前⑳赤繩繫牽。兒今去，聽教言：我的兒，你到王門做媳婦，勿慢勿驕，必欽必敬。孝順姑嫜㉑，數問寒暄。（合）燈前淚漣，生離各一天。它有日歸寧㉒，吾心始安。我兒，上轎去罷。

---

⑯ 鏡奩：鏡匣。

⑰ 翠鈿：用翠玉製成的首飾。

⑱ 休得界破句：不要讓淚水洗掉殘妝。界破，劃破。唐徐凝廬山瀑布：「今古長如白練飛，一條界破青山色。」玉箸，本指玉製的筷子，比喻眼淚。李白閨情：「玉箸夜垂流，雙雙落朱顏。」

⑲ 慳：缺少。

⑳ 前：原作「來」，據影鈔本改。

㉑ 姑嫜：公婆。漢陳琳飲馬長城窟行：「善事新姑嫜，時時念我故夫子。」

㉒ 歸寧：出嫁的女子回到娘家探視父母。詩經周南葛覃：「害澣害否，歸寧父母。」朱熹集傳：「寧，安也，

（旦）待孩兒請母親出來拜辭。（外）孩兒，那老潑賤，你去拜別他怎麼？（旦）爹爹，天下無有不是的父母，孩兒何忍不辭而去？（丑）姪女言之有禮，待我去請他來。嫂嫂，女兒請你出來拜別。（淨在內說）不出來，一似張果老倒騎驢㉓，永遠不要見這畜生的面。（丑）姪女兒，你母親不肯出來受你的拜別。（旦）既不肯出來，待奴自去請。母親，開門，開門！（淨內說）不開，不開！（旦）母親既不開門，不免就此房門前拜別。我的娘，孩兒呵，

【前腔】蒙教養成人，恩同昊天㉔。（淨內應）我又不是你親娘，說什麼昊天！（旦）我的娘，雖不是你親生，多蒙保全。兒別去，免憂煎。娘，你是個年老之人，休惹閒氣，倘爹爹有些不是處，忍耐些罷！努力加餐㉕，望把愁顏變笑顏。（合）燈前淚漣，生離真可憐。（外）我兒，他衣飾也無一件與你，哭他怎麼？（旦）裙布荊釵，奴身自便。（丑）姪女兒，拜了爹爹，上轎去罷！（外）不要拜了。

【臨江仙】（旦）百拜哀哀辭膝下，及門無母施鞶㉖，未知何日返家園。出門銀燭闇，白

謂問安也。」

㉓ 張果老倒騎驢：歇後語。這裏意謂不再見面。張果老是神話中的八仙之一。相傳他常倒騎白驢，日行數萬里。因其面孔朝後，故爾不能與驢照面。

㉔ 恩同昊天：比喻父母的恩德像天空一樣廣大無邊。詩經小雅蓼莪：「欲報之德，昊天罔極。」

㉕ 努力加餐：用心保重身體。加餐，勸慰之辭。古詩十九首行行重行行：「思君令人老，歲月忽已晚。棄捐勿復道，努力加餐飯。」

日照魚軒㉗。（旦、丑吹打下。外弔場㉘）

【前腔】半壁孤燈相弔影，蕭蕭白髮盈顛㉙。那堪弱息㉚離身邊，叮嚀辭別去，情痛不成乾。

㉖施鞶：贈給荷包。鞶，音ㄆㄢˊ，荷包。儀禮士昏禮：「庶母及門內施鞶，申之以父母之命。」鄭玄注：「鞶，鞶囊也。男鞶革，女鞶絲，所以盛帨巾之屬為謹敬。」

㉗魚軒：古代貴族婦女所坐的車，以魚皮為飾，故稱。左傳閔公二年：「歸夫人魚軒。」杜預注：「魚軒，夫人車，以魚皮為飾。」

㉘弔場：戲曲術語，一齣戲結束時演員大都下場，只留下一個或兩個演員念下場詩；或在一齣戲中某一個場面結束時，由某一個演員說幾句道白，由此轉到另一個場面。元無名氏錯立身南戲十二齣：「淨、末、卜弔場下。」

㉙盈顛：滿頭。

㉚弱息：指女兒。

第十二齣　合巹❶

【風馬兒】（老旦上）株守❷蝸居❸事桑麻，形憔悴，鬢藍參❹。（生上）家寒世薄精神減，淒涼一擔，母憂愁，子羞慚。（老旦）孩兒，姻緣之事非偶然，前番許將仕來說親事，我因將荊釵為定。此人一去許久，不見回報，敢是不成了。（生）母親，姻緣前生分定，苦苦掛懷則甚。

【瑣寒窗】（老旦）這門親非是我貪婪，無奈人來說再三。送荊釵只愁富室褒談❺，良媒竟沒一言回俺，反教娘掛腸懸膽❻。（合）早間只聞得鵲噪窗南，有何親舊相探？

【前腔】（生）嘆連年貧苦多諳，尤在淒涼一担担，事萱親、朝夕愧缺腴甘。劬勞未答，

---

❶ 合巹：古代婚禮的一種儀式。新婚夫婦各執一瓢斟酒以飲。後多以合巹代指成婚。剖一瓠為兩瓢，稱為巹，音ㄐㄧㄣˇ。禮記昏義：「婦至，壻揖婦以入，共牢而食，合巹而酳。」酳，用酒嗽口。

❷ 株守：死守，這裏是堅守、沒有變化之意。韓非子五蠹記述：宋國一農夫，耕田時碰到一隻兔子撞死在田間的樹樁子上，於是放下農活，每天守著這根樹樁，希望撿兔子的奇跡不斷重複。

❸ 蝸居：比喻住所窄小局促，簡樸原始。

❹ 藍參：散亂的樣子。

❺ 褒談：批評、指責。元湯式雙調夜行船送景賢回武林套數：「品藻杜司空，褒談張殿元。」亦作「褒彈」。

❻ 掛腸懸膽：猶言牽腸掛肚，形容非常掛念，放心不下。

常懷悽慘。議姻親，斷然不敢。（合前）

【前腔】（末、淨上）論人生嫁女婚男，不是姻緣怎妄貪。謾誇他豪門首飾衣衫。嬌娥志潔，甘居清淡。那聽他巧言啜賺❼。這姑姑因此臉羞慚，此來必定喃喃。此間已是。有人麼？

（老旦）有人在外，出去看來。（生）待孩兒去看。（末）老夫要見令堂。（生）請將仕少待。（老旦）請見。（末）老安人賀喜。（老旦）寒門似水，喜從何來？（末）錢老員外送小姐過門，以此賀喜。（老旦）倉卒之間，諸事不曾整備，怎生是好？（末）不費老安人的心，錢宅也沒有人來，止有張姑媽送親。他恰有些絮聒❽，不要聽他。（淨）只要對了新官人，諸事不要管。張老安人出轎。華堂今夜喜筵開，拂拂香風次第來。畫鼓頻敲龍笛響，新人挪步出庭階。

【寶鼎兒】（丑上）親送姪女臨門，管取今朝沉醉。

（淨）請老安人迎接姑婆。（老旦）姑婆請。（丑）親家請。（淨）請行禮，再行禮。（老旦、丑行禮。丑）此間是那個？（末）就是新官人。（丑）你不曉得，這是瓊林❾之瓊❿。親家面上為何能黃？（老旦）生成的。（丑）這房子為何都是曲的？（老旦）這是舊房。（丑）不是舊房，正是喬木之家⓫。（末、淨）

---

❼ 啜賺：哄騙。元王實甫西廂記雜劇第五本第四折：「他不識親疏，啜賺良人婦。」

❽ 絮聒：嘮叨。

❾ 瓊林：宋朝內苑名稱，常在此為新進士賜宴。宋徽宗眼兒媚：「瓊林玉殿，朝喧弦管，暮列笙琶。」

❿ 瓊：此處為「窮」的諧音。

⓫ 喬木之家：猶言故里。孟子梁惠王下：「所謂故國者，非謂有喬木之謂也，有世臣之謂也。」趙岐注：「所

這話才說得好。（丑）親家，裏面有什麼冰窨⑫？（老旦）沒有什麼冰窨。（丑）為何冷氣直沖？親家，夜來我哥哥嫂嫂分顏⑬，如今送姪女臨門，首飾房奩，諸事不曾完備，望親家包荒⑭。（老旦）家下倉卒之間，諸事不曾整備，望姑婆包荒。（丑）實不相瞞親家說，沒有喜娘⑮，還要我一身充兩役，扶我姪女出轎。酒是好歹兩桌都是我的了。（末）且不要多說，扶持新人出轎。（淨）伏以身騎白馬搖金鐙，曾向歌樓列管絃。醉後不知明月上，笙歌引入畫堂前。

【花心動】（旦上）適遣匆匆，奈眉峰慵畫，鬢雲羞籠。

（淨）一對新人請上花毯，齊眉並立。一派笙歌列綺羅，女郎今夜渡銀河。羞聞織女笑呵呵，今夜斷然饒不過。（老旦）請受禮。（丑）同受禮。（淨）老安人請訓事。（老旦）姑婆請訓事。（丑）親家請。（老旦）占了。夫妻交拜，相敬如賓。務要上和下睦，夫唱婦隨。常如鸞鳳之和鳴，早叶麒麟之應瑞⑯。

謂是舊國也者，非但見其有高大樹木也，當有累世修德之臣，常能輔其君以道，乃為舊國可法則也。」後因以喬木形容故國或故里。

⑫ 冰窨：冰窖。窨，音ㄧㄣˋ，地窖。

⑬ 分顏：翻臉。元關漢卿望江亭雜劇第一折：「俺和你幾年家來往，傾心兒契合，則今日索分顏。」

⑭ 包荒：度量寬大、包涵的意思。易經泰卦：「包荒，用馮河，不遐遺。」王弼注：「能包含荒穢，受納馮河者也。」孔穎達疏：「無舟渡水，馮陵於河，是頑愚之人。」

⑮ 喜娘：伴娘。

⑯ 早叶麒麟之應瑞：意謂早生貴子。麒麟，古代傳說中的一種動物，形狀像鹿，頭上有角，全身有鱗甲，尾似牛尾。古人以為是仁獸，麒麟現是祥瑞之兆。南朝陳徐陵幼年聰慧，寶志上人手摩其頂曰：「天上石麒麟也。」

姑婆請。（丑）勤事桑麻，織紬做布，莫學自已，嫁了這個窮酸餓醋⑰。喜筵獨桌，擺在那裏？（老旦）姑婆，倉卒之間，諸事不曾整備。

【惜奴嬌】只為家道貧窮，守荊釵裙布，謹身節用。今為姻眷，惟恐玷辱親家門風。（旦）空空，愧乏房奩來陪奉，望高堂垂憐寵。（合）喜氣濃，悄似仙郎仙女，會合仙宮。

【前腔】（丑）欣逢，夫壻寬洪，可留心遵守，四德三從⑱。（末）勤攻詩賦，休得要效學飄蓬⑲。（生）重重，命蹇時乖⑳長如夢。（老旦）謝良言，開愚懞㉑。（合前）

【鬥黑麻】（旦）家中，雖忝儒宗㉒，論蘋蘩箕帚㉓，尚未諳通。愧無能，豈宜適事英雄㉔？

見陳書徐陵傳。

⑰ 窮酸餓醋：指貧寒迂腐的讀書人。元白樸牆頭馬上雜劇第二折：「你看上這窮酸餓醋什麼好？」

⑱ 四德三從：即三從四德，舊時束縛婦女的封建教條。三從指未嫁從父，出嫁從夫，夫死從子。四德指婦德、婦言、婦容、婦工。

⑲ 飄蓬：像風中飄飛的蓬草一樣，比喻漂泊無定。南朝梁劉孝綽答何記室：「遊子倦飄蓬，瞻途杳未窮。」

⑳ 命蹇時乖：時運不好。蹇，不順利。乖，違背。元無名氏雲夢窗雜劇第一折：「贏得腹中愁，不趁心頭願，大剛來時乖命蹇。」

㉑ 愚懞：愚昧不明。懞，無知。

㉒ 雖忝儒宗：意謂有愧於書香門第。

㉓ 箕帚：掃除用具，借指操持家務。杜甫送重表侄王砅評事使南海：「家貧無供給，客位但箕帚。」

㉔ 適事英雄：意謂嫁了好丈夫。英雄，代指王十朋。

（老旦）融融，非獨外有容，必然內有功。（合前）

【前腔】（生）愚懞，欲步蟾宮㉕，奈才疏學淺，未得蜚沖㉖。愧無能，豈宜先自乘龍㉗？

（丑）雍雍㉘，才郎但顯功㉙，嬌妻擬贈封㉚。（合前）

【錦衣香】（末）夫性聰，才堪重；婦有容，德堪重，天生美質奇才彩鸞鳳。（生）自慚非是漢梁鴻，何當富室，配著孤窮。（旦）念妾非孟光，奉親命遣侍明公。今日同歡共，想也曾脩種。夫和婦睦，琴調瑟弄㉛。

【漿水令】（老旦）恕貧無香醪㉜泛鍾㉝，恕貧無美食獻供。（丑）又無些湯水飲喉嚨。妝什

㉕ 蟾宮：月宮。傳說月中有蟾蜍，故稱。舊時稱科舉登科為蟾宮折桂。李中送黃秀才：「蟾宮須展志，漁艇莫牽心。」

㉖ 蜚沖：即飛沖，比喻飛黃騰達。史記滑稽列傳：「此鳥不飛則已，一飛沖天。」

㉗ 乘龍：比喻佳壻，此處指十朋作了錢家女壻。藝文類聚四十引張方楚國先賢傳：「孫儁字文英，與李元禮俱娶太尉桓焉女，時人謂桓叔元兩女俱乘龍，言得壻如龍也。」

㉘ 雍雍：和洽歡樂的樣子。宋葉適北齋之一：「友朋坐雍雍，蕪雀鳴草草。」

㉙ 顯功：彰顯功勳，仕途升遷。史記三王世家：「陛下奉承天統，明開聖緒，尊賢顯功，興滅繼絕。」

㉚ 贈封：古代朝廷將官爵授予重臣的父母，父母存者稱封，已死者稱贈。最初一般僅及於父母，後也及於妻子、祖父母。歐陽脩瀧岡阡表：「又十有二年，列官於朝，始得贈封其親。」

㉛ 琴調瑟弄：琴瑟合奏，聲音和諧，比喻夫妻感情融洽。琴瑟，絃樂器。詩經周南關雎：「窈窕淑女，琴瑟友之。」

麼大媒？做什麼親送？（末）休相笑，莫妄衡，惟恐外人相譏諷。（老旦）非缺禮，非缺禮，只為窘中。凡百事，凡百事，望乞包籠。

【尾】（眾）佳人才子德堪重，更人才又兼出眾，夫妻到老和同。

（生）合巹交歡喜頗濃，（老）琴調瑟弄兩和同。

（丑）今宵賸把銀缸照，（合）猶恐相逢在夢中㉞。

㉜ 香醪：美酒。

㉝ 鍾：杯子。

㉞ 今宵賸把銀缸照二句：宋晏幾道鷓鴣天詞中的句子。賸，盡。銀缸，銀製的燈盞、燭臺。

第十三齣 遣僕

【出隊子】（外上）追思前事，追思前事，心下如同理亂絲。雖然頗頗❶有家私，爭奈❷年高無後嗣，怎不教人怨咨❸！

萬般皆是命，半點不由人。當初招王十朋為壻，誰知我那婆子嫌貧愛富，定要嫁孫家。我女不從，因此變作參商❹，翻成仇怨，是我一時將機就機，將孩兒送過王門。如今赴京科舉，思慮他家無人，意欲整西邊書房，去請親家女兒同居住，早晚也好看顧。李成那裏？（末上）水將杖探知深淺，人聽言詞見腹心。員外有何分付？（外）李成，王官人往京求取功名，我思量他家無人，欲將西首書房，去請老安人小姐到家居住，早晚也好看顧。（末）如此甚好，只怕老安人不容。（外）有我在此，不妨。（末）小人就去。

【好姐姐】（外）聽吾一言說與，那王秀才欲求科舉。他若去時，必定家空虛。（合）堪憂

---

❶ 頗頗：很；甚。

❷ 爭奈：怎奈。

❸ 怨咨：怨恨嗟嘆。

❹ 參商：比喻彼此對立、不和睦。參商，參星和商星，二星此出而彼沒，兩不相見，故以比喻人分離不得相見。杜甫贈衛八處士：「人生不相見，動如參與商。」這裏是引申用法。

慮，形隻影單添悽楚，暮想朝思愈困苦。

【前腔】(末) 解元❺為功名利祿，他應難免分開鴛侶。妻孤母獨，怎不愁滿腹。(合前)

【前腔】(外) 我欲把西邊空屋，相請他萱親荊婦，移來並居，早晚堪照顧。(合) 親骨肉，及早取來同居住，彼此心歡意滿足。

【前腔】(末) 小僕蒙東人❻付囑，到彼處傳說衷曲。他聞此語，擬定無間阻❼。(合前)

(外) 不忍他家受慘悽，(末) 恩東惜樹更連枝。

(外) 黃河尚有澄清日，(末) 豈可人無得運時❽？

❺ 解元：本來是指鄉試第一名，宋元以後用作對讀書人的通稱或尊稱。如西廂記中的張生被稱為張解元。

❻ 東人：東家；主人。元李好古張生煮海雜劇第一折：「我家東人好傻也，安知他不是個妖魔鬼怪，便信著他跟將去了。」

❼ 間阻：阻隔。元尚仲賢柳毅傳書雜劇第一折：「幾遍家待相通，常間阻。」

❽ 黃河尚有澄清日二句：吳越備史卷一說，晚唐詩人羅隱投奔吳越，病重，吳越國王錢鏐去看他，在臥室牆上題詩：「黃河信有澄清日，後代應難繼此才。」後人加以改動，意謂人總有出頭之日。

第十四齣 迎請

【掛真兒】（老旦上）天付姻緣事諧矣，夫和婦如魚似水。（生上）貧處蝸居，羞婚燕爾❶，惟恐旁人談恥。（旦上）菽水承歡勝甘旨❷，親中饋❸未能週備。（生）慈母心歡，賢妻意美，深喜一家和氣。母親，蘋蘩已喜承宗嗣，功名未遂平生意。黃榜正招賢，囊空無一錢。（老旦）孩兒，家寒難斡運❹，謾自心頭悶。（旦）今舉若蹉跎，光陰能幾何？（生）母親，孩兒自與娘子成親之後，不覺半載。即日黃榜動，選場開，郡中刻限十五日起程。爭奈缺少盤纏❺，如何是好？（老旦）孩兒，自你父親亡後，家私日漸凋零。你今缺少盤費，教娘實難措辦。（旦）官人，此係是前程之事，況兼

---

❶ 羞婚燕爾：新婚因家貧而慚愧。婚燕爾，即新婚燕爾的縮用。燕爾，又作宴爾，猶云安然。詩經邶風谷風：「宴爾新婚，如兄如弟。」

❷ 菽水承歡勝甘旨：意謂家境貧寒，卻盡心奉養高堂。菽水，清水煮豆子，形容生活清苦。禮記檀弓下：「啜菽飲水盡其歡，斯之謂孝。」後來常以菽水表現貧苦家境中晚輩對長輩的奉養，也用作謙詞。甘旨，指奉養父母的食物。甘，甜食。旨，肉類。

❸ 中饋：指家中供膳諸事。易經家人：「無攸遂，在中饋。」孔穎達疏：「婦人之道……其所職，主在於家中饋食供祭而已。」饋，進食於尊長。

❹ 斡運：斡旋、運籌，設法改變現狀。

❺ 盤纏：盤費；旅費。

官府催行，雖則家道艱難，如何辭免？可容奴家回去，想及爹娘，或錢或鈔，借些與官人路上盤纏，不知尊意如何？（生）如此卻好，只恐岳丈不從。（旦）這個不妨。（末上）若無漁父引，怎得見波濤？自家蒙老員外著我到王秀才家去請取，這裏便是，有人在此麼？（老旦）孩兒，是誰在門首？（生）待孩兒去看。（生）足下何來？（末）小人是錢宅來的。（生）少待。母親，元來岳丈家裏來的人。（老旦）媳婦，你去看是誰。（旦）待奴家去看。元來是李成。（末）是小人。（旦）一向爹媽好麼？（末）俱各平安。（旦）今日著你來，有何話說？（末）老員外聞知秀才官人上京應舉，思慮宅上無人，著小人打點空房一所，特著小人來請老安人小姐同家另住。（旦）這是貧人遇寶，有何不可？你進來見了婆婆，須要下禮。（末）大人家兒女曉得。（老旦）媳婦，是誰？（旦）婆婆，是奴家裏使喚的李成。（老旦）元來是李成舅，請他進來。（旦）李成進來。（末）老安人拜揖。（老旦）李成舅萬福。二位親家安否？（末）托賴俱各平安。（老旦）如今親家著你來有何幹？（末）老安人請坐，待小人說。

【宜春令】恩東命，遣僕來上覆，近聞說官人赴都。解元出路❻，人去家空，必定添淒楚。意欲把西首房屋，待相邀安人居住。為此特令男女❼，到宅傳語。

【前腔】（老旦）蒙錯愛，為眷屬，這恩德深銘肺腑。奈緣艱苦，迤邐❽不能勾參岳父。

---

❻ 出路：猶言出門。元無名氏合同文字雜劇楔子：「兄弟你出路去，比不得在家，須小心著意者。」

❼ 男女：舊時對地位卑下者的稱呼或其自稱，這裏是自稱。

❽ 迤邐：緩緩行走的樣子。水滸傳第八十二回：「出了濟州，迤邐前行。」

到如今又蒙相呼，頓教娘心中猶豫。試問我孩兒媳婦，怎生區處？

【前腔】（生）因科舉，欲赴都，免不得拋妻棄母。千思百慮，母老妻嬌，卻教誰為主？既岳翁惜寡憐孤，這分明連枝惜樹。且自隨機應變，慎勿推阻。

【前腔】（旦）夫出路，百事無。況家中前空後虛，晨昏朝暮，慮恐他人生疾妒。既相招共處同居，暫幽棲華門蓬戶⑨。未審婆婆夫主，意中何如？

（末）安人，且聽小人告稟。俺老員外說得好，解元赴選，家中惟有女流，外無老僕，內無小僮。俺小姐既受蘋蘩之托，恐缺甘旨之奉。為此將西邊空屋，請安人小姐另處。父子又得相親，婦姑況得其所。安人以為半世尚守孤燈，今而有婦，不肯因人而熱，辭之固當矣。據小人愚見，早晚仰賴無人，倘有不測，何以堪處？我家空屋，固非廣廈高堂，亦有重疊門戶，不使雀穿牖⑩，毋使犬吠室。實為有托，可保無虞⑪。解元衣錦榮歸，不惟壯觀老員外之門楣，抑且增益老安人之福履⑫。休得三思，幸垂一諾。（旦）婆婆，李成之言有理，請問去否？（老旦）兒，你道怎麼不去？

（老）家寒羞往見新親，（生）世務艱難莫認真。

⑨ 華門蓬戶：簡陋破舊的房屋。華門，用竹荊編成的門。蓬戶，用柴草編成的門戶。宋陳淵與張如瑩侍郎澄：「自反鄉社，忽忽復見初夏。華門蓬戶，可以休老。」

⑩ 雀穿牖：語出詩經召南行露：「誰謂雀無角，何以穿我屋。」

⑪ 無虞：沒有憂患，太平無事。尚書畢命：「四方無虞，予一人以寧。」

⑫ 福履：猶言福祿。詩經周南樛木：「樂只君子，福履綏之。」毛傳：「履，祿；綏，安也。」

（旦）此去料應無改易，（末）逕傳消息報東人。（末下）

【繡衣郎】（老旦、生、旦弔場）（老旦）半生在陋巷幽棲，樂守清貧苟度時。重蒙不棄，大廈千間相週庇。望孩兒異日榮貴，報岳翁今日恩義。（合）願從今奮前程萬里，願從今奮鵬程萬里！

【前腔】（生）自歷學十載書幃，黃卷青燈⑬不暫離。春闈催試，鏖戰功名在科場內。金鸞殿⑭擬著荷衣⑮，廣寒宮⑯必攀仙桂。（合前）

【前腔】（旦）想蒼天不負男兒，一舉成名天下知。倘登高第，雁塔題名身榮貴。若能勾贈母封妻，也不枉了爭名奪利。（合前）

【前腔】（老旦）黃河尚有澄清日，豈可人無得運時？（旦）皇都得意，那時好個風流壻。（生）我寒儒顯赫門楣，太岳翁⑰傳揚名譽。（合前）

⑬ 黃卷青燈：形容讀書勤勉，夜以繼日。宋陸游客愁：「蒼顏白髮入衰境，黃卷青燈空苦心。」黃卷，即書籍。古時為了防蛀，以黃蘗汁染紙，故稱。青燈，即油燈，因其光青熒，故名。

⑭ 金鸞殿：即金鑾殿。唐宮殿名，皇帝常在此殿接見學士。後常指皇帝的正殿。元白樸東牆記雜劇第五折：「脫卻了舊布衣，直走上金鑾殿。」

⑮ 荷衣：指舊時中進士後所穿的綠袍。

⑯ 廣寒宮：即神話傳說中的月宮。

⑰ 太岳翁：即岳翁，岳父。

（生）春闈催試迫違期，（旦）但願皇都得意回。

（老）躍過禹門⑱三級浪，（合）管教平地一聲雷⑲。

⑱ 禹門：即龍門，相傳為禹所鑿，故稱。

⑲ 平地一聲雷：比喻聲名地位突然提高。琵琶記文場選士：「一舉鰲頭獨占魁，誰知平地一聲雷。」

第十五齣　分別

【卜算子】（外上）從別女孩兒，心下常縈繫。昨日令人去請歸，彼此心歡喜。雪隱鷺鷥飛始見，柳藏鸚鵡語方知❶。昨日著李成去搬取王親媽、秀才與我女孩兒同家另居。待李成回來，便知分曉。

【疏影】（老旦上）韶光荏苒❷，嘆桑榆暮景❸，貧困相兼。（旦上）半載憂愁，一家艱苦，未知何日回甜。（生上）麄衣糲食心無歉，為親老常懷悽慘。（末上）安人賢慧❹，秀才儒雅，小姐貞潔。老安人，這裏正是本宅門首，待小人進去通報。老員外，老安人、秀才官人、小姐都來了。（外）在那裏？（末）都在門首。（外）看坐來。親家，請裏面相見。（老旦）老親家先請。（外）親家，老夫接待不周，勿令見罪。（老旦）親家，老身貧乏無一絲為聘，遣荊釵言之可羞。（外）小女愧無百

❶ 雪隱鷺鷥飛始見二句：比喻事情的結果還須拭目以待。
❷ 韶光荏苒：形容時間漸漸流逝。
❸ 桑榆暮景：指老年時光。
❹ 慧：原作「會」，據南詞定律卷一引改。

輛迎門，奉蘋蘩惟恐有失。（老旦）未遑造謝❺，反蒙寵招。（外）重荷輝臨，不勝忻羨。（老旦）老親家，親母如何不見？（外）老荊❻有些小恙，不及侍陪，容日再拜。乞恕！乞恕！（老旦）孩兒過來，見了老親家。（生）念十朋一介寒儒，三尺童稚。忝居半子❼之情，托在萬間之庇，有違參拜，無任戰兢。（外）好賢壻！（旦）爹爹，久別尊顏，且喜無恙。（外）孩兒起來。親家母，我聞知令郎起程，慮恐親家宅上無人。老夫如今打點西邊空房屋一所，請親姆到來，與我孩兒同住。未知尊意如何？（老旦）老身來此，叨擾尊府。（外）賢壻幾時起程？（生）小生就是今日起程。（外）李成看酒來。（末）酒在此。（外）此一杯酒，一來與老親家接風，二來與我賢壻餞行。酒三巡，權為餞行之禮。親家，我家中沒有高堂大廈。

【降黃龍】**草舍茅簷，蓬蓽塵蒙，網羅風颭❽。尊親到此，但有無一一望親遮掩。**（老旦）**恩沾，萬間週庇，悄似寒灰撥焰❾。使窮親歡生愁腹，喜生愁臉。**

❺ 未遑造謝：沒來得及登門道謝。遑，暇。詩經小雅采薇：「王事靡盬，不遑啟處。」造，到，往。

❻ 老荊：對人稱自己妻子的謙辭。猶言荊釵布裙之妻。

❼ 半子：即女壻，舊時以為女壻頂半個兒子，故稱。

❽ 颭：音ㄓㄢˇ，風吹顫動的樣子。

❾ 寒灰撥焰：比喻在困難之中得到救助。寒灰，死灰。金元好問甲午除夜：「暗中人事忽推遷，坐守寒灰望復燃。」

【前腔】（旦）安然，同效鶼鶼⑩，為取功名，反成抛閃⑪。君今此行，又恐怕貪富別取房奩。（生）休言，我守忠信，自古道「貧而無諂⑫」，肯貪榮忘恩失義，附熱趨炎⑬？

【前腔】（老旦）淹淹⑭，貧守虀鹽⑮，常慮衣單，每憂食缺。今為眷屬，尤恐將宅第門風辱玷。（外）休謙，既成姻眷，又何故相棄相嫌。敢攀尊親寵臨，老夫過僭⑯。

【前腔】（生）叨忝⑰，母訓師嚴，三史⑱諳通，九經⑲博覽。今承召舉，到試闈定有朱

---

⑩鶼鶼：比翼鳥。爾雅釋地：「南方有比翼鳥焉，不比不飛，其名謂之鶼鶼。」文學作品中常用以比喻夫妻相愛。

⑪抛閃：抛開、分別。元關漢卿金線池雜劇第四折：「撇閣的男遊別郡，抛閃的女怨深閨。」

⑫貧而無諂：意謂雖然貧窮卻不巴結奉承別人。論語學而：「子貢曰：『貧而無諂，富而無驕，何如？』」

⑬附熱趨炎：即「趨炎附勢」。

⑭淹淹：鬱鬱不振的樣子。

⑮虀鹽：意謂生活清貧。虀，切碎的醃菜或醬菜。

⑯過僭：謙詞，超越本分。僭，超越身分，冒用在上者的職權名義行事。春秋公羊傳昭公二十五年：「諸侯僭於天子。」

⑰叨忝：叨光、忝列。北齊書陳元康傳：「元康叨忝或得黃門郎，但時事未可耳。」

⑱三史：魏晉南北朝時，以史記、漢書、東觀漢記為三史。唐開元以後，因東觀漢記失傳，以史記、漢書、後漢書為三史。此處泛指歷史典籍。

⑲九經：唐代科舉，在明經科中，有三禮（周禮、儀禮、禮記），三傳（左傳、公羊傳、穀梁傳），連同易、書、詩，統稱「九經」。元楊顯之瀟湘雨雜劇第一折：「黃卷青燈一腐儒，九經三史腹中居。」

衣頭點⑳。(旦)春纖,捧觴低勸,好將心事拘拑㉑。到京師閒花野草,慎勿沾染。

【黃龍袞】(生)休將別淚彈,休將別淚彈!且把愁眉展。背井離鄉,誰敢胡沾染?(老旦)路途迢遞㉒,不無危險。才日暮,問路程,尋宿店。

【前腔】(生)萱親免愁煩,萱親免愁煩!岳丈休憶念。(老旦)記取叮嚀,客邸當勤儉。(外)此行只願鰲頭高占,功名遂,姓字香,門楣顯。

【尾聲】(生)隨身不慮無琴劍㉓,慮只慮行囊缺欠。(外)些少白金相助添。

(生)多謝岳父厚意。(外)你去路上要小心,早去早回。(老旦)孩兒,你過來,我分付你幾句。(生)母親,有何分付?(老旦)你未晚先投宿,雞鳴起看天;逢橋須下馬,過渡莫爭先。古來寃枉事,皆在路途間。做娘的就比樹頭上黃葉,荷葉上水珠,朝不保暮了。我的兒呵!

【臨江僊】渡水登山須仔細。(外)朝行須聽曉雞啼。(旦)成名先寄好音回。(末)藍袍㉔將

---

⑳ 朱衣頭點:即朱衣點頭,指科舉中選。天中記卷三十八引宋趙令時侯鯖錄:「歐陽脩知貢舉日,每遇考試卷,坐後嘗覺一朱衣人時復點頭,然後其文入格……始疑侍吏,及回顧之,一無所見。因語其事於同列,為之三嘆。嘗有句云『唯願朱衣一點頭』。」

㉑ 拘拑:意謂拘束、限制。元白樸中呂陽春曲題情:「奶娘催逼緊拘鉗,甚是嚴,越間阻越情忺。」

㉒ 迢遞:遙遠的樣子。元劉君錫來生債雜劇第二折:「怎熬得路途迢遞,更和那風雨瀟疏。」

㉓ 琴劍:古時文士出行常攜帶琴與劍,故喻指文士的行李。宋陸游出都:「重入修門甫歲餘,又攜琴劍返江湖。」

㉔ 藍袍:舊時八品、九品官員的官服色彩,借指做官。

掛體，及第便回歸。（生）重荷萱親勤訓誨，感蒙岳丈提攜。娘子，好生侍奉我親幃。李成，在家勤照顧。（末）及第便回歸。（旦扯生介）半載夫妻成拆散，婆婆年老怎支持？成名思故里，切莫學王魁㉕！（生）你不須多囑付，我及第便回歸。

（生先下。眾弔場）正是「流淚眼觀流淚眼，斷腸人送斷腸人。」（外）孩兒，你夫壻上京取應，好把婆婆恭敬。（旦）甘旨一一趨承，謹依爹爹嚴命。（老旦）多幸多幸，骨肉團圓歡慶。

【園林好】深感得親家見憐，助白銀恩德萬千。更廣廈容留，貧賤得所，賜喜綿綿。蒙所庇，意拳拳㉖。

【沉醉東風】（外）我孩兒三生有緣㉗，與才郎忝為姻眷。今日赴春闈，程途遙遠。助盤費，尚憂輕鮮㉘。（旦）婆當暮年，父當老年，只願我兒夫榮歸故苑。

【川撥棹】（老旦）他憑取才學上京赴選，又恐怕他功名緣分淺。（末）老安人且莫縈牽，那秀才文章燦然。管登科㉙，作狀元。管登科，作狀元。

㉕ 王魁：宋羅燁醉翁談錄載，書生王魁與妓女敫桂英相愛。敫桂英資助王魁讀書，上京應考離別之時，在海神面前設誓，永不變心。然而王魁考中之後，卻拋棄桂英，另娶高門，桂英憤而自殺，死後鬼魂活捉王魁。南戲王魁、元尚仲賢雜劇海神廟王魁負桂英等即演此事。

㉖ 拳拳：誠摯、殷切的心意。司馬遷報任安書：「拳拳之忠，終不能自列。」

㉗ 三生有緣：意謂命中註定的緣分。三生，佛教語，指前生、今生、來生。

㉘ 輕鮮：微薄。

【紅繡鞋】（老旦）旦夕祝告蒼天，週全。願他獨占魁選，榮顯。母妻封贈受皇宣。門楣顯，姓名傳。得魚後，怎忘筌㉚？得魚後，怎忘筌？

【尾】從今且把眉舒展，遇良辰自宜消遣，骨肉永遠團圓。

（外）舉子紛紛爭策藝㉛，（老）此行願取登高第。

（旦）馬前喝道狀元來，（合）這回好個風流壻㉜。

㉙ 登科：科舉時代稱考中進士為登科。王仁裕開元天寶遺事泥金帖子：「新進士才及第，以泥金書帖子附家書中，用報登科之喜。」

㉚ 得魚後二句：意謂達到目的後，也不能忘記憑藉。莊子外物：「筌者所以在魚，得魚而忘筌。」筌，一作荃，捕魚的竹器。

㉛ 策藝：指科舉考試的不同科目和內容。策，提出社會時政問題令考生回答謂之策。藝，指經籍。

㉜ 馬前喝道狀元來二句：宋元時俗語，指狀元及第後，騎馬遊街，接受高門招贅的絲鞭。亦見宋九山書會張協狀元第二十齣，世德堂本元施惠拜月亭第三十九折下場詩。

第十六齣　赴試

【水底魚】（生上）天下賢良，赴選臨帝鄉❶。白衣卿相，暮登天子堂❷。

【前腔】（末上）為功名紙半張❸，引得吾輩忙。人人都想，要登龍虎榜❹。

【前腔】（淨上）有等魍魎❺，本是田舍郎，妝模作樣，也來入試場。

（生）三年大比選場開，滿腹文章特地來。爭看世人增價買，信知吾輩是英才。（淨）梅溪，我和你一學朋友，不須通名，趲行❻則個。

【甘州歌】（生）自離故里，謾回首家鄉，極目何處？萱親年老，一喜又還一懼。晨昏幸

❶ 帝鄉：皇帝居住的地方，指都城。杜甫承聞河北諸道節度入朝歡喜口號：「衣冠是日朝天子，草奏何時入帝鄉？」

❷ 白衣卿相二句：語本宋汪洙神童詩：「朝為田舍郎，暮登天子堂。」白衣卿相，意謂雖為布衣之士，卻有卿相之才。宋柳永鶴沖天：「才子詞人，自是白衣卿相。」

❸ 功名紙半張：比喻功名微不足道。元庾吉甫雙調雁兒落過得勝令：「功名紙半張，富貴十年限。」

❹ 龍虎榜：知名人士同登一榜。新唐書歐陽詹傳：「舉進士，與韓愈、李觀、李絳、崔群、王涯、馮宿、庾承宣聯第，皆天下選，時稱龍虎榜。」

❺ 魍魎：古代傳說中的山川精怪、鬼魅。孔子家語辨物：「木石之怪夔魍魎。」

❻ 趲行：趕路。施耐庵水滸傳第十六回：「楊志這一行人要取六月十五日生辰，只得在路上趲行。」

託年少妻，深感岳丈相憐一處居。(合)蒙囑付，牢記取，教我成名先寄數行書。休悒怏❼，莫嘆嗟，白衣換卻錦衣歸。

【前腔】(末)芳春景最奇，正可人不暖不寒天氣。千紅萬紫，開遍滿目芳菲。香車寶馬❽逐隊隨，不見來往遊人渾似蟻。(合)爭如我，折桂枝，十年身到鳳凰池❾。身榮貴，回故里，人人都道狀元歸。

【前腔】(淨)迤邐松篁❿逕裏，見野塘溶溶水沒沙嘴。鷗鳧往來，出沒又還驚飛。危橋跨澗人過稀，只見漠漠平沙接遠堤。(合)途中趣，真是奇，綠楊枝上囀黃鸝。難禁受，聞子規，聲聲叫道不如歸⓫。

【前腔】(眾)聞知皇都近矣，尚還隔幾重烟水。餐風宿水，豈憚路途迢遞。一心指望入

---

❼ 悒怏：憂鬱不高興的樣子。元王實甫雜劇西廂記第一本第二折：「聽說罷，心懷悒怏，把一天愁都撮在眉尖上。」

❽ 香車寶馬：車水馬龍。常指女眷乘坐的華麗車馬。宋李清照永遇樂元宵詞：「來相招，香車寶馬，謝他酒朋詩侶。」

❾ 十年身到鳳凰池：宋劉昌言上呂相公：「一舉首登龍虎榜，十年身到鳳凰池。」鳳凰池，魏晉時中書省掌管一切機要，因接近皇帝，故稱「鳳凰池」。

❿ 松篁：松與竹。唐韋莊春愁：「後庭人不到，斜月上松篁。」

⓫ 聞子規二句：禽經：「春夏有鳥，若云『不若歸』，乃子規也。」子規，即杜鵑。

試闈，恨不得脅生雙翅飛。（合）尋宿處，莫待遲，竹籬茅舍掩柴扉。天將暮，日墜西，漁翁江上釣魚歸。

【尾】問牧童，歸村市，香醪同飲典春衣⑫，圖得今宵沉醉歸。

（生）琢磨成器待春闈，（末）此去前程唾手回。

（淨）青雲有路終須到，（合）金榜無名誓不歸！

---

⑫ 典春衣：典當春季的衣服，以供自己或朋友喝酒，表示豪放的行為。唐杜甫曲江二首之二：「朝回日日典春衣，每日江頭盡醉歸。」

第十七齣 春科

（末上）欽奉朝廷命，敷施雨露恩。魚龍皆變化，一躍盡朝天。自家不是別人，禮部❶伺候的便是。往來聽候，侍奉官員。今乃大比貢舉之年，正當設科取士之際。國朝委請試官，已在貢院之內。府縣郡召舉子，俱列棘圍❷之前。如今將次❸考試，只得在此伺候。怎見得設科取士？但見開設著：茂才科、賢良科、方正科❹，齊齊整整；印卷所、彌封所、對讀所、謄錄所❺，密密嚴嚴。委請有：總考官、同考官、易考官、書考官、詩考官、春秋考官、禮記考官，人人飽學；提調官、供給官、巡綽官、

---

❶ 禮部：官署名。為六部之一，掌管典章制度、祭祀、學校、科舉和接待四方賓客等事的政令。

❷ 棘圍：試院。唐五代科舉考試，在試院圍牆上插滿荊棘，以防作弊，故稱。元王實甫雜劇西廂記第一本第一折：「將棘圍守暖，把鐵硯磨穿。」

❸ 將次：將要。

❹ 茂才科句：都是封建時代科舉取士的科目。茂才科，即秀才科，東漢時因避光武帝劉秀名諱，改稱茂才科，後代因之。賢良科、方正科，即賢良方正科，漢文帝時始詔舉，「賢良方正直言極諫者」多為舉薦。後代常作非常設之制科。

❺ 印卷所句：都是科舉考試時所設的官署。印卷所，負責印製試卷。彌封所，始置於宋代。宋代科舉考試採用彌封制，試卷由彌封官折疊，封藏應試者姓名，然後編號。謄錄所，負責將彌封好的試卷（稱墨卷）用朱筆謄抄（稱朱卷），送考官評閱。放榜時，按取中的朱卷號碼調取黑卷折封，才唱名放榜。對讀所，負責對謄錄的試卷進行校對。

受卷官、彌封官、總監臨官、都幹辦官❻，個個清廉。但是天下才子，先到禮部報名。第一場，以四書擬題，內選程文❼四書三篇、五經四篇，務要文章峻潔。第二場，以性理群書❽擬題，內選程論詔誥一篇、表判一篇❾，俱用禮義精純。第三場，策問❿五道，無非曉達時務，何必經史辨疑。中式舉人，定為三甲⓫；授官進士，分作九階⓬。第一甲，賜進士及第，官授從六品；第二甲，賜進士出身，

❻ 提調官句：均為在會試中負責某一方面事務的官員。提調官，處理內部事務。供給官，負責生活供給。巡綽官，負責巡視檢查安全保衛。受卷官，負責接受考生墨卷。彌封官，負責密封墨卷。總監臨官，負責監考，一般都用職位比較高的官員臨時充任，除主考官、同考官之外，絕大部分辦事人員均由他委派並監督。都幹辦官，即大幹辦官、總幹辦官，負責會試具體組織，協調各方面事務。

❼ 程文：科舉考試的範文，考生必須按此程式作文，故稱程文。金史選舉志：「官各作程文一道，示為舉人之式。」

❽ 性理群書：即宋代理學論著。性理，人性與天理，指程朱理學，本於程頤「性即理也」之說。

❾ 內選程論句：作為示範的論文。詔誥、表，都是科舉考試的文體。宋史選舉志：「高宗立博學宏詞科，凡十二題，制誥、詔、表、露布、檄、箴銘、記贊、頌序內雜出六題，分為三場，每場體制一古一今。」判，古代文體。判，評斷之意。此處指對案件的判決詞。

❿ 策問：以經義或政事為內容提問，要求舉子解答的考試類別。後漢書和帝紀：「帝乃親臨策問，選補郎吏。」

⓫ 三甲：科舉時進士資格的等級，始於宋太平興國八年。進士殿試之後，分為一甲、二甲、三甲，合稱三甲。一甲賜進士及第，二甲賜進士出身，三甲賜同進士出身。

⓬ 九階：猶九品，中國封建社會中官吏的等級，始於魏晉。從第一品到第九品，依次而降。北魏時開始各品之內又分正、從，第四品開始，正品、從品中又各分上下階，共為三十等。唐、宋時，文職與北魏同，武職從三品開始即分上下。隋、元、明、清保留正、從之分，而無上下階之別，共分十八等，且文職與武職相同，

官授正七品；第三甲，賜同進士出身，官授從七品。廷策⑬一道，列名狀元、榜眼、探花⑭，遊街三日，賜宴瓊林，鹿鳴鹵簿⑮。正是「一封才下興賢詔，四海應無遺棄才。」道猶未了，試官早到。

【夜遊朝】（外、雜從上）錦袍銀綬⑯掌春宮⑰，輔佐承明一統。聖主求賢心重，網羅天下英雄。

烏紗玉帶紫金魚⑱，出入千人擁一車。若問榮華何自至，少年曾讀五車書⑲。下官蒙差考試，為天子

如知縣是正七品，知府是從四品。

⑬ 廷策：即廷試，科舉會試考中者，皇帝親自策問於朝廷。

⑭ 狀元榜眼探花：狀元，殿試的第一名。唐制，舉人赴京應禮部試者皆須投狀，所以稱居首者為狀頭，稱狀元。榜眼之名始於北宋初年，當時殿試錄取的第二、三名，皆稱榜眼，後專指第二名，第三名稱探花。探花之名，源於唐代。唐時進士曲江杏園初宴，稱「探花宴」，以同榜俊秀少年進士二三人為探花使，遍遊名園，探採名花，故稱探花，但不一定指第三名，到南宋以後，才以探花指第三名。

⑮ 賜宴瓊林二句：宋太平興國九年至政和二年，皇帝都在瓊林苑賜宴新進士，故名瓊林宴。後世賜宴，雖不一定是此地，然而其名仍沿襲。鹿鳴，詩經小雅篇名，瓊林宴亦歌之。鹵簿，古代帝王駕出時扈從的儀仗隊，出行的目的不同，儀式也各異。漢以後，亦用於后妃、太子、王公大臣。唐制四品以上皆給之。

⑯ 銀綬：銀印青綬，相對於金紫而言。秦漢凡秩比二千石以上，皆銀印青綬，晉時光祿大夫假銀章青綬者，品秩第三，位在金紫將軍下，諸卿之上。

⑰ 春宮：傳說東方青帝居住的地方。此處指禮部。

⑱ 烏紗玉帶紫金魚：見新唐書車服志。烏紗，即烏紗帽。南朝宋時始有，直到隋朝均為官服。唐初曾貴賤均用，以後各代仍多為官服。玉帶，飾玉的腰帶，多為達官顯宦所用。紫金魚，即佩魚。唐代五品以上的章服，按

之輔臣，係文章之司命。榮身食祿，豈容尸位素餐⑳；報主匡時，敢不矢心殫力㉑？今當會試之春，命主禮闈㉒。天下英才，雲屯蟻聚。左右，舉子入試者，用意搜檢，以防懷挾㉓。著他魚貫而進！

【水底魚】（生上）天降皇恩，詔我眾書生。魚龍變化，直上九霄雲。

【前腔】（末上）慈親衰倦，弟兄無一人。無人奉養，時刻常掛心。

【前腔】（淨上）我是文人，聲名天下聞。若還高中，管取第一名。

（眾見。外）眾舉子，我奉九重㉔之命，掄㉕四海之才。每歲考試，不過經書詩對，盡是俗套虛文。我今奏准裁革。第一場各把本經㉖做一篇，第二場破題㉗，第三場作詩。天地人三號，各歸號房㉘，挨

品級高低，分別佩帶金、銀、銅製成的魚，作為佩飾。

⑲ 讀五車書：即學富五車，比喻學問很深。語本莊子天下：「惠施多方，其書五車。」

⑳ 尸位素餐：意謂身為官員卻不盡職。漢書朱雲傳：「今朝廷大臣，上不能匡主，下無以益民，皆尸位素餐。孔子所謂『鄙夫不可與事君』，『苟患失之，亡所不至』者也。」顏師古注：「尸位者，不舉其事，但主其位而已。素餐者，德不稱官，空當食祿。」

㉑ 矢心殫力：盡心盡力。矢心，陳示衷心，下決心。殫力，竭盡全力。

㉒ 禮闈：禮部的考試。

㉓ 懷挾：挾帶，特指考試時挾帶的作弊行為或所帶的文字材料。五代王定保唐摭言主司失意：「密旨令內人於門授索懷挾，至於巾履，靡有不至。」

㉔ 九重：古人以天為九重，所以天子所居之處為九重，借指帝王。

㉕ 掄：選拔。

次呈來，無得錯亂，取責不便。（雜）生員領題。（外）天字號就把本經做一篇來！

【黃鶯兒】（生）魯史紀周正㉙。（外）正名之實，何者為先？（生）重明倫㉚，先正名㉛。先明王霸之分㉜。尊王賤霸㉝功難泯。（外）五霸桓文為盛㉞，事業如何？（生）齊桓公會諸侯于葵丘，次師召陵以伐楚㉟。晉文公會諸侯踐土，天王狩于河陽㊱。葵丘序盟，召陵誓兵，河陽踐土誠陵

㉖ 本經：指本人所治之經。明邵璨傳奇香囊記講學：「正是，都要把本經講一篇。」

㉗ 破題：唐宋詩賦，起首數語說破題目要義，稱為破題。明清時，八股文的起首兩句破題，是固定的格式。

㉘ 號房：科舉貢院中考生答卷和食宿的地方。每人一小間，每間有編號。明史選舉志二：「試士之所，謂之貢院，諸生席舍，謂之號房。」

㉙ 魯史紀周正：魯史，即春秋。周正，周曆。周曆的正月，是農曆的十一月，春秋採用的是周曆。

㉚ 明倫：申明道德。

㉛ 正名：辨正名分，即指君君、臣臣、父父、子子等封建秩序。論語子路：「子路曰：『衛君待子而為政，子將奚先？』子曰：『必也正名乎！』」

㉜ 王霸之分：王業與霸業的區別。

㉝ 尊王賤霸：以王道為尊，霸道為賤。儒家主張以仁義治天下，稱為「王道」，與注重武力、刑法、權勢的「霸道」相對。

㉞ 五霸桓文為盛：春秋時的五個霸主，亦稱「五伯」，即齊桓公、晉文公、宋襄公、楚莊王、秦穆公，其中齊桓公為五霸之首。

㉟ 齊桓公二句：齊桓公（？—西元前六四三年），春秋時齊國國君。姜姓，名小白。齊襄公之弟。齊襄公被殺後，從莒回國，取得政權，任用管仲進行改革，國力富強。以「尊王攘夷」為號召，聯合中原諸侯進攻蔡、楚，

分。（外）春秋以賞罰為事，無乃為僭乎？（生）春秋天子之事也。故仲尼曰：「罪我者，其惟春秋乎？知我者，其惟春秋乎？」細推評，刑誅爵賞，誰識素王㊲情？（外）此篇深得春秋賞罰之旨，真內聖外王㊳之學也。可喜可喜。地字號把你本經做一篇來！

【前腔】（末）五典與三墳㊴，見重華㊵，思放勳㊶。（外）昔左史倚相㊷，能讀墳典丘索之書㊸。

與楚國會盟於召陵，又平息東周王室內亂，多次大會諸侯，成為春秋時第一個霸主。葵丘之會是齊桓公三十五年（西元前六五一年），在葵丘（今河南蘭考、民權境內）邀集魯、宋、衛、鄭、許、曹等國會盟。

㊱ 晉文公會諸侯踐土二句：晉文公（西元前六九七—前六二八年），春秋時晉國國君。晉獻公之子，名重耳，因獻公立幼子為嗣，曾出奔流亡在外十九年，由秦送回即位。整頓內政，增強軍隊，使國力強盛。又平定周的內亂，迎請周襄王復位，以「尊王」相號召。城濮之戰，大勝楚軍，並在踐土大會諸侯，成為霸主。天王，指周襄王。狩，古代帝王巡察諸侯或地方官治理的地方。左傳僖公二十八年：「天王狩於河陽。」

㊲ 素王：指孔子。漢王充論衡定賢：「孔子不王，素王之業在春秋。」

㊳ 內聖外王：古代修身為政的最高理想。即內備聖人之至德，施之於外，則為王者之政。莊子天下：「是故內聖外王之道，闇而不明，鬱而不發，天下之人，各為其所欲也，以自為方。」

㊴ 五典與三墳：泛指古代典籍。左傳昭公十二年：「是能讀三墳、五典、八索、九丘。」杜預注：「皆古書名。」孔穎達疏：「孔安國尚書序云：『伏羲、神農、黃帝之書謂之三墳，言大道也；少昊、顓頊、高辛、唐、虞之書謂之五典，言常道也。』」

㊵ 重華：虞舜名。尚書舜典：「曰重華，協於帝。」孔穎達疏：「此舜能繼堯，重其文德之光華，用此德合於帝堯，與堯俱聖明也。」一說舜目重瞳子，故曰重華。

㊶ 放勳：堯名。尚書堯典：「曰若稽古帝堯，曰放勳。」

子亦能是乎？（末）不敢，此分內事也。九丘八索吾能省。（外）既然讀上古書，且說「欲為君盡君道，欲為臣盡臣道」，二者當法何人？（末）君人之道，至文武而盡。人臣之義，當以伊周為法㊹。文謨克勤㊺，武烈繼明㊻，商衡㊼周鼎㊽輝相映。（外）「如或知汝，則何以哉？」㊾（末）有用我者，務引君當道而已。際風雲㊿，鹽梅舟楫(51)，一德務臣君(52)。（外）此篇深有宰輔器量，深為朝廷得

㊷ 左史倚相：倚相，人名。春秋楚國的左史。

㊸ 丘索之書：即九丘、八索，泛指古代典籍。尚書序：「九州之誌，謂之九丘。丘，聚也，言九州所有，土地所生，風氣所宜，皆聚此書也。」尚書序又云：「八卦之說，謂之八索；索，求其義也。」

㊹ 君人之道四句：意謂君王與百姓的關係，像周文王、周武王已經達到極致，大臣同國君的關係，伊尹和周公就是最高典範。伊尹，名伊，尹是官名。相傳他是奴隸出身，商湯任以國政，助湯攻滅夏桀。湯去世後，歷佐卜丙、仲壬二王。仲壬死後，太甲即位，因其破壞商湯法制，不理國政，被伊尹放逐，三年後悔過，又接回復位。周公，姓姬名旦，周武王之弟。武王死後，因繼位的成王年幼，由他攝政。他平定反叛，分封諸侯，建立典章制度，制禮作樂。其言論見尚書的大誥、多士、無逸、立政等篇。

㊺ 文謨克勤：指周文王勤奮謀劃。文，指周文王，姓姬名昌，居於岐山之下，受到諸侯擁護，曾被紂囚於羑里。後獲釋，為西方諸侯之長，稱西伯。參見史記周本紀。謨，謀略；謀劃。克勤，謂能勤勞。

㊻ 武烈繼明：武王接著彰明功業。武，指周武王，文王子，名發。起兵伐紂，戰於牧野，滅殷，建立周王朝。參見史記周本紀。烈，功業。詩周頌武：「於皇武王，無競惟烈。」

㊼ 商衡：指伊尹。伊尹曾任商朝阿衡之職，故名。

㊽ 周鼎：指周公。鼎為國家之重器，故喻指宰輔重臣之位。

㊾ 如或知汝二句：語見論語先進。意謂假如有人瞭解你們，打算請你們出去，那你們怎麼辦呢？或，有人。

人賀也。人字號把你本經做一篇來看！

【前腔】(淨)四聖首彌綸53，道陰陽54，說鬼神。(外)易主卜筮55者，說可信麼？(淨)聖人作易，神以知來56，知以藏往57，是故知幽明58之故。知來藏往昭無朕59。天根杳冥，月窟渾淪60。

50 際風雲：即際會風雲，遭逢好的際遇。際，適合地遇會。常指有所作為的人物在良好的時機聚在一起。語本後漢書朱祐等傳論：「中興二十八將……咸能感會風雲，奮其智勇。」

51 鹽梅舟楫：皆喻宰相等重臣。鹽梅，二者皆為調味品。書說命下：「若作和羹，爾唯鹽梅。」此為殷高宗命傅說為相之辭，故後世常以鹽梅指宰相等重臣。舟楫，本指船和槳。書說命上：「爰立作相，王置其左右，命之曰：『……若濟巨川，用汝(傳說)作舟楫』。」故後世也以舟楫喻指濟時治世的宰輔大臣。周書蕭詧傳：「鹽梅舟檝(楫)，允屬良規；苦口惡石，想勿余隱。」

52 一德務臣君：尚書商書咸有一德記伊尹告誡太甲：「惟尹躬暨湯，咸有一德。」一德，既指君臣一體之德，也指心性主體的純一之德。

53 四聖首彌綸：四聖首先重視治理天下。四聖，四位聖明的統治者。指顓頊、帝嚳、帝堯、帝舜，或指堯舜禹湯，或指伏羲、軒轅、高辛、禹，或指周公、太公、召公、史佚。彌綸，統攝，治理。易經繫辭上：「易與天地准，故能彌綸天地之道。」

54 陰陽：古代的一種哲學流派。漢書藝文志著錄陰陽家二十一家，三百六十九篇，其學包括陰陽四時、八位、十二度、廿四時等數度之學和五德終始的五行之說。

55 易主卜筮：易主要是預示吉凶禍福的書。易，即易經，含連山、歸藏、周易，今僅存周易。

56 知來：瞭解未來。

57 藏往：隱匿以往。

（外）何為天根，何為月窟？（淨）堯夫云：「乾遇巽時觀月窟，地逢雷處見天根。」61（外）夏商之時，易有何名？（淨）夏易首艮，是曰連山；商易首坤，是曰歸藏。皆無足傳者62。連山雲斷歸藏隱。（外）此子年齒雖逾，學識頗到。（淨）不敢，我學生八八六十四卦，三百八十四爻63，無不精曉。（外笑）可知

58 幽明：泛指可見和不可見的、有形和無形的事物。易經繫辭上：「仰以觀於天文，俯以察於地理，是故知幽明之故。」王弼注：「幽明者，有形無形之象。」

59 昭無朕：顯示出難以顯示的跡象。昭，顯示。無朕，無跡可尋。南朝梁沈約釋迦文佛像銘：「道雖有門，跡無可朕。」

60 天根杳冥二句：天根星陰暗，月穴渾然不明。天根，星名。即氐宿。爾雅釋天：「天根，氐也。」郭璞注：「角亢下系於氐，若木之有根。」杳冥，陰暗的樣子。漢張衡西京賦：「奇幻倏忽，易貌分形，吞刀吐火，雲霧杳冥。」呂延濟注：「杳冥，陰暗貌。」月窟，月亮。宋王禹偁商山海棠：「桂須辭月窟，桃合避仙源。」渾淪，指宇宙形成之前的渾沌狀態。列子天瑞：「太初者，氣之始也；太始者，形之始也；太素者，質之始也。氣形質具而未相離，故曰渾淪。渾淪者，言萬物相渾淪而未相離也。」

61 堯夫云三句：堯夫，即邵雍，字堯夫，宋共城（今河南輝縣）人，好易理。以太極為宇宙本體，有象數之學。著有皇極經世、伊川擊壤集。參見宋史本傳。乾、巽、地（即坤）、雷（即震）皆為易卦名。乾，八卦首卦，象天，象君，象陽。巽，音ㄒㄩㄣˋ，象風。坤，象地。震，象雷。八卦中，乾與坤、震與巽是對立的。

62 夏易首艮五句：艮和坤都是周易中的卦象。艮是山的象徵，夏朝易經的第一位是艮，所以名字叫連山。坤是地的象徵，商朝易經的第一位是坤，所以名字叫歸藏。這些說法都有附會之嫌。連山、歸藏和周易共稱易經，而連山、歸藏二書早已失傳，後人無法知道其真實面貌。

63 八八六十四卦二句：易有八卦，八卦又以兩卦相迭演為六十四卦。爻，組成卦的符號，「—」為陽爻，「--」

你日親筆硯？（淨）惶恐。且休輩，韋編三絕64，觀國利王賓。（外）此篇易學頗精，非研窮義理，不能到也。

（生）生員領題。（外）第一場，我出個破題與你做：「臣事君以忠。」65（生）論輔乎君者，當盡忠於君也。（末）生員領題。（外）第二場，我出破題與你做：「其為人也孝悌。」66（末）性稟天地之貴，道尊日月之長。（淨）生員領題。（外）第三場，我出破題與你做。學而第一：「學而時習之，不亦說乎？有朋自遠方來，不亦樂乎？人不知而不慍，不亦君子乎？」67（淨）大人，不是這學，乃是鶴兒第一。鶴兒乃是鶴之子，時乃時時之習也。蓋鶴有千歲，得為有毒之禽。小鳥朔68飛，漸漸飛高飛遠，其母豈不說乎？忽一日飛在青田69之內，赤壁70之間，同類見他飛得高遠，也飛來做了一處。此乃同類相

---

64 韋編三絕：意謂讀書非常勤奮。史記孔子世家：「孔子晚而喜易……讀易，韋編三絕。」韋，熟牛皮。古代用竹簡作為書寫的載體，用熟牛皮條把竹簡編合起來叫韋編。

為陰爻，含有交錯變化之意。八卦每卦為三爻，以兩卦相重，演變成六十四卦，每卦即有六爻，故云三百八十四爻。

65 臣事君以忠：語見論語八佾：「君使臣以禮，臣事君以忠。」

66 其為人也孝悌：語見論語學而：「其為人也孝悌，而好犯上者鮮矣。」孝悌，孝順父母，敬愛兄長。

67 學而時習之六句：出自論語學而。慍，惱怒。

68 朔：同「初」，開始。

69 青田：山名。在今浙江青田縣北，為道書所稱三十六洞天之一，名青田大鶴天。見雲笈七籤洞天福地。

70 赤壁：山名。一在今湖北蒲圻縣，三國時周瑜敗曹操處；一在湖北黃岡縣。蘇軾後赤壁賦寫到鶴。

從，豈不樂乎？雄鶴見了雌鶴，就欺心起來，一飛飛起來，站在雌鶴身上，牢牢立定，而不滾也。雌鶴把頭來對了雄鶴：「雄鶴，你為何欺心？」雄鶴答曰：「人不知而不慍，不亦君子乎？」

（外）天字號第三場，就把桂花為題：光、香、郎韻(71)，作詩一首。（生）花如金粟占秋光，月殿移來萬斛香。試問嫦娥仙子道，一枝留與狀元郎。（外）地字號第三場，就把梅花為題：光、香、郎韻，作詩一首。（末）橫斜疏影(72)透波光，玉骨冰肌分外香。昨夜前村雪初霽，今朝應有探花郎。（外）人字號第三場，就把橘子為題：光、香、郎韻，作詩一首。（淨）橘子生來耀日光，又酸又澀又馨香。後來結成一個大疙瘩，剖開來到有七八囊。（外）郎字韻怎麼囊？（淨）大人，囊得過就罷了。（外）學問粗疏！回去用心讀書，留在下科。（淨）三場文字不得中，六個饅頭落得吞。（外）這幾篇皆通，獨有天字號為最。天字號那方人氏，姓甚名誰？（生）溫州府永嘉縣人氏，姓王，名十朋。（外）去秋解元是你，今科會元(73)又是你。我把你文字封上御前親閱定奪。

【風檢才】（眾上）舉子讀書大賢，錦繡文章可觀。象簡(74)羅袍恁作穿，宮花插帽簷偏(75)。

（合）頭名是王狀元！

(71) 光香郎韻：限制韻腳作詩的形式。在絕句中要求第一、二、四句分別押在光、香、郎三個字上。

(72) 橫斜疏影：描繪梅花枝條的姿態。語出宋林逋山園小梅：「疏影橫斜水清淺，暗香浮動月黃昏。」

(73) 會元：會試的第一名。

(74) 象簡：即象牙笏，象牙製成的手版。明以前，一至五品官用象牙笏，五品以下用木笏。

(75) 宮花插帽簷偏：科舉時代會試考中的進士在皇帝賜宴時，都帽插宮花。

（小生）聖旨下，奉聖旨：策三道詞理平順，條對詳明，宜居第一甲第一名，王十朋；第二甲第一名，王士宏；第三甲第一名，周璧。各賜袍服冠帶，整備鼓樂，迎送狀元及第。遊街畢日，即赴翰林[76]謝恩。（眾）萬歲！萬歲！萬萬歲！

（外）五百名中第一人[77]，（生）烏靴紗帽綠袍新。

（末）明朝早赴瓊林宴，（眾）斜插宮花謁至尊。

[76] 翰林：即翰林院，唐初設置，本來是各種文學藝術內廷供奉的地方。宋朝猶以翰林院勾當官總領天文、書藝、圖畫、醫官四局，以至御廚茶酒亦有翰林之稱。至於翰林學士供職之所，在唐為學士院，至宋方稱翰林學士院。元、明、清均有翰林院，但職掌略有變化。

[77] 五百名中第一人：指所有進士中的第一名。

第十八齣 閨念

【破陣子】（旦上）燈燦金花❶無寐，塵生錦瑟❷消魂。鳳管臺空❸，鸞箋❹信杳，孤幃不斷離情。巫山夢斷❺銀缸雨，繡閣香消玉鏡蒙。十朋，休怨懷想人。妾慚非淑女，父命嫁洪儒。矢心共貧素，布荊樂有餘。旦夕侍巾櫛❻，齊眉愧不如。兩情正歡洽，一旦赴徵書❼。折此藍田玉，

❶ 燈燦金花：燈芯的餘燼，結成了花狀物。這裏指燃燒時間很長。

❷ 塵生錦瑟：因長時間沒有撫彈，錦瑟蒙上了灰塵。形容無心娛樂。錦瑟，漆有織錦紋的瑟。

❸ 鳳管臺空：指丈夫出門。漢劉向列仙傳：「蕭史者，秦穆公時人也。善吹簫，能致孔雀白鶴於庭。穆公有女，字弄玉，好之。公遂以女妻焉……公為作鳳臺，夫婦止其上。」後來二人乘鶴升天而去。鳳管，笙簫或笙簫之樂的美稱。

❹ 鸞箋：彩箋。宋蘇易簡文房四譜紙譜：「蜀人造十色箋，凡十幅為一榻……然逐幅於方版之上砑之，則隱起花木麟鸞，千狀萬態。」

❺ 巫山夢斷：指夫妻離別。戰國楚宋玉高唐賦：「昔者先王曾遊高唐，怠而晝寢。夢見一婦人，曰：『妾巫山之女也，為高唐之客。聞君日遊高唐，願薦枕席。』王因幸之。去而辭曰：『妾在巫山之陽，高丘之阻，旦為朝雲，暮為行雨，朝朝暮暮，陽臺之下。』旦朝視之，如言，故為之立廟，號曰朝雲。」後常以此為男女幽會的典實。此處是指夫妻恩愛之情。唐李白清平調詩：「一枝紅豔露凝香，雲雨巫山枉斷腸。」

❻ 侍巾櫛：指服侍丈夫生活起居。服侍丈夫是古代女教的重要內容，語出左傳僖公二十二年：「寡君之使婢子執巾櫛，以固子也。」巾，手巾之類。櫛，梳篦之屬。

分我合浦珠❽。翠鈿空零落，綠鬢❾漸蕭疏。登樓試晚妝，鏡破❿意躊躇。羞看舞雙燕，交彩入空虛⓫。況有高堂親，憂懷日倚閭⓬。願言遠遊子，及早賦歸歟⓭。奴家自從才郎別後，每日雞鳴而起，敬奉姑嫜，勤事父母。如今天尚未明，意欲對鏡梳妝，爭奈離愁千種，想起別時，不覺垂淚。

春風吹柳拂行旌⓮，　憶別河橋萬種情。
天上杏花開欲遍，　才郎從此步雲程。

❼ 徵書：指徵召或徵調的文書。

❽ 合浦珠：比喻美滿姻緣。合浦，古郡名。漢置，郡治在今廣西合浦縣東北，縣東南有珍珠城，又名白龍城，以產珍珠著稱。

❾ 綠鬢：烏黑發亮的頭髮，形容年輕美貌。南朝梁吳均和蕭洗馬子顯古意二首之三：「綠鬢愁中減，紅顏啼裏滅。」

❿ 鏡破：比喻夫妻或戀人分離。唐孟棨本事詩情感載，南朝陳將亡，駙馬徐德言自破一鏡，分其半於其妻樂昌公主曰，若有緣，期正月十五憑鏡而相通息。陳亡，樂昌公主被楊素所得，徐德言果如市，見一蒼頭持半鏡售之，大高其價。徐德言與對，破鏡相合，於是得見公主。楊素知其內情，還歸樂昌於徐德言。宋趙令畤蝶戀花詞：「鏡破人離何處問，路隔銀河，歲會知猶近。」

⓫ 空虛：空曠冥漠，指天空。唐劉長卿登揚州西巖寺塔：「北塔淩空虛，雄觀壓川澤。」

⓬ 倚閭：父母倚門盼望兒子歸來。宋朱熹十二月旦袁州道中作：「今朝已是臘嘉平，我獨何為在遠行。白髮倚閭應注想，青山聯騎若為情。」

⓭ 賦歸歟：指回歸故鄉。論語公治長：「子在陳曰：『歸歟，歸歟！』」

⓮ 行旌：舊時官員出行時的旗幟。宋李若水次韻宋周臣留別：「行旌此去隔關山，頓覺幽齋笑語闌。」

【四朝元】雲程⑮思奮，迢迢赴玉京⑯。為策名仙籍⑰，獻賦金門⑱，一旦成孤另。自驪駒唱斷⑲，自驪駒唱斷，空憶草碧河梁，柳綠長亭。一騎天涯，正是百花風景，到此春將盡。嗏！寂寞度芳辰，鳳帳鴛衾，翠減蘭香冷。君行萬里程，妾懷萬般恨。別離太急，思思念念，是奴薄命！

薄命佳人多苦辛，通宵不寐聽雞鳴。

高堂侍奉三親老，要使晨昏婦道行⑳。

⑮ 雲程：遠大前程。宋劉才邵為劉瑞禮題翠微堂：「早晚乘風肆遠圖，九萬雲程看一舉。」

⑯ 玉京：指帝都。唐孟郊長安旅情：「玉京十二樓，峨峨倚青翠。」又作瑤京。

⑰ 策名仙籍：謂科舉及第。金董解元西廂記諸宮調卷一：「平日春闈較才藝，策名屢獲科甲。」仙籍，古代稱科舉及第為登仙，因稱及第者的資格和名姓籍貫為仙籍。唐孟球和主司王起：「仙籍共知推麗藻，禁垣同得薦嘉名。」

⑱ 獻賦金門：作賦獻給皇帝，以頌揚功德或進行勸諫。唐李白東武吟：「因學揚子雲，獻賦甘泉宮。」金門，漢代金馬門為學士待詔之處，省稱金門。史記滑稽列傳：「金馬門者，宦署門也。門旁有銅馬，故謂之曰金馬門。」

⑲ 驪駒唱斷：指傷悲別離。驪駒，逸詩篇名。古代告別時所賦之詩。漢書王式傳：「謂歌吹諸生曰：『歌驪駒。』」顏師古注引服虔曰：「逸詩篇名也，見大戴禮。客欲去歌之。」

⑳ 晨昏婦道行：指早晚服侍慰問雙親姑嫜，此乃為婦之道。南朝梁庾信彭城公夫人爾朱氏墓誌銘：「動合詩禮，言成軌則。晨昏展敬，事極於移天；蘋藻潔誠，義申於中饋。」

【前腔】婦儀當盡，昏問寢興。聽譙樓更漏㉑，紫陌雞聲，忙把衣衫整。要殷勤定省㉒，要殷勤定省。自覷堂上姑嫜，萱草椿庭，白髮三親，也索一般恭敬，不敢辭勞頓。嗏！端不為家貧，欲盡奴情，願采蘋蘩進。兒夫事遠征，親年當暮景，孝思力罄。行行步步，是奴常分。

事親一一體天心，無暇重調綠綺琴㉓。

憔悴容顏愁裏變，妝臺從此懶相臨。

【前腔】慵臨妝鏡，菱花暗鎖塵。自曲江㉔人去，鳳折鸞分，羞睹孤飛影。漸脂憔粉悴，漸脂憔粉悴，說甚眉掃青山，鬢挽烏雲？玉箸㉕痕多，只為荊釵情分，腸斷當年聘。嗏！欲照又還停，只見貌減容消，輾轉添愁悶。團團寶鑑明，蕭蕭翠環冷。為思結髮，絲絲

㉑ 譙樓更漏：更樓計時的漏壺。譙樓，更樓，舊時放置更鼓報更的樓。更漏，計時的漏壺。古時以漏壺計時，夜間憑漏刻報時，故稱。

㉒ 定省：子女早晚向親長問安。禮記曲禮上：「凡為人子之禮，冬溫而夏凊，昏定而晨省。」鄭玄注：「定，安其床衽也；省，問其安否何如。」

㉓ 綠綺琴：古琴名。相傳漢代司馬相如作玉如意賦，梁王悅之，賜以綠綺琴。後來人們以之代名琴。張載擬四愁詩：「佳人遺我綠綺琴，何以贈之雙南金。」

㉔ 曲江：即曲江池，位於今陝西西安市東南，為唐代著名的皇家園林所在地。唐時考中的進士，常宴於此。

㉕ 玉箸：指淚水。南朝梁簡文帝楚妃嘆：「金簪鬢下垂，玉箸衣前滴。」箸，筷子。

縷縷，萬千愁病。

愁病懨懨瘦損神，　只因夫壻寓瑤京。

那堪雁帛魚書杳㉖，　腸斷香閨獨宿人。

【前腔】從離鄉郡，皇都覓利名。想龍門求變㉗，豹文思炳㉘，鳳閣圖衣錦㉙。奈歸期未定，奈歸期未定，便做折桂蟾宮，賜宴瓊林，須念蘭房㉚，有奴孤形獨影，莫向紅樓凭。

㉖ 雁帛魚書杳：指音信全無。雁帛魚書，指書信。漢書蘇武傳：「昭帝即位，數年，匈奴與漢和親。漢求武等，匈奴詭言武死。後漢使復至匈奴，常惠請其守者與俱，得夜見漢使，具自陳道。教使者謂單于，言天子射上林中，得雁，足有繫帛書，言武等在某澤中。使者大喜，如惠語以讓單于。單于視左右而驚，謝漢使曰：『武等實在。』」樂府詩集相和歌辭十三飲馬長城窟行之一：「客從遠方來，遺我雙鯉魚。呼兒烹鯉魚，中有尺素書。」

㉗ 龍門求變：期望科舉及第。龍門，禹門，在今山西省河津市西北和陝西省韓城市東北，黃河至此，兩岸峭壁對峙，形如門闕，故名。傳說每年三月汛期，大魚數千集龍門下，躍過龍門者變成龍。故以躍龍門比喻科場中式。

㉘ 豹文思炳：比喻文采粲然。豹文，豹子身上的花紋。炳，光明。易經革卦：「大人虎變，其文炳也。」唐孔穎達疏：「其文炳者，義取文章炳著也。」

㉙ 鳳閣圖衣錦：意謂做官之後衣錦還鄉。鳳閣，華麗的樓閣，多指皇宮中的樓閣。南朝宋謝靈運擬魏太子鄴中集詩曹植：「朝遊登鳳閣，日暮集華沼。」衣錦，衣錦還鄉。舊唐書姜謩傳：「拜謩秦州刺史。高祖謂曰：『衣錦還鄉，古人所尚。今以本州相授，用答元功。』」

㉚ 蘭房：閨中，舊時婦女所居之所。文選潘岳哀永逝文：「委蘭房兮繁華，襲窮泉兮朽壤。」

嗏！獨坐暗傷神，雁杳魚沉，教奴望斷衡湘㉛信。長安紅杏深，家山白雲隱。早祈歸省，孜孜翕翕㉜，舉家歡慶。

【尾聲】時光似箭如梭擲，勤把萱親奉侍，專等兒夫返故里。

只為求名豈顧親，　兒夫必定離京城。
真個路遙知馬力，　果然日久見人心㉝。

㉛ 衡湘：衡，衡陽。湘，湘江。衡陽有回雁峰，傳說大雁南飛，至此而止，遇春而返。

㉜ 孜孜翕翕：和樂和合的樣子。晉陶潛答龐參軍：「伊余懷人，欣德孜孜。我有旨酒，與汝樂之。乃陳好言，乃著新詩。一日不見，如何不思？」翕翕，趨附的樣子。孫子行軍：「諄諄翕翕，徐與人言者，失眾也。」

㉝ 真個路遙知馬力二句：語出宋陳元靚事林廣記前集九下：「路遙知馬力，事久見人心。」元無名氏爭報恩雜劇第一折：「則願得姐姐長命富貴，若有些好歹，我少不得報答姐姐之恩。可不道路遙知馬力，日久見人心。」

第十九齣 參相

（末上）碧玉堂前列管絃，珍珠簾捲裊沉煙❶。不聞閫外❷將軍令，只聽朝中天子宣。自家不是別人，乃是万俟❸丞相府中堂候官❹的是也。且說我那丞相，真個官高極品，累代名家。身居八座❺之尊，班列群僚之上。論文呵，對先聖夜讀詩書；論武呵，總元戎時觀韜略❻。巍巍駕海紫金梁，兀兀擎天碧玉柱。休說官高極品，先誇相府軒昂。泥金❼樓閣，重簷疊棟，直起上一千層；碾玉❽欄杆，傍水

---

❶ 沉煙：沉水香的煙。

❷ 閫外：指統兵在外。史記張釋之馮唐列傳：「閫以內者，寡人制之；閫以外者，將軍制之。」閫，音ㄎㄨㄣˇ，城郭的門檻。

❸ 万俟：音ㄇㄛˋ ㄑㄧˊ，原為中國北方鮮卑族部落的名稱，後來演化為複姓。

❹ 堂候官：古時高級官員堂下備使喚的小吏。元鄭廷玉後庭花雜劇第一折：「自家王慶，在這趙廉訪老相公府內做著個堂候官。」

❺ 八座：猶「八坐」，封建時代的八種高級職位，歷朝制度不一。東漢以六曹尚書並令、僕射為「八座」，三國魏、南朝宋、齊皆以五曹尚書、二僕射、一令為「八座」，隋、唐以六尚書、左右僕射及令為「八座」。元無名氏漁樵記雜劇第二折：「但有日官居八坐，位列三台。」

❻ 韜略：古代兵書六韜、三略的並稱，泛稱軍事名著。唐張說河西節度副大使安公碑銘：「幼聚童兒，必為軍陣之戲；長交英俊，唯談韜略之書。」

❼ 泥金：用金箔和膠水製成的金色顏料。用於書畫，塗飾箋紙，或調和在油漆裏塗飾器物。

臨階，斜連著十二曲。窗橫面面碧琉璃，磚砌行行紅瑪瑙。屏開翡翠，獸爐⑨中噴幾陣香風；簾捲蝦鬚⑩，仙仗間會三千珠履⑪。門排畫戟⑫，坐擁金釵。響噹噹的是玉珮聲搖，明晃晃的是珠簾色耀。後堂中安一張影玲瓏、光燦爛、數十層雕花刻草八柱象牙床，正廳上間放著四圍香散漫、色鮮妍、幾多樣描鸞畫鳳九鼎蓮花帳。金間玉，玉間金，雕鞍寶凳；紅映紫，紫映紅，繡褥花裀。人人道是玉橋邊開著兩扇慷慨孟嘗門⑬，鳳城⑭中蓋著一所異樣神仙窟。道猶未了，丞相早到。

【賀聖朝】（淨上）幾年職掌朝綱，四時燮理陰陽⑮。一人有慶壽無疆，兆民賴之安康⑯。

---

⑧ 碾玉：打磨雕刻玉石。

⑨ 獸爐：雕鑄著祥獸的香爐。唐杜牧春思：「獸爐凝冷焰，羅幕蔽晴煙。」

⑩ 蝦鬚：簾子的別稱。唐陸暢簾：「勞將素手捲蝦鬚，瓊室流光更綴珠。」

⑪ 三千珠履：極言門客之眾。史記春申君列傳：「趙使欲誇楚，為玳瑁簪，刀劍室以珠玉飾之，請命春申君客。春申君客三千餘人，其上客皆躡珠履以見趙使，趙使大慚。」「珠」，原作「朱」，據影鈔本改。

⑫ 畫戟：戟之上有彩飾，故稱畫戟，唐時三品以上的官員府前均列畫戟，以為儀飾。

⑬ 孟嘗門：喻指接引賢才之門。孟嘗君，姓田名文，戰國時齊國貴族，戰國四公子之一，以養士著稱，門下食客達數千人。

⑭ 鳳城：京都的美稱。唐杜甫夜：「步蟾倚杖看牛斗，銀漢遙應接鳳城。」仇兆鰲注引趙次公曰：「秦穆公女吹簫，鳳降其城，因號丹鳳城。其後言京都曰鳳城。」

⑮ 燮理陰陽：協和治理天下。尚書周官：「立太師、太傅、太保，茲惟三公，論道經邦，燮理陰陽。」孔傳：「和理陰陽。」

⑯ 一人有慶壽無疆二句：尚書呂刑：「一人有慶，兆民賴之，其寧惟永。」孔傳：「天子有善，則兆民賴之，

爵尊一品，為天子之股肱⑰；位總百官，乃朝廷之耳目。廟堂寵任，朝野馳名。正是一片丹心能貫日，四方志氣可凌雲。自家万俟丞相是也。吾有一女，小字多嬌，雖年及笄⑱，爭奈姻緣未遂。今年狀元，乃是溫州人氏，姓王，名十朋。此人才貌兼全，俺要招他為壻，不知緣分如何？他今日必來參拜，且叫堂候官分付。堂候官那裏？（末）珍珠簾下忽傳聲，碧玉堂前聽使令。覆丞相，有何鈞旨⑲？（淨）堂候官，今年狀元乃是溫州人氏，姓王，名十朋。此人才貌雙全，欲要招他為壻，只今便要成親。你怎麼說？（末）告丞相，小姐是瑤池閬苑⑳神仙，狀元是天祿石渠㉑貴客，若成了姻緣，不枉天生一

其乃安寧長久之道。」兆，百萬，也極言眾多。

⑰ 股肱：比喻左右輔佐的重要大臣。尚書益稷：「臣作朕股肱耳目。」股，大腿。肱，手臂從肩到肘的部分，即上臂。

⑱ 及笄：女子十五歲，古時所稱到達婚齡。禮記內則：「女子十有五而笄。」儀禮士昏禮：「女子許嫁，笄而醴之，稱字。」笄，一種簪。結髮而用笄貫之，表明已經成年。

⑲ 鈞旨：對帝王將相命令的敬稱。京本通俗小說菩薩蠻：「當下郡王鈞旨分付都管。」

⑳ 瑤池閬苑：仙人所居之地。瑤池，古代傳說中崑崙山上的池名，西王母所居。穆天子傳卷三：「乙丑，天子觴西王母於瑤池之上。」閬苑，閬風之苑，傳說中仙人的居處。南朝梁庾肩吾山池應令：「閬苑秋光暮，水塘牧潦清。」

㉑ 天祿石渠：均為漢代宮中藏書之所。天祿，天祿閣，漢高祖時創建，在未央宮內。三輔黃圖未央宮：「天祿閣，藏典籍之所。」漢宮殿疏云：「天祿麒麟閣，蕭何造，以藏秘書，處賢才也。」石渠，石渠閣，在未央宮北。三輔黃圖閣：「石渠閣，蕭何造。其下礱石為渠以導水，若今御溝，因為閣名，所藏入關所得秦之圖籍。至於成帝，又於此藏秘書焉。」

對。（淨）正是。他今日必來參拜，你在衙門首，來時節須先露其意。（末）暫辭恩相去，專等狀元來。

【菊花新】（生上）十年身到鳳凰池，一舉成名天下知。脫白㉒掛荷衣，功名遂，少年豪氣。

引領神仙下翠微，雲間相逐步相隨。桃花已透三千丈，月桂高攀第一枝。閬苑應無先去客，杏園㉓惟有後題詩。男兒志氣當如此，金榜題名天下知。小生得了頭名狀元，深蒙聖恩，除授饒州僉判㉔。方已朝回，必須參見万俟丞相。（末見介）狀元賀喜。（生）何喜可賀？（末）丞相有一多嬌小姐，欲招狀元為壻，只今便要成親。（生）小生自有寒荊在家，焉敢望此？煩請通報。（末）少待。（介）告丞相，狀元已在門首。（淨）著他進來見我。（末）請狀元進去相見。（生見拜介）小生一介寒儒，久困山澤，郡乏賢才，勉使來試。忝蒙天眷㉕，皆賴丞相提攜之賜。謹造鈞墀㉖參拜，不勝愧慼之至。（淨）狀元，

㉒ 脫白：脫掉白衣。白，白衣，古代平民穿的衣服，因以稱無功名的人。史記儒林列傳序：「而公孫弘以春秋，白衣而為天子三公。」

㉓ 杏園：園名，故址在今陝西省西安市郊大雁塔南。唐代新科進士賜宴之地。五代王定保唐摭言慈恩寺題名遊賞賦詠雜記：「神龍已來，杏園宴後，皆於慈恩寺塔下題名，同年中推一善書者紀之。」後泛指新科進士遊宴之處。

㉔ 除授饒州僉判：授官饒州簽判。除授，猶授官，意謂除去舊職，授予新官。饒州，舊府名，地約為今江西省上饒地區。僉判，即簽判，簽署判官廳公事的簡稱。為宋代各州幕職，協助州長官處理政務及文書案牘。宋陸游老學庵筆記卷三：「晏安恭為越州教授，張子韶為僉判。」

㉕ 天眷：指帝王對臣下的恩寵。晉書庾冰傳：「非天眷之隆，將何以至此？」

且休閒說，休閒講。我有一事與你說：「男子生而願為之有室，女子生而願為之有家。」我有一女，小字多嬌，欲招你為壻，只今就要成親。你心下如何？（生）深蒙不棄微賤，感德多矣。奈小生已有寒荊㉗在家，不敢奉命。（淨）你是讀書之人，何故見疑。自古道：「富易交，貴易妻。」此乃人情也。（生）丞相豈不聞宋弘有云：「糟糠之妻不下堂，貧賤之交不可忘。」㉘小生不敢違例㉙。（淨怒）我到違例！

【八聲甘州歌】窮酸魍魎㉚，對我行輒敢數黑論黃㉛，妝模作樣，惱得我氣滿胸膛！（生）平生頗讀書幾行，豈敢紊亂三綱並五常㉜。（末）斟量，不如且順從何妨？

㉖ 鈞墀：對長官府堂的尊稱。鈞，敬詞，用於對尊長或上級。墀，臺階上的空地，亦指臺階。

㉗ 寒荊：舊時對人謙稱自己的妻子。明王玉峰傳奇焚香記軍情：「學生寒荊為我受了無數淒楚，自中榜之後，還不曾見面。」

㉘ 富易交六句：用東漢光武帝時宋弘事。後漢書宋弘傳：「帝姊湖陽公主傾慕宋弘才貌，但弘不允。後弘被引見，帝令公主坐屏風後，因謂弘曰：『諺曰，貴易交，富易妻。人情乎？』弘曰：『臣聞貧賤之知不可忘，糟糠之妻不下堂。』帝顧謂主曰：『事不諧矣。』」

㉙ 違例：違背榜樣的行事準則。

㉚ 窮酸魍魎：譏誚王十朋交霉運又貧窮。窮酸，窮貧而迂拘。元王實甫西廂記雜劇第四本第二折：「老夫人猜那窮酸做了新壻。」魍魎，疫神。傳說乃顓頊之子所化。漢蔡邕獨斷：「帝顓頊有三子，生而亡去為鬼。其一者居江水，是為瘟鬼；其一居若水，是為魍魎；其一者居人宮室樞隅處，善驚小兒。」此處意為晦氣。

㉛ 數黑論黃：亦作「數黃論黑」、「說白道黑」、「數白道黃」。意為賣弄學問，胡亂議論，數落別人。施耐庵水滸傳第四十一回：「這廝在蔡九知府後堂且會說黃道黑，撥置害人，無中生有攛掇他。」

【前腔】（淨）端詳，這搊搜㉝伎倆，怎做得潭潭相府東床㉞。出言挺撞，那些個謙讓溫良。（生）微名忝登龍虎榜，肯做棄舊憐新薄倖郎㉟？望參詳，料烏鴉怎配鸞凰？

【解三酲】（末）狀元，你且休閒講，這姻事果是無雙。當朝宰相為岳丈，論門戶正相當。（生）寒儒怎敢過望想，自古道：「糟糠妻，不下堂。」（淨）忒無狀，把花言巧語，一趄㊱胡謅！

【前腔】（末）你千推萬阻，靡恃己長㊲，只怕你舌劍唇槍反受殃。（生）謾自相勞讓，停妻再娶誰承望？又何苦，恁相當？（淨）朝綱選法咱把掌，使不得禍到臨頭燒好香。不

㉜ 三綱並五常：泛指封建社會中的道德規範。三綱，君為臣綱、父為子綱、夫為妻綱。班固白虎通三綱六紀：「三綱者，何謂也？君臣、父子、夫婦也。」五常，指五種倫常道德，即父義、母慈、兄友、弟恭、子孝。尚書泰誓下：「今商王受，狎侮五常。」孔穎達疏：「五常即五典，謂父義、母慈、兄友、弟恭、子孝，五者人之常行。」

㉝ 搊搜：亦作「搊瘦」，固執；頑固。董解元西廂記諸宮調卷四：「奈何慈性搊搜，應難歡偶。」

㉞ 東床：女壻的代稱。晉書王羲之傳：「太尉郗鑒使門生求女壻於導（王導），導令就東廂遍觀子弟。門生歸，謂鑒曰：『王氏諸少並佳，然聞信至，咸自矜持；惟一人在東床坦腹食，獨若不聞。』鑒曰：『正此佳壻邪！』訪之，乃羲之也。遂以女妻之。」

㉟ 薄倖郎：薄情郎；負心漢。薄倖，薄情。唐杜牧遣懷：「十年一覺揚州夢，贏得青樓薄倖名。」

㊱ 一趄：猶一剗、一派。

㊲ 靡恃己長：謂過分自負。靡，本為奢侈，此處謂過多、過分。

輕放，定改除遠方，休想還鄉。（淨）堂候官，與我趕出去！

（淨）叵耐[38]窮酸太不良，（生）有妻焉敢贅高堂。

（末）大鵬飛上梧桐樹，（合）自有傍人說短長[39]。（生下）

（淨弔）這畜生無理，我招他為壻，到有許多推故。堂候官，他除授那裏做官？（末）除授江西饒州僉判。（淨）第二名王士宏除授那裏？（末）他在廣東潮陽僉判。（淨）西江是魚米之地，廣東潮陽是煙瘴[40]地面。有何難處？眉頭一蹙，計上心來。卻將第二名王士宏除授饒州僉判，將王十朋改調潮陽，絕他歸計。明日張榜示眾。（末）是好計！

（淨）改調潮陽禍必侵，（末）教他必定喪殘生。

（淨）平生不作皺眉事，（末）世上應無切齒人[41]。

---

38 叵耐：不可容忍；可恨。敦煌曲子詞之鵲踏枝：「叵耐靈鵲多漫語，送喜何曾有憑據？」

39 大鵬飛上梧桐樹二句：「大鵬」一作「大家」。宋葉紹翁四朝聞見錄「三文忠」條：「歐陽子謚文忠，京丞相鏜以善事韓，亦謚文忠。後以公論，謂不宜以謚歐陽者謚鏜，改謚文穆。無名子作詩曰：『一在廬陵一豫章，文忠文穆兩相望。大家飛上梧桐樹，自有旁人說短長。』」

40 煙瘴：即瘴氣，舊時指中國南方邊遠地帶的惡劣環境。明史刑法志一：「崇禎十一年，諭兵部編遣事宜，以千里為附近，二千五百里為邊衛，三千里外為邊遠，其極遠煙瘴，以四千里外為率。」

41 平生不作皺眉事二句：語見宋陳元靚事林廣記前集卷九「處己警語」。原文「世上」作「天下」。

第二十齣　傳魚

【醉落魄】（生上）鄉關久別應多慮，幸登高第得銓除❶。修書欲寄報平安，浼承局❷，帶回歸。

虧心折盡平生福，行短天教一世貧。念小生貧寒之際，以荊釵為聘，遂結姻親。臨行又蒙岳丈接取母親妻子一同居住，仍贈盤纏赴京，得了頭名狀元。深蒙聖恩，除授饒州僉判。本欲回鄉視親，不合參見万俟丞相，反要招我為壻。只因不從，被他拘留聽候，不得回鄉。只得寫封家書回去，通報母親妻子知道。我昨日在省門外，有一承局差往溫州下文書，與他說了，約我今日來取書。待我寫完，在此等他。

【一封書】男百拜拜覆母親尊前妻父母：離膝下❸到都，一舉成名身掛綠。蒙除授饒州僉判府，待家眷臨京往任所。寄家書，附承局，草草不恭兒拜覆。

書已寫完，在此等待承局到來。（末上）傳遞急如火，官差不自由。自家承局的是也。公差到浙江遞送公文。昨日王狀元與我說，要寄家書回去，不免到下處❹取書。（生）承局，起動你來了。（末）狀元寫

---

❶ 銓除：選授。明史楊漣傳：「使吏部不得專銓除，言官不敢司封駁。」

❷ 承局：舊時遞送公文的官府差役。宋尤袤淮民謠詩：「青衫兩承局，暮夜連句呼。」

❸ 膝下：父母身邊。南朝梁沈約為文惠太子禮佛願疏：「元良之位，長守膝下之歡。」

完在此未曾？（生）寫完在此了。（末）既完了，送在那裏去？（生）此書煩附與溫州在城雙門巷裏錢貢元家下。（末）狀元姓王，為何到錢宅？（生）是我岳丈家中。

【懶畫眉】煩伊傳遞彩雲箋❺，你到吾家可代言。因參相府被留連，不能勾歸庭院，傳與我萱親莫掛牽。

【前腔】（末）狀元深念北堂萱，料想尊堂憶狀元。泥金❻先把好音傳，他必定生歡忭❼，正是一紙家書抵萬錢❽。

（生）平安一紙喜重重，（末）闔宅❾投呈喜信通。

（生）只恐匆匆說不盡，（末）行人臨發又開封❿。

---

❹ 下處：臨時歇息的處所。
❺ 彩雲箋：即彩箋，借指書信。亦稱鸞箋。
❻ 泥金：泥金帖子。用泥金塗飾的箋帖。唐以來用以報新進士登科之喜。王仁裕開元天寶遺事泥金帖子：「新進士才及第，以泥金書帖子附家書中，用報登科之喜，至文宗朝，遂寢削此儀也。」
❼ 歡忭：喜悅。南朝宋謝莊謝賜貂裘表：「臣歡忭自歌，而同委衾之澤。」
❽ 一紙家書抵萬錢：化用唐杜甫春望「烽火連三月，家書抵萬金」詩句。
❾ 闔宅：全家。
❿ 只恐匆匆說不盡二句：語本唐張籍秋思詩：「復恐匆匆說不盡，行人臨發又開封。」

第二十一齣　套書

【雙勸酒】（淨上）儒冠誤身❶，一言難盡。為玉蓮可人，常懷方寸❷。若得他配合秦晉，那其間燕爾新婚。

凡人不可貌相，海水不可斗量。誰想王十朋得了頭名狀元，除授饒州僉判。見說万俟丞相招他為壻，推阻不從。打聽得承局到溫州公幹，王十朋教他寄書。我不免在門首等承局來，也教他寄一封回去。

【前腔】（末上）官差限緊，心中愁悶。途路上苦辛，怎辭勞頓。只恐怕誤了公文，那其間有口難分。

（淨）足下莫不是承局哥麼？（末）小子正是承局。（淨）你認得我麼？（末）有些面善，不知官人上姓。（淨）我是溫州五馬坊大門樓孫半州便是。（末）孫官人也是溫州，與王狀元同鄉。（淨）正是。（末）王狀元有書在此，教我捎回去，我才在他下處取得書在此。（淨）原來如此。（末）官人，你在此貴幹？

（淨）說不得。（末）為什麼說不得？

---

❶ 儒冠誤身：讀書人的選擇常常誤了人的一生。唐杜甫奉贈韋左丞丈二十二韻：「紈袴不餓死，儒冠多誤身。」

❷ 方寸：指心，心思。三國志蜀書諸葛亮傳：「（徐）庶辭先主而指心曰：『本欲與將軍共圖王霸之業者，以此方寸之地也。今已失老母，方寸亂矣，無益於事，請從此別。』」

【劉潑帽】（淨）念我到此求科舉，因不第、羞回鄉里。修書欲報娘和父，待浼承局，只怕相推阻。

【前腔】（末）自家雖在京城住，溫台路❸來往極熟。官人若有家書附，休得要躊躇，咱與你捎回去。（淨）承局哥，既蒙允肯，同到下處❹寫書與你。（末）如此同行。（淨）這裏便是下處，請坐。（末）不敢。（淨）承局哥，我本待留你吃一杯淡酒，一來沒人在此不便當，送一錢銀子與你，自去酒肆中去吃三杯。待我寫完了書，你來取。（末）多謝！無功蒙厚祿，不敢受。（淨）褻瀆尊前，請收了。（末）如此受了。我去喫了酒，官人你寫完了，我就來取。（淨）我就寫在此。（末下，淨叫介。末）孫官人，怎麼又叫我？（淨）我與你說，這個包兒，倘若到酒肆中吃醉了，這包兒放在那裏，不如放在此。吃了酒一發來取。（末）我曉得，你說道我拿了一錢銀子去了，不來取書，拿我包在此做當頭❺。（介）我便放在此，你不要動，裏面有王狀元的書在裏面。（淨）我生疔瘡也不動。（淨、末）自沽三酌酒，早寫萬金書。（末下。淨弔場）不施心上無窮計，怎得他人一紙書？想承局去遠了，我把包袱開將起來。且喜王

❸ 溫台路：溫州、台州一帶，都在今浙江省境內。路，宋、金、元地方行政區域名稱。宋初分二十一路，後時有增減。金承宋制，大略彷彿。元朝則降為二級地方行政機構，隸屬於省之下。

❹ 下處：謙稱自己所住的地方。宋岳珂寶真齋法書贊劉武忠書簡帖：「水路迂澀，想勞神用安，下處已有，俟公到修治也。」

❺ 當頭：抵押物；典押品。初刻拍案驚奇卷三十六：「那押的當頭，須不曾討得去，在個捉頭兒的黃胖哥手裏。」

狀元書已在，待我讀一遍。

【一封書】男百拜拜覆母親尊前妻父母：離膝下到都，一舉成名身掛綠。蒙除授饒州僉判府，待家小臨京往任所。寄家書，附承局，草草不恭兒拜覆。寫得好！我與他同學，況字跡與我相同。他寫家書，我寫休書，一句改一句。專怪錢貢元不肯將女兒嫁我，今改休書一封回去。且待我改起來。（改介）男百拜拜覆母親尊前妻父母。正是才人，一句包了一家門。（改）男八拜拜覆，媽媽萱親想萬福。離膝下到都，一舉成名身掛綠。（改）孩兒已掛綠，蒙除授饒州僉判府。（改）僉判饒州為郡牧❻，待家小同臨往任所。若不改傷情，怎得玉蓮到手？（改）我取了万俟丞相女，可使前妻別嫁夫。寄家書，免嗟吁，草草不恭兒拜覆。（改）我到饒州來取汝。丈二的和尚，只教摸我的頭不著。且放他在包袱裏，如今寫我的。

【清江引】求名未遂，羞歸鄉里，淹滯在京都地。拜覆我爹娘，休把兒牽繫，指日間到家庭，重賀喜。

（末上）折梅逢驛使，寄與隴頭人❼。（淨）我在這裏等你，書已寫完了。你包袱原封不動。這是我的家書，煩老兄帶到五馬坊開典當的才六、七開拆。（末）不須分付。（淨）聊奉白金一兩，以為路費。（末）多謝厚賜！

---

❻ 郡牧：郡守，郡的行政長官。

❼ 折梅逢驛使二句：北魏陸凱贈范曄詩句。

【朱奴兒】（淨）因科舉離鄉半春，從別後斷羽絕鱗❽。今日天教遇你們，趁良使附歸音信。（合）還歷盡山郭水村，指日到東甌郡❾。

【前腔】（末）是則是公文限緊，蒙相委怎敢不允？拚十朝與半旬，到宅上備說元因。（合前）

（淨）休憚山高與路長，（末）此書管取到華堂。

（淨）不是一番寒徹骨，（合）爭得梅花撲鼻香❿。

❽ 斷羽絕鱗：斷絕書信。羽鱗，猶魚雁。

❾ 東甌郡：此處指溫州。東甌，古越族的一支。秦漢時在浙江南部甌江、靈江一帶，相傳為句踐後裔，其首領搖助漢滅項羽，受封東海王，都東甌，即今溫州。後世以東甌為溫州或浙南一帶的別稱。

❿ 不是一番寒徹骨二句：唐黃蘗禪師上堂開示頌：「不是一番寒徹骨，爭得梅花撲鼻香。」

第二十二齣 獲報

【臨江仙】（老旦上）凭欄極目天涯遠，那人去遠如天。（旦上）鱗鴻無事竟茫然？今春才又過，何日是歸年❶？（老旦）春闈催試怕違期，一紙音書絕雁魚。（旦）此去定應攀月桂，拜恩衣錦聽榮除❷。（老旦）自從你丈夫去後，杳無音信回來。（旦）婆婆，想沒有便人。（老旦）我與你倚門而望。（旦）婆婆請先行，奴家隨後。

【傍粧臺】（老旦）意懸懸，倚門終日，望得眼兒穿。自他去京歷鏖戰，杳無一紙信音傳。（旦）多應他在京得中選，因此上無暇修書寄故園。（老旦）他既登金榜，怎不錦旋❸，越教娘心下轉縈牽。

【前腔】（旦）何勞憂慮恁拳拳，且自把愁眉暫展閒消遣。雖眼下人不見，終有日再團圓。（老旦）愁只愁他命乖福分淺，又恐怕客邸❹淹留疾病纏。（旦）死生有命，富貴在天，不

❶ 今春才又過二句：唐杜甫絕句二首其二詩句。首句原作「今春看又過」。

❷ 榮除：意謂光榮接受官職任命。明楊柔勝傳奇玉環記韋皐得真：「謝吾皇手詔榮除，豈料先生腐草餘，才疏任重心慚愧，惟赤膽貫虹霓。」

❸ 錦旋：猶言衣錦還鄉。

須憂慮淚漣漣。

【不是路】（末上）渡口離船，早來到錢家宅院前。咱不免、偷閒先下彩雲箋。（老旦）甚人言？因何直入咱庭院？（末）為一舉登科王狀元。（老旦）那個王狀元？（末）就是王十朋狀元。（老旦、旦）可有書麼？（末）因來便，特令捎帶家書轉。（老旦、旦）喜從人願，喜從人願。

【前腔】（旦）先生，他為何不整歸鞭？付與你書時說甚言？（末）教傳語，道因參丞相被留連。（旦）婆婆，留連不得回來了。（老旦）媳婦，且省憂煎，可備些薄禮酬勞倦。（旦）就把銀釵當酒錢。（老旦）物輕鮮，權充支費休辭免。（末）小人公文緊急，不敢久稽❺，多謝了。去心如箭，去心如箭。（下）

【皂角兒】（老旦）想連年時乖運蹇，喜今日姓揚名顯。步蟾宮高攀桂枝，跳龍門首登金殿。繡宮花斜插戴，帽簷偏，瓊林宴，勝似登仙。（合）早辭帝輦❻，榮歸故苑❼，那時節夫妻母子，大家歡忭。

【前腔】（旦）想前生曾結分緣，與才郎共成姻眷。喜得他脫白掛綠，怕嫌奴體微名賤。

❹ 客邸：客居外地的府邸。

❺ 久稽：長久稽留。後漢書馬援傳：「此子何足久稽天下士乎？」李賢注：「稽，留也。」

❻ 帝輦：皇帝的車子，借指皇帝或京城。南朝梁劉孝威烏生八九子：「高飛帝輦側，遠託日輪中。」

❼ 故苑：猶言故園。苑，古代養禽獸、植林木的地方，多指帝王貴族的園林。

若得他貧相守，富相連，心不變，死而無怨。（合前）

【尾】（外、淨上）鵲聲喧，燈花豔。（末上）老員外，老安人，姐夫中了狀元，有書回來了。（外、淨）果然今有信音傳，整備華堂開玳筵❽。親家且喜，我兒且喜。（老旦）小兒有書回來，正欲著令愛來請親家看書。（旦）正要來請爹爹。（淨）親家請坐。連日有慢，聞得小官人有家書來，我們兩老口特來看書。（老旦）送上去令尊看。（旦）爹爹，書在此。（外）還送與婆婆開拆。（淨）老員外，你看封皮上寫那個開拆就是了。（外）此書煩附岳父大人親手開拆。

【一封書】男八拜上覆，媽媽萱親想萬福。（旦）此書起句就差了。兒子寫書與母親，頓首❾百拜須是，怎麼只寫八拜？（外）便是，孩兒。（淨）不差，正是八拜。親家兩拜；我也是兩拜；夫妻之情，也是兩拜，湊成八拜。（旦）此書不是有才學人寫的。既稱媽媽，又是萱親。萱親就是媽媽，媽媽就是萱親。一人到有兩樣稱呼？（淨）正是有才學人寫的，媽媽是我，萱親是你的婆婆。（外）孩兒已掛綠，僉判饒州為郡牧。（淨）怎麼便叫掛綠？（外）做了官，便是掛綠。親家，且喜賢壻做了官了。（淨）親家，我這兩隻眼，就是識寶的回回。我說道：王官人兩耳垂肩，定做朝官；鼻如截筒，一世不窮❿。

❽ 玳筵：即玳瑁筵，豪華的宴席。隋江總今日樂相樂：「綺殿文雅遒，玳筵歡趣密。」

❾ 頓首：叩頭。周禮春官大祝：「辨九拜，一曰稽首，二曰頓首，三曰空首……九曰肅拜。」鄭玄注：「頓首拜，頭叩地也。」

❿ 兩耳垂肩四句：舊時評價人的容貌與其命運的套話。三國志蜀書先主傳：「（先主）身長七尺五寸，垂手下膝，

我說也不曾說？（外）說來，說來。（淨）說我親家䶨䶨䁈䁈⑪，定做奶奶。看我女兒媳娜娉婷，定做夫人。我說也不曾說？（外）說來，說來。（旦）爹爹，僉判是佐貳官⑫，郡牧是正堂官⑬，如何一人到做兩樣官？（淨）我兒你不曉得，這是饒⑭的。（外）官也有得饒？（淨）你再念。（外）僉判饒。（淨）恰又來，僉判是饒。（外）饒州是地方。（淨）你不曾說出州字來。（外）不要多說，待我再念。

我娶了万俟丞相女，可使前妻別嫁夫。（旦）爹爹，這書有頭無尾，不要看了。（外）這是沒志氣人寫的，不要看了。（淨）大凡幹事，都要幹了。若不了當⑮，你也不快活，我也不快活。（外）也罷，待我看了。**寄休書，免嗟吁，我到饒州來取汝。**（淨）老賊招得好女壻，賤人嫁得好老公。我一了⑯說他娘兒兩個，腦後見腮，定是無義之人⑰。可可的信了我的嘴。（外）初起說他許多好，如今又說他不好。（淨）我要他好便好，要他不好便不好。（外）我這賢壻，決無此情。（老旦）親家媽，我孩兒不是忘

顧自見其耳。」

⑪ 䶨䶨䁈䁈：不見字書，大約是富態之義。

⑫ 佐貳官：輔佐主司的副職，如通判、州同、同知、縣丞等。唐李邕嶽麓寺碑：「和合是請，佐貳是膺。」

⑬ 正堂官：衙門的正職。正堂，正廳，衙門中的主廳。

⑭ 饒：外加。舊唐書食貨志上：「初雖微有加饒，法行當即就實。」

⑮ 了當：了結。

⑯ 一了：一直。

⑰ 腦後見腮二句：從人的腦袋後面就能看見他的腮幫子，這種人肯定是無情無義的。一種迷信的俗語。

恩負義的人。（淨）窮了八萬年的王敗落，快走出去！

【剔銀燈】（老旦）親家母不須怒起，容老身一言咨啟。我孩兒頗識法理，肯貪榮忘恩失義？須知天不可欺，決不肯停妻娶妻。

【前腔】（淨）忘恩義窮酸餓鬼，才及第輒敢無理。只因我賤人不度己，教娘受腌臢惡氣。他今日卻原來負你。呸！羞殺了丫頭面皮。

【前腔】（旦）書中句全無禮體，竟不審其中詳細。葫蘆提⑱便說他不是，罵得我無言抵對。娘，休疑說閒是非，他為人呵⑲，決不肯將奴負虧。

【前腔】（外）媽媽且回嗔做喜，我孩兒不須垂淚。終不然為著家書至，將好意番成惡意。娘兒休辯是非，真和假三日後便知。

（外）一紙家書未必真，（淨）思量情理轉生嗔。

（老）霸王空有重瞳⑳目，（合）有眼何曾識好人。

（淨弔）李成那裏？你來，你來。（末上）老安人為何嚷亂？（淨）不好了，你姐夫贅在万俟丞相府中做了女壻了。（末）敢沒有此事！（淨）怎麼沒有此事？休書寫了家來了。（末）老安人不要惱，待我與

---

⑱ 葫蘆提：糊裡糊塗。元關漢卿竇娥冤雜劇第三折：「念竇娥葫蘆提當罪愆，念竇娥身首不完全。」

⑲ 他為人呵：原無，據影鈔本增。

⑳ 重瞳：一個眼睛有兩個瞳孔。史記項羽本紀：「吾聞之周生曰：『舜目蓋重瞳子。』又聞項羽亦重瞳子。」

老員外同到街坊上問個實信。（淨）你同老員外打聽消息，沒有這樣的事情便好。你若不打聽得真信回來，不要見我的面。

第二十三齣　覓真

（末上）萬事不由人計較，一生都是命安排。王秀才把荊釵為定，如何便得成親？只因小娘子不從孫宅，老安人忿性❶，把他嫁了王秀才。結親之後，上京應舉，至今不回來。說道得了頭名狀元，入贅万俟丞相府中，教娘離了媳婦，因此僝僽❷攪惱。今日老員外出去，體問❸虛實，未知若何，只得在此等候。

【普賢歌】（外）書中語句有差訛，致使娘兒絮聒❹多。真偽怎定奪，是非爭奈何？尺水番成一丈波❺。（末）老員外回來了。（外）李成，我今日出去，體問王秀才消息，未知端的。我與你同行到妹子家去走一遭。（末）小人同去。轉彎抹角，此間便是。（叫介）

【前腔】（丑上）奴奴方始念彌陀，忽聽堂前誰叫我。偷睛把眼睃❻，卻是我哥哥。阿三，

---

❶ 忿性：發怒；一氣之下。

❷ 僝僽：音ㄔㄢˊ ㄓㄡˋ，煩惱、愁苦。宋周紫芝宴桃源：「簾幕疏疏風透，庭下月寒花瘦，寬盡沈郎衣，方寸不禁僝僽。難受，難受，燈暗月斜時候。」

❸ 體問：親自詢查打聽。元鄭廷玉後庭花雜劇第二折：「我們前體問俺渾家去。」

❹ 絮聒：嘮叨不休。明吳承恩西遊記第十四回：「不必恁般絮聒惡我，我回去便了。」

❺ 尺水番成一丈波：比喻不起眼的小事，反而引起了嚴重的後果。

快把柴來燒焰火。

(末)媽媽，燒焰火怎麼？(丑)你不曉得，客來看火色，沒茶也過得。(末)這等雖無焰頭，且是熱鬧。(丑)哥哥，入門不問榮枯事，觀察容顏便得知。哥哥有何緣故，眉頭不展，面帶憂愁？(外)妹子，說不得。(丑)哥哥但說不妨。

【蠻牌令】(外)兒壻往京畿❼，前日附書回。道重婚丞相女，使母棄前妻。我兒道非夫寫的，你嫂嫂怒從心起。真和假俱未知，為此特來詢問詳細。

【前腔】(丑)哥哥聽咨啟，不必恁憂慮。我鄰居孫官人，赴選近回歸。他在京必知事體❽，問他音信，便知端的。(外)無由去他宅裏，你可令人請來問個詳細。(淨上)日裏莫說人，夜裏莫說鬼。方才說小子，小子便來至。(末)未相請，誰來報你？(淨)我在戲房❾中聽得。(末)這科諢❿休要提，且與東人相見施禮。

(淨見介)媽媽，此位是誰？(丑)這是我的哥哥。(淨)原來是你令兄，正是「有眼不識泰山」⓫。

❻ 睃：音ㄐㄩㄣˋ，斜視。金董解元西廂記諸宮調卷三：「等得夫人眼兒落，斜著淥老兒不住睃。」

❼ 京畿：國都及其附近地區。漢潘勖冊魏公九錫文：「遂建許都，造我京畿，設官兆祀，不失舊物。」

❽ 事體：即事情。

❾ 戲房：劇場中的後臺。宋元南戲張協狀元：「生在戲房裏喝：『甚麼婦人直入廳前！門子當頭，何不止約！』」

❿ 科諢：插科打諢的省略語，戲曲中使觀眾發笑的穿插，科多指動作，諢多指語言。元高則誠琵琶記：「休論插科打諢，也不尋宮數調，且看子孝共妻賢。」

小子前番求親，不蒙允肯。（外）非是不從，乃是姻緣不到。（淨）令壻得了頭名狀元，除授饒州僉判，曾有書回麼？（外背云）且住，我只說道沒有書回。（介）不曾有書回來。（淨背云）怎麼沒有書回來？且將錯就錯⑫，且說與他知道。（介）可知道沒有書回來，他在万俟丞相府中做了女壻了。（外）足下如何知道？（淨）我與他赴試，如何不知？（丑）此事實麼？（淨）小子親眼見他，如何不實？（丑）實不相瞞，前日有一個承局遞書回來。（淨）怎麼說的？（丑）哥哥正在狐疑之間，足下親見，此事實了。（淨）可知道小子最老實的，不敢說謊。（丑）王十朋負義的賊。（淨）我說道被他負了。

【川撥棹】我當初問親，你們不聽允，到今日被他負恩。（外）當初是我忒好意，誰想他們忘了本？

【前腔】（淨）咱心裏願續此親。（外）貧窮老漢，沒福分攀豪俊。（淨）休恁言辭謙遜，我先拜了尊丈人⑬。

（末插科）正是「不來親者強來親」。（丑）若不嫌棄，仍舊妙員作媒。（淨）如蒙允肯，事不宜遲，小

---

⑪ 有眼不識泰山：比喻見聞不廣，不認識地位高本領大名氣盛的人，常作謙詞使用。明施耐庵水滸傳第二十三回：「那大漢聽得是宋江，跪在地下，那裏肯起，說道：『小人有眼不識泰山。』」

⑫ 將錯就錯：順著前面的錯誤，讓它繼續錯下去。將，依順；隨順。宋悟明聯燈會要道楷禪師：「祖師已是錯傳，山僧已是錯說，今日不免將錯就錯，曲為今時。」

⑬ 丈人：岳父。三國志蜀書先主傳：「獻帝舅車騎將軍董承辭受帝衣帶中密詔。」南朝宋裴松之注：「董承，漢靈帝母董太后之侄，於獻帝為丈人。蓋古無丈人之名，故謂之舅也。」

子今日送財禮，明日就要成親。（丑）孫官人，你送什麼財禮？（淨）我送黃金一百兩，段子一百疋，胡羊、寶鈔、好酒，都是一般送。（丑）既停當了，便回去安排禮物送來。（淨）如此，小人告退。帽兒光光，好做新郎⑭；分付鄰舍，與我暖房⑮。（末）便見熱鬧。（淨）正是：「人心金石堅相似，花有重開月有圓。」（先下。外弔）妹子，雖然如此，不知我的婆婆意下如何？（丑）不妨，待我去與嫂嫂說。

【生姜芽】（外）從他往京畿，兩月餘，一心指望登科第，回鄉里，忍捨得輕辜負，相門重贅多嬌女，不思量撇下荊釵婦。（合）棄舊憐新小人儒⑯，虧心折盡平生福。

【前腔】（丑）畜生反面目，太心毒。辜恩負義難容恕，真堪惡！且放懷，休疑慮。他既貪圖榮貴重婚娶，咱這裏別選收花主⑰。（合前）

【前腔】（末）恩東免嗟吁，且聽覆。言清行濁⑱心貪汙，違法度，恩和義，都不顧。半

⑭ 帽兒光光二句：宋元時民間俗語。元關漢卿竇娥冤雜劇第一折：「我們今日招過門去也。帽兒光光，今日做個新郎；袖兒窄窄，今日做個嬌客。」

⑮ 暖房：備禮品賀人新婚。元施惠傳奇幽閨記招商諧偶：「官人，娘子，請穩便吧。夜深了，明日再取一樽酒，與你暖房。」

⑯ 小人儒：行為不正的儒生，與君子儒相對。論語雍也：「子謂夏曰：『女為君子儒，無為小人儒。』」何晏集解引孔安國語曰：「君子為儒，將以明道；小人為儒，則矜其名。」元鄭光祖王粲登樓雜劇第一折：「哀哉，堪恨你小人儒，嗚呼，不識俺男兒漢。」

⑰ 收花主：指丈夫。收，接收。花，舊時常用以比喻美女。

⑱ 言清行濁：說的是清白好話，幹的是汙濁壞事。形容言行不一。唐李虛中命書卷中：「言輕行濁，執不通變。」

載夫妻曾廝聚，一時間卻把嬋娟誤。（合前）

（外）骨肉參商⑲淚滿襟，（丑）哥哥不必再沉吟。

（末）人情若比初相識，（合）到老終無怨恨心。

⑲ 參商：參、商二星，此出而彼沒，兩不相見，因以比喻人分離不得相見。唐杜甫贈衛八處士：「人生不相見，動如參與商。」

第二十四齣 大逼

【字字雙】（淨上）試官沒眼他及第，得志。戀著相府多榮貴，入贅。不思貧窘棄前妻，忘義。叵耐窮酸太無知，嘔氣。

黃柏肚皮甘草口❶，才人相貌畜生心。叵耐辜恩負義賊，棄舊憐新，入贅万俟丞相府中了。前日寄書回來，教母親離了媳婦。這氣如何忍得？我家老賊兒今早出去，體問消息，未知若何。待他回來，便知分曉。

【玉胞肚】（外上）讀書豪俊，忍撇下甌城故人。（丑上）負心賊有才實無信，才及第，棄舊憐新。（合）他貪奢戀侈，實丕丕❷使不仁，行短❸天教一世貧。

（外）只因差一著，滿盤都是空❹。（淨）老兒，體問消息如何了？（外）一言難盡。（淨）怎麼說？（丑）

---

❶ 黃柏肚皮甘草口：意謂口蜜腹劍，表裡不一。黃柏，亦作「黃檗」，落葉喬木，樹皮淡黃，故稱，可入藥，味苦辛。京本通俗小說錯斬崔寧：「啞子謾嘗黃檗味，難將苦口對人言。」甘草，多年生草本植物，根有甜味，可入藥。

❷ 實丕丕：實實在在。丕丕，語助詞，加重語氣。元李好古張生煮海雜劇第三折：「俺實丕丕要問行藏，你慢騰騰好去商量。」

❸ 行短：行為卑鄙。元武漢臣老生兒雜劇第三折：「你行短，俺見長，姓劉的家私著姓劉的當。」

好教嫂嫂知道。恰纔哥哥到我家中，說那王秀才的情節未盡，恰好孫官人近日在京回來，正好到我家中探望。我將此事問他，真個贅在万俟丞相府中了。言語並不差池。（淨）實也不實？（丑）怎麼不實！（淨）我說道，老賊不聽我說，你做得好事！

【漿水令】你當初不由我們，卻原來被他負恩。（外）世間誰是預知人，何須鬥口與我相爭？（丑）都忍耐，莫解分，家必自毀令人哂❺。（合）尋思起，尋思起，教人氣忿。誰知道，誰知道，恁般不仁。

【前腔】（丑）那孫官人來說事因，他依然要願續此親。（淨）那人果不棄寒門，教他選日下定成親。（外）聽伊言，心自忖，只恐我兒不從順。（合前。淨）姑娘，既然孫小官人果有此心，事不宜遲。（丑）便是。他今日送財禮，明日就成親。（淨）若如此甚好。（丑）我便去報與他知道，教哥哥便去對玉蓮說，教他整備成親。（外）我難對他說，你們自去與他說。（淨）姑娘，待我自與玉蓮說，你二人自回去。（介）情到不堪回首處，一齊分付與東風❻。（外、丑先下。淨）且叫玉蓮與他說，肯嫁孫家，房奩首飾，件件與他。若不肯時，頭上剝到腳下，打他半死，不怕不從。玉蓮！

【金蕉葉】（旦上）奈何奈何，信讒言母親怪我，尺水番成一丈波。天那！是何人暗地裏調

---

❹ 只因差一著二句：猶言「一著不慎，滿盤皆輸」。

❺ 哂：譏笑。

❻ 情到不堪回首處二句：意謂事情難辦，只好聽其自然。宋、明時的俗語。

唆？（見介。淨）孩兒，早知今日，悔不當初。早依我說，不見如此。你爹爹出去體問你丈夫消息，委實贅在万俟丞相府中了。你爹爹說道：他那裏重婚，我這裏改嫁。因此將你許了孫家了。你可梳妝整備。（旦）母親差矣，王秀才是賢良儒士，未必辜恩負義。玉蓮是貞潔婦人，焉敢再嫁？他果然重婚相府，奴家情願在家守節❼。（淨）什麼守節？「要知山下路，須問過來人。」我當時若守得定時，為何又嫁你老子？「守節」二字，只好口說，一個時辰也熬不得的。（旦）母親，此乃傷風化之言，不須提起。（淨）我兒，今番斷不由你了，依了娘說，我與你母子相親。再若不從，朝一頓，暮一頓，打得你黃腫成病。教你湯不得吃，水不得進。嫁不嫁，今日還我個明白！

【孝順歌】孫員外，家富足，他們有的是金共玉。你一心嫁寒儒，緣何棄撇汝？（旦）容奴稟覆，未必兒夫將奴辜負。那一個橫死賊徒，忒兀自生疾妒？（淨）這紙書你重看取，明寫著贅相府。

【前腔】（旦）書中句都是虛，沒來由認真閒氣蠱❽。他曾讀聖賢書，如何損名譽？（淨）你這腌臢蠢物，他棄舊聯新，情如朝露。你原自不改前非，又敢來胡推阻。（旦）富與貴，

---

❼ 守節：恪守女性的貞節，特指從一而終。歐陽脩瀧岡阡表：「脩不幸，生四歲而孤，太夫人守節自誓，居窮自力於衣食。」

❽ 氣蠱：氣憤。元高則誠琵琶記臨妝感嘆：「也不索氣蠱，也不索氣蠱，既受託了蘋蘩，有甚推辭，索性做個孝婦賢妻，也落得名標青史。」

人所欲。論人倫焉敢把名汙？

【前腔】（淨）他登高第身掛綠，侯門贅居諧鳳侶。（旦）他為官理民庶，必然守法度，豈肯停妻再娶？（淨）他負義辜恩，一籌不數⑨。你因甚苦死執迷，不聽娘言語？（旦）空自說要改嫁奴，寧可翦下髮做尼姑！（淨打旦介）

【前腔】賊潑賤敢抵觸⑩，告官司拷打你不孝婦！（旦）官司要厚風俗，終不然勒奴再嫁夫。（淨）抵觸得我好！（旦）非奴抵觸。（淨）惱得娘心頭騰騰發怒，便打死你這丫頭，罪不及重婚母。（旦）打死了奴，做個節孝婦。若要奴再招夫，直待石爛與江枯。（淨）賤人，石頭怎得爛？江水怎得枯？你敢說三個不嫁麼？（旦）不嫁，不嫁，只是不嫁！（淨）好回得停當！我要你嫁孫家，一片好心，你到反為不美。罷！罷！自從今日，脫下衣服首飾還我，與你三條門路：刀上死也得，水裏死也得，繩上死也得，只憑你。肯嫁孫家，進我門來；不肯嫁，好好走出去。

（旦）萱親息怒且相容，（淨）母命如何不聽從？

（旦）休想門闌多喜慶，（淨）管教女壻近乘龍⑪！（淨下）

（旦弔）自古道：「忠臣不事二君，烈女不更二夫。」⑫焉肯再事他人？母親逼奴改嫁，不容推阻，

⑨ 一籌不數：意謂一點也不放在心上。籌，古代用以計算的籌碼。

⑩ 抵觸：頂撞。

⑪ 休想門闌多喜慶二句：語本唐杜甫李監宅：「門闌多喜色，女壻近乘龍。」

如之奈何？千休萬休，不如死休。倘若落在他圈套，不如將身喪于江中，免得玷辱此身，以表貞潔。

【五更轉】心痛苦，難分訴。丈夫！一從往帝都，終朝望你諧夫婦。誰想今朝，拆散中途。我母親信讒言，將奴誤。娘呵！你一心貪戀，貪戀他豪富，把禮義綱常全然不顧。母親，你今日聽信假書，逼奴改嫁，此事決然不可！

【前腔】奴哽咽，難移步，不想堂前有老姑⑬。婆婆，奴家今日撇了你去。千愁萬怨，休怨兒媳婦，也不是你孩兒將奴辜負。婆婆，奴家若不改嫁，又不投江，恐母親逼勒奴生嗔怒。罷！罷！賢愚壽夭天之數，拚死黃泉，丈夫！不把你清名辱汙。

【滿江紅】拚此身來，早去跳江心，撈明月。（下）

---

⑫ 忠臣不事二君二句：舊社會對氣節的要求。史記田單列傳：「王蠋曰：『忠臣不事二君，貞女不更二夫，齊王不聽吾諫，故退而耕於野。』」

⑬ 老姑：年邁的婆婆。

第二十五齣　發　水

（末上）溫州棠樹❶綠陰濃，今佐閒優鎮國東。海甸圻牆千里外，蓬萊官賜五雲中❷。春回畫省❸苗陰合，雨過青林荔子紅。莫倚凡情宮內重，回來方岳拜三公❹。

❶ 棠樹：喬木名稱，有赤棠和白棠兩種。赤棠木理堅韌，實澀無味；白棠即甘棠，也稱棠梨，實似梨而小，味甘酸，可食。

❷ 海甸圻牆千里外二句：意為受皇帝之命在千里之外的近海地區為官。海甸，近海的地區。南朝齊孔稚珪北山移文：「張英風於海甸，馳妙譽於浙右。」圻牆，疆界。圻為方圓千里之地。左傳昭公二十三年：「今土數圻，而郢是城，不亦難乎？」杜預注：「方千里為圻。」蓬山，蓬萊山，古代傳說中的仙山名。泛指仙境。此處指封地。五雲，皇帝居住之地。

❸ 畫省：指尚書省。漢代尚書省以胡粉塗壁，紫素界之，畫古烈士像，故別稱「畫省」、「粉署」、「粉省」。唐王建贈郭將軍：「承恩新拜上將軍，留值巡更到五雲。」唐杜甫秋興八首其二：「畫省香爐違伏枕，山樓粉堞隱悲笳。」

❹ 回來方岳拜三公：回來之後再拜見朝廷大臣。方岳，本指四方之岳，後指代任專一方之重臣。南朝宋劉義慶世說新語識鑒：「時殷仲堪在門下，雖居機要，資名輕小，人情未以方岳相許。」三公，古代中央三種最高官銜的合稱。周以太師、太傅、太保為三公。一說以司馬、司徒、司空為三公。西漢以丞相（大司徒）、太尉（大司馬）、御史大夫（大司空）為三公。東漢以太尉、司徒、司空為三公。見通典職官。唐宋沿東漢之制，以太尉、司徒、司空為三公，但已非實職。宋史職官志：「太尉、司徒、司空為三公，為宰相、親王使相加官，其特拜者不預政事，皆赴上於尚書省。」明清沿周制，以太師、太傅、太保為三公，惟只用作大臣的最高榮

吾乃錢安撫❺衙裏親隨。我本官前任是溫州府太守，今蒙聖恩除授福建安撫，欲去之❻任，今日就在此江心渡口上船。明日侵早開港出洋。行李俱已完備，夫人與家眷都上舟了，惟我相公府裏辭官便來。恐有分付，男女只得在此等候。

【粉蝶兒】（外上）一片襟期❼，清似五湖❽秋水，喜聲名上達丹墀❾。感皇恩，蒙聖寵，遷除福地。秉忠心肅清奸弊。

下官遠離北地，來任東甌❿，紫綬金章⓫，官閒五馬⓬，擢居太守之尊；朱旛皂蓋⓭，守鎮三山⓮，

衙。

❺ 安撫：指安撫使。隋朝始設安撫大使，由行軍主帥兼任。唐初派大臣巡視經歷戰亂的地區或災區，稱安撫使。宋代為掌管一方軍民兩政之官，稱安撫使或經略安撫使，常由知州、知府兼任，以二品以上大臣充任時稱安撫大使。遼金元稱安撫使或安撫司，設在西南邊遠地區。宋趙昇朝野類要帥幕：「安撫之權，可以便宜行事，如俗謂先施行，後奏之類也。」

❻ 之：往；到。

❼ 襟期：襟懷、志趣。唐李縠和皮日休悼鶴：「才子襟期本上清，陸雲家鶴伴閑情。」

❽ 五湖：江南五大湖的總稱。史記三王世家：「大江之南，五湖之間，其人輕心。」司馬貞索隱：「五湖者，具區、洮滆、彭蠡、青草、洞庭是也。」明楊慎丹鉛總錄地理：「王勃文『襟三江而帶五湖』，則總言南方之湖。洞庭一也，青草二也，鄱陽三也，彭蠡四也，太湖五也。」

❾ 丹墀：古時宮殿前的臺階以紅色塗飾，故稱。漢張衡西京賦：「青瑣丹墀。」唐岑參寄左省杜拾遺：「聯步趨丹墀，分曹限紫微。」

❿ 東甌：溫州及浙江南部沿海地區的別稱。

陞為安撫之職。才兼文武雙全，德化⑮軍民兩益。行李未曾離浙左⑯，聲名先已到閩南⑰。（淨上）永嘉縣縣丞遞人夫手本。（外）取上來，多了。（淨）不多。兩隻船，一百七十人夫，不多。（外）起去伺候，左右何在？（末）頻聽指揮黃閣⑱下，忽聞呼喚畫堂⑲前。覆相公，有何使令？（外）與我喚船家來分付他。（末叫介）

---

⑪ 紫綬金章：紫色印綬和金印，古代丞相所用。借指貴官。漢書百官公卿表上：「相國、丞相，皆秦官，皆金印紫綬。」

⑫ 官閑五馬：官閑，官府的馬廄。五馬，太守的代稱。鄭玄周禮注以為，漢代太守相當於舊時州長，出則御五馬。

⑬ 朱旛皂蓋：紅色的車障，黑色的車蓋。指古代高官所乘的車子。南朝梁江淹蕭太尉上便宜表：「朱幡皂蓋，古無濫秩。」

⑭ 三山：福州的別稱。福州東有九仙山，西有閩山，北有越王山，故稱。元薩都刺閩過平望驛：「廣陵城裏別匆匆，一去三山隔萬重。」

⑮ 德化：以道德教化、感化人。韓非子難一：「舜其信仁乎！乃躬藉處苦而民從之，故曰聖人之德化乎！」

⑯ 浙左：浙江東南部，即溫州一帶。

⑰ 閩南：福建南部地區，含漳州、東山、龍岩、安溪、泉州、惠安一帶。

⑱ 黃閣：漢代的丞相、太尉和漢以後三公官署避用朱門，廳門塗黃色，以區別於天子，稱為「黃閣」。漢舊儀卷上：「（丞相）聽事閣曰黃閣。」宋書禮志二：「夫朱門洞啟，當陽之正色也。三公之與天子，禮秩相亞，故黃其閣以示謙，不敢斥天子。蓋是漢來制也。」後來以「黃閣」指宰相官署。唐韓翃奉送王相公縉赴幽州巡邊：「黃閣開帷幄，丹墀侍冕旒。」

⑲ 畫堂：華麗的堂舍，這裏指安撫使的堂舍。唐崔顥王家少婦：「十五嫁王昌，盈盈入畫堂。」

【山歌】(丑上)做稍公，做稍公，起椿開船便拔篷。相公要往福州去，願天起陣好順風。(末)好好，說得利市⑳。(外)稍子，明早開船。(丑)明早賽神㉑好開船。(外)合用物件說將來。(丑道介。外)你且聽我說，夜來寢睡之間，忽有神人囑付言語，說有節婦投江，使吾撈救。又道此婦人與吾有義女之分，汝等駕幾隻小船，沿江巡哨，不拘男婦，撈救得時，重重賞你。(眾)領鈞旨。

【鏵鍬兒】(外)乘桴浮海㉒非吾願，算來人被利名牽。登舟過福建，須要防危慮險。(合)明早動船，開洋過淺，願陣好風，吉去善轉。

【前腔】(丑)撐船道業雖微賤，水晶宮㉓裏活神仙。鋪蓋且柔軟，簑衣簟眠。(合前)

(外)今朝船上且淹宵㉔，(末)來早江頭看落潮。

(丑)撐駕小舟歸大海，(合)這回不怕浪頭高。

---

⑳ 利市：吉利；好運氣。漢焦贛易林觀之離：「福過我里，入門笑喜，與我利市。」

㉑ 賽神：謂設祭酬神。唐張籍江村行：「一年耕種長苦辛，田熟家家將賽神。」

㉒ 乘桴浮海：語本論語公冶長：「子曰：道不行，乘桴浮於海。」桴，竹木製的小筏子。

㉓ 水晶宮：傳說中水神或水龍王的宮殿。此處指江上。

㉔ 淹宵：停留；停歇。

第二十六齣　投　江

【梧葉兒】（旦上）遭折挫，受禁持，不由人不淚垂。無由洗恨，無由遠恥。事臨危，拚死在黃泉作怨鬼。

自古道「河狹水緊，人急計生。」來到江頭了也。天那，夫承寵渥❶，九重仙闕拜龍顏；妾受淒涼，一紙詐書分鳳侶。富室強謀娶婦，惑亂人倫；萱堂怒逼成親，毀傷風化。妾豈肯從新而棄舊？焉能反正以從邪？爭如就死忘生，不可辜恩負義。一怕損夫之行；二恐誤妾之名；三慮玷辱宗風❷；四恐乖違婦道。惟存節志，不為邀名。拴原聘之荊釵，永隨身伴；脫所穿之繡履，遺棄江邊。妾雖不能效引刀斷鼻❸朱妙英❹，卻慕取抱石投江浣紗女❺。

❶承寵渥：承受恩澤。寵渥，指皇帝的寵愛與恩澤。周書儒林傳沈重：「祗承寵渥，不忘變本，深足嘉尚。」

❷宗風：猶門風。

❸引刀斷鼻：古代烈女故事。漢劉向列女傳梁寡高行：「梁高行者，梁之寡婦也。其為人榮於色而美於行，夫死早寡不嫁，梁貴人多爭欲取之者，不能得。梁王聞之，使相聘焉……高行乃援鏡持刀以割其鼻。」

❹朱妙英：身世不詳，當為效法梁高行者。

❺抱石投江浣紗女：相傳春秋時伍子胥由楚奔吳，向一浣紗女子求食。子胥食已而去，謂女子曰：「掩爾壺漿，毋令之露。」女子曰：「諾。」子胥行五步，還顧女子，女子自縱於水中而死。見越絕書越絕荊平王內傳。

【香羅帶】一從別了夫，朝思暮苦。寄來書道贅居丞相府。母親和姑媽逼勒奴也，改嫁孫郎婦。奴豈肯再招夫？萱堂苦苦責打奴，只得拚死在黃泉路，免得把清名來辱汙。

【胡搗練】傷風化，亂綱常，萱親逼嫁富家郎。若把身名辱汙了，不如一命喪長江❻。

（投江介。丑上救旦下）

【五供養】（外上）餐風宿水，海舟中多少憂危。終宵魂夢裏，似神迷。披衣強起，玉宇❼清高如洗。江風緊，海潮回，側聽鄰岸曉雞啼。人平不語，水平不流。叫稍水，什麼人？

【山歌】（丑上）夜行船裏撈救一枝花，五更轉說天淨紗，脫布衫跳下江兒水，一隻紅繡鞋，失落在浣溪沙❽。

稟老爹：夜至五更前後，有一婦人投水，小的撈救在船。（外）果有一婦人，寧可信其有，不可信其無。快請夫人出來，一壁廂把投水婦人換了衣服，帶過來。

【菊花新】（貼旦❾上）日上三竿猶未起，聞呼未審何因。

---

❻ 長江：泛指大江大河。

❼ 玉宇：天空。宋陸游十月十四夜月終夜如晝詩：「西行到峨嵋，玉宇萬里寬。」

❽ 夜行船裏五句：意為夜間行船時救下了錢玉蓮。其中「夜行船」、「一枝花」、「五更轉」、「天淨沙」、「脫布衫」、「江兒水」、「紅繡鞋」、「浣溪沙」皆為曲牌名。

❾ 貼旦：旦行的一支，正旦之外次要的旦腳。宋元以來歷代戲曲都有此行當腳色。明徐渭南詞敘錄：「旦之外，貼一旦也。」

(外)夜來有一婦人投江，稍手救得在小船上。夫人，你把些乾衣服與他換了溼的，來見我。

【糖多令】(旦上)無奈禍臨頭，今朝拚死休，如癡似醉任飄流。不想舟人撈救，我身出醜，臉慚羞。(見介。外)婦人，我且問你，你是何等人家兒女？因何短見投水？必有緣故。

【玉交枝】(旦)容奴伸訴。(外)你那裏住居？(旦)念妾在雙門住居。(外)姓甚名誰？(旦)玉蓮姓錢儒家女。(外)原來與我同姓。你曾嫁人麼？(旦)年時獲配鴛侶。(外)既有丈夫，丈夫姓甚名誰？在家、出外？(旦)王十朋是夫出應舉。(外)且住。王十朋是你丈夫，他得中了頭名狀元，有書回來麼？(旦)數日前有傳尺素⑩。(外)既有書來，為何投水？(旦)因此書骨肉間阻，因此書啣冤負屈。(外)書中必有緣故。

【前腔】(旦)書中緣故，道休妻重婚在相府。(外)他是讀書人，豈肯違法度？我曉得了，莫不是朋黨⑪嫉妒？(旦)萱親信聽讒詐書，逼奴改嫁孫郎婦。(外)怎麼不從母命？(旦)論貞潔不更二夫，奴焉敢傷風敗俗？(外)原來是王狀元的貞烈夫人，快請起來。

【前腔】聽他言語，論貞潔他人怎比，思量我也難留你。左右叫舟子，不如送還伊父。(旦)若還送奴歸故里，不如早喪黃泉路，到顯得名傳萬古，儘教他前婚後娶。

---

⑩ 尺素：書信。本指小幅絹帛，古人多用以寫信或詩文。古樂府飲馬長城窟行：「客從遠方來，遺我雙鯉魚。呼兒烹鯉魚，中有尺素書。」

⑪ 朋黨：同類的人所結成的集團，這裏是指一同參加科舉考試的人。

【前腔】（外）不須憂慮，且帶你同臨任所。修書遣人饒州去，管教你夫婦重會。（旦）若還這般週濟奴，猶如久旱逢甘雨，便是妾重生父母。望公相與奴做主。

（外）既然如此，不肯回去。我不是別人，乃是前任本府太守。今蒙聖恩除授福建安撫，即日將帶家小之任。你丈夫既為饒州僉判，與福建相隔不遠。你如今不肯回去，就在我船上，與我老夫人同臨任所。我想起來，一路上怎麼稱呼。他也姓錢，我也姓錢，你拜我為義父。到任所修一封書，差人到饒州報與你丈夫知道，教他取你去。夫婦重會，缺月再圓。心下如何？（旦背云⑫）若無鈞眷⑬在船，事有可疑。既有鈞眷在船，去也無妨。只是撇了婆婆，於理不當。（介）若得老相公如此周全，重生父母，再養爹娘。（外）將酒來，遞了我的酒。（介）梅香、左右，都要稱小姐。

【黃鶯兒】（旦）公相望垂憐，感夫人意非淺。又蒙結拜為姻眷，恩德萬千，何日報全？願公相早登八位三台顯。（合）淚漣漣，雙親遠別，重得遇椿萱。

【前腔】（外）不必淚漣漣，這相逢非偶然。同臨任所為姻眷，聊附寸箋，饒州報傳，管教你夫婦重相見。（合）免憂煎，夫妻有日，重得遇椿萱。

【前腔】（貼）天賜這姻緣，喜他們也姓錢，同臨任所作宛轉⑭。明日動船，開洋過淺，

⑫ 背云：戲曲中提示演員道白方式的術語。背，背著。云，道白；說話。舞臺上實有其他腳色在場，但說話人可以背著他們，把自己的心理活動展示給觀眾。

⑬ 鈞眷：對豪門貴族的家眷或他人親屬的尊稱。京本通俗小說碾玉觀音：「當時怕春歸去，帶著許多鈞眷遊春。」

願一陣好風，急去登福建。（合前）

【前腔】（旦）溺水自心酸，我婆婆苦萬千，堂前繼母心不善。兒夫去遠，家尊老年，何日得見王僉判？（合前）

（外）夫妻憂慮各西東，（老）會合今朝喜氣濃。

（旦）一葉浮萍歸大海，（合）人生何處不相逢。

⑭ 宛轉：調停、斡旋。初刻拍案驚奇卷二十九：「縣宰道：『此纖芥之事，不必介懷，下官自當宛轉。』」

第二十七齣 憶母

【喜遷鶯】（生上）從別家鄉，期逼春闈，催赴科場。鵬程展翅，蟾宮折桂，幸喜名標金榜。旅邸憶念，孤鸞幽室，萱花高堂。魚雁杳，信音稀，使人日夜思想。

人在東甌，身淹上苑❶，望中山色空迷眼。終朝旅思嘆蕭條，高堂親鬢愁衰短。秦嶺雲橫，藍關雪漫❷，潮陽未到魂先斷。春歸花落久栖遲，愁深那覺時光換。

【雁魚錦】長安四月花正飛，見殘紅萬片皆愁淚。何苦被利祿成拋棄，如今把孤身旅泊天涯。意懸懸止不住思維。音書曾有回，只怕他望帝都欲赴愁迢遞。望目斷故園，知他知也未？

【前腔】當時，痛別慈幃❸，論奉親行孝也縈懷不寐。年華有幾，總然是百歲如奔騎。論早晚須問起居，論寒暑須當護持，論供養要甘肥。因赴舉，把蘋蘩饋託與我妻，知他

❶ 上苑：皇家園林。南朝梁徐君倩落日看還：「妖姬競早春，上苑逐名辰。」

❷ 秦嶺雲橫二句：語本唐韓愈左遷至藍關示侄孫湘：「雲橫秦嶺家何在？雪擁藍關馬不前。」秦嶺，山名，又名秦山、終南山，在今陝西省境內。三秦記：「秦嶺東起商洛，西盡汧隴，東西八百里。」藍關，即藍田關，乃秦之嶢關，在今陝西省藍田縣東南。

❸ 慈幃：又作「慈闈」，舊時母親的代稱。宋張孝祥減字木蘭花黃堅叟母夫人：「慈闈生日，見說今年年九十。」

看承處怎的？俺這裏對青山，望白雲，鎮日瞻親舍；他那裏翹白首，看紅日，終朝憶帝畿。

【前腔】嗟吁，鳳別鸞離，怎如得儔鶯偶燕時相聚？悽楚寒窗，寂寞旅況❹。閃殺當時，甘效于飛。孤燈夜雨，溜聲不斷，卻把寸心滴碎。只為那釵荊裙布妻難棄，總有紫閣香閨人怎迷？

【前腔】猛思，那日臨行際，蒙岳丈惜伊玉樹❺，兼愛我寒枝。念行囊空虛，欣然便週全助路資。召共居，感此義山恩海深難棄。細躊躇，甚日酬取？教我怎生忘渠❻？但願得一家到此沾祿養，也顯得半子從今展孝私。

【前腔】論科舉，本圖看春風杏枝，玉馬驟香衢❼。豈知他陷我在瘴嶺煙區❽？愁只愁身歸鳳池，恨只恨釁生鴛侶。人不見，氣長吁，只為蠅頭蝸角❾微名利，致使地北天南怨

---

❹ 旅況：旅途的情懷、景況。宋方回旅況戲題：「行役亦何聊，聽予旅況謠。」

❺ 玉樹：比喻才貌優異的人。南朝宋劉義慶世說新語容止：「魏明帝使后弟毛曾與夏侯玄共坐，時人謂蒹葭倚玉樹。」

❻ 渠：他，代詞。

❼ 香衢：花香襲人的街道。衢，四通八達的道路。

❽ 瘴嶺煙區：南方有瘴氣的地方。此處指潮陽。宋黃庭堅寄黃幾復：「想得讀書頭已白，隔溪猿哭瘴煙藤。」

❾ 蠅頭蝸角：比喻微不足道。宋蘇軾滿庭芳：「蝸角虛名，蠅頭微利，算來著甚干忙。」蝸角，語出莊子則陽：

別離。

左右過來。(丑上)廳上一呼,階下百諾。相公有何指揮?(生)前月寄書回去,接取老夫人并家眷來此同赴任所。經今日久,將次來到,你可到十里長亭伺候迎接,不得有違。(丑)如此便去。(下)

(生)家鄉千里隔相思,目斷甌城人到遲。

旅邸難禁長日靜,魂消幾度夕陽時。

「有國於蝸之左角者曰觸氏,有國於蝸之右角者曰蠻氏,時相與爭地而戰,伏屍數萬,逐北旬有五日而後反。」

第二十八齣　哭鞋

【梧葉兒】（老旦上）兒媳婦，哭啼啼，昨夜三更出繡幃。今早起來沒尋處，使我無把臂❶。一重愁翻做兩重悲，使我淚偷垂。

天有不測風雲，人有旦夕禍福。我媳婦被逼嫁不從，哭了一夜，今早不知那裏去了？（末上）莫取非常樂，須防不測憂。老安人，不好了，小人到江邊去訪問，見許多人說我小姐投江死了，拾得繡鞋在此。（老旦）呀！果是我媳婦的，痛殺我也！（倒地介）

【山坡羊】撇得我不尷不尬❷，閃得我無聊無賴。親家，你一霎時認真逼他去投江海，怎佈擺，禍從天上來。你嫡親父母尚且不遮蓋，反將他諧老夫妻生打開。（合）哀哉！撲簌簌淚滿腮。傷懷，生擦擦❸痛怎捱！（外、淨上）隔牆須有耳，窗外豈無人❹。親家為何啼哭？（老旦）親家，不好了，我的媳婦投江死了。（外）怎麼曉得？（老旦）見有繡鞋在此。（外哭倒介）

---

❶ 把臂：憑據。醒世恆言喬太守亂點鴛鴦譜：「孩兒無事，不消說起。萬一有些山高水低，有甚把臂？那原聘還了一半，也算是他們忠厚了。」

❷ 不尷不尬：意謂沒有著落。尷尬，處境為難。

❸ 生擦擦：猶言活生生。清張大復寒山堂曲譜引元無名氏司馬相如雜劇：「生擦擦音信全乖，拈指有十餘載。」

❹ 隔牆須有耳二句：意謂說話要謹防外人偷聽。語本管子君臣下：「牆有耳，伏冠在側。」

【山坡羊】兒，你不念我年華高邁，不念我形衰力敗，不念我無人養老，不念我絕宗派❺。我想這樁事不是別人，都是你老禍胎，受了孫家婚聘財，逼得他銜冤負屈投江海。親家，我有一搭地，指望令郎與小女把我兩塊老骨頭埋葬。不想令郎又贅在相府，不得回來，小女又投江死了，我好命苦！閃得我有地無人築墓臺。（合）哀哉，撲簌簌淚滿腮；傷懷，生擦擦痛怎捱？（淨）親家，你令郎贅在相府，做了女婿，我女投江死了。如今與你沒相干了，寺裏觀音請出。（外）我的女兒肉尚未冷，你就趕他出去？（淨）你兩個做了一家，我出去了罷。（外）親家，你聽那老不賢，在這裏與他難相處，莫若到京見令郎。不知意下如何？（老旦）老身正欲如此。奈我身伴無人，怎生去得？（外）我著李成送親家前去。（淨）我自要他，去不得。（外）誰要你多言？（老旦）親家，老身不識進退，有一言相懇❻。（外）親家但說不妨。（老旦）欲往江邊祭奠，以表婦姑之情。（外）可憐，不勞親家費心，李成今晚整備祭品，等候王老安人祭奠。（老旦）親家，老身就此拜別。

【勝如花】辭親去，別淚零，豈料登山驀❼嶺。只因人遞簡傳書，教娘離鄉背井，未知道何日歡慶？（合）愁只愁一程兩程，況未聞長亭短亭。暮止朝行，趲長途曲徑，休辭憚跋跋奔兢❽。願身安早到京城，願身安早到京城。

❺ 宗派：同「宗支」，宗族內部的分支。

❻ 相懇：相懇求。宋岳珂程史鐵券故事：「其屬張逵為畫計，使請鐵券，既朝辭，遂造堂袖札以懇。」

❼ 驀：越。

【前腔】（外）我為絕宗派，結婚姻，指望一牢永定❾。誰知他又贅在侯門，今日翻成畫餅，辜負了田園荒徑。（合前）

【前腔】（淨）他家鍋中米沒半升，去戀著豪門，不思舊親。到如今一旦身榮，撇卻糟糠布荊，短行處教人怒沖。（合前。外）李成，你送王老安人到京，面會王狀元，即便回來。（末）男女理會得。

【前腔】蒙員外分付情，對狀元一訴明，幸喜得日暖風恬，相送起程，傷目兮桑榆暮景。（合前）

生離死別痛無加，路上行人莫嘆嗟。
花正開時遭雨打，月當明處被雲遮。

---

❽ 奔競：奔走。

❾ 一牢永定：即「一勞永逸」。

第二十九齣　搶　親

（淨）莫信直中直，須防仁不仁❶。我本等是一段美意，不想這丫頭行此拙路❷。老員外止生這女兒，今被他日夜啼哭，教我怎麼過得日子？如今送親家去了，這一回來，教我躲在那裏？躲在這裏罷。（外）有這等事？一家好人家，都被那老不賢弄壞了。雖是王十朋贅在相府，未審虛實。今日也逼孩兒改嫁，明日也逼孩兒改嫁，受不過淩辱，忿氣投江身死。你那裏去？老潑婦，如今走在天上去？（淨）老員外，不要惱。要打便打，要罵便罵，我跪在這裏了。（外）老潑婦，誰教你逼死了我兒？我也不要你了。（淨）我也只要他做好人，後邊靠他。誰想女兒認真苦惱。你若趕我出去，那個要我？（外）鄰舍人家去。（淨）十家鄰舍九家斷，那裏去得？（外）親友人家去。（淨）平昔沒有盤盒來往，做人不好，也去不得。（外）和尚寺裏去。（淨）屈嫁和尚是好惹的，我去也罷，怕被人笑話你。（外）原來沒處去。

【憶虎序】**當初娶汝**，（淨）正是大盤大盒娶的。（外）**指望生男育女**。（淨）你到說我沒用？你頭未上床，腳先睡了，那個沒用？依了我，十個還養得出哩！（外）老潑婦，今日也與我孩兒嚷亂，明日也與我孩兒嚷亂，**逼勒我孩兒投江身死**。（淨）他自壽命短促，自家死的，與我甚麼相干？（外）**我**

❶ 莫信直中二句：意謂事情難以預料。

❷ 拙路：絕路。

寫狀經官，經官呈告你。（淨）告我得何罪？（外）告你是不賢婦、薄倖妻。若到官司，打你皮綻肉飛。（淨）當初是我不合討了他的便宜。如今我就下他一個禮❸，也沒人笑我。

【前腔】我當初嫁你，也是明媒正娶，又不是暗地裏偷情，強來隨你。相隨百步，尚有徘徊之意。免告官司，免告官司，和你團圓到底。

（外）起去。（淨）嗄！他被我一哭，心就軟了。（外）我趕他出去，被人笑話。過來。（淨）嗄！（外）留你在家，要依我三件事。（淨）勿要說三件，十件也依你。（外）第一件事，我與人講話，不要你多嘴。（淨）若有我的說話，添這等一句兒。（外）第二件，不要與我同吃飯。（淨）我自有王帝吃，那個要與你同吃。（外）那個王帝？（淨）灶君❹王帝。你也要依我三件事。（外）那三件？（淨）魚乾酸湯白米飯，吃飽了，朝也咯，暮也咯，養還你班稍抉。（下。外弔場）禍福無門，唯人自召。我那老不賢聽信讒書，接了孫家財禮，逼令女兒改嫁，只因受逼不過，已自投江死了。況孫家是個無籍❺之徒，必來我家打鬧。我更年老力弱，難以抵對，如何是好？

【梨花兒】（丑上）姪女許了孫汝權，受他財禮千千貫。今日成親多喜歡，嗏！姑娘只要長長段❻。呀！哥哥，今日嫁女吉日，因何在此愁悶？（外哭介）都是你害我女兒投江死了，還要說？（丑）

---

❸ 下他一個禮：陪一個禮；陪個不是。

❹ 灶君：灶神。民俗中供奉於灶上司嘆飯之事的神。傳說灶神在臘月二十四日（北方多為二十三日）上天，向天帝呈報人家的善惡。

❺ 無籍：無賴。

真個好苦。（外）你且不要哭，這孫家事怎生回他？（丑）人既死了，終不然捻一個與他。若沒有人，拚得還他財禮便了。若說不來，財禮也不要還他，更又賴他。（外）賴他什麼？（丑）賴他倚恃豪富，威逼成親，以致我女身死。（外）這都是你生出來許多事端，我不管，你自去回他。（丑）哥哥，孫汝權不是好人，怎肯罷休。我有一計在此，將幾件衣服與我穿了，哄上轎去。我到他家裏，與他說話便了。（外）既如此，我自進去。正是：野花不種年年有，煩惱無根日日生。（下）

【前腔】（淨、眾上）今日娶親諧鳳鸞，不知何故來遲緩；莫非他人生異端？嗏！須知人亂法不亂。（丑）孫相公來了麼？（淨）張姑媽，快請新人上轎，我在此親迎。（丑）曉得了，分付眾人在青龍頭❼轉一轉。（淨分付眾轉介）禮人❽，與我快請新人。（請介，丑帶兜頭❾哭上介，轉介。淨）禮人，拜了家廟❿就結親。（喝禮介，拜介。淨揭蓋）好也，好也。你受了我財禮，藏了姪女，賴我親事。（丑）

❻ 長長段：敬重長者的財禮。長長，敬重長者，以長者為長。禮記大學：「上老老而民興孝，上長長而民興弟（悌）。」鄭玄注：「老老，長長，謂尊老敬長也。」

❼ 青龍頭：猶言太歲頭上。舊時方士術數以太歲所在為凶方，有所興辦時要避開太歲方位，否則不吉利。青龍是太歲的別名。淮南子天文訓：「天神之貴者，莫貴於青龍，或曰太一，或曰太陰。」後漢書律曆志下：「日月於天，一寒一暑，四時備成，萬物畢改，攝提遷次，青龍移辰，謂之歲。」

❽ 禮人：主持婚禮的人。

❾ 兜頭：即蓋頭，舊時婦女結婚時的遮面之巾。

❿ 家廟：祖廟、宗祠，供奉祖先的廟堂。古時有官爵者方可建家廟，上古叫宗廟，唐時創私廟，宋改為家廟。

我不是騙你，我姪女已投江死，拚得還你財禮，大家罷休。(淨)一倍還我十倍，我也只要老婆。(丑)呸！小鬼頭兒，你倚恃豪富，威逼我姪女投水已身死，你要怎的？(淨)這潑皮到來誣賴我。

【凭麻郎】我告你局騙⑪人財禮。(丑)我告你威逼人投水。(淨)怎誤我白羅帕見喜⑫。(丑)悶得他黃泉做鬼。(末)息怒威，寧耐取。(淨)休想我輕輕放過你！(丑)我怕你強橫小賊驢！(淨)我那怕你腌臢臭虩！(末)算從來男不和女敵，自古道窮不共富理。(丑)打你嘴。(淨)踢你的腿。(末)須虧了中間相勸的。(丑)這事情天知地知。(淨)這見識心黑又意黑。(末)怎辨別他虛你實，也難明他非你是。(淨)不放你。(丑)不放你。(末)自古饒人不是癡。(淨)你藏了女兒，誣賴人命，若見了尸首，萬事俱休；不見尸首，教你粉碎。

(淨)窩藏姪女忒無知，(丑)威逼成親事豈宜？

(淨)好手中間逞好手，(丑)吃拳須記打拳時。

宋趙彥衛雲麓漫鈔卷二：「文潞公作家廟，求得唐杜岐公舊址。」

⑪ 局騙：誆騙；設置圈套進行詐騙。元典章刑法十九禁局騙：「無籍之徒，遊手好閒……尋常糾合惡黨，欺遏良善，局騙錢物。」

⑫ 白羅帕見喜：辦喜事卻成了辦喪事。白羅帕，哭喪時婦女頭上所蓋的白色方布帕。

第三十齣　祭江

【風馬兒】（老旦上）柳拂征衣露未央❶，可憐年邁往他鄉。（末）謾自殷勤設奠，血淚洒長江。

（老旦）渺渺茫茫浪潑天，可憐辜負你青年❷。（末）小姐，你清名須並浣紗女，白髮親姑誰可憐？老安人，正在此處拾的繡鞋。（老旦）就此擺下祭禮。

【綿搭絮】尋蹤覓跡到江邊。李成舅，可曾帶得香來？（末）小人不曾帶得。（老旦）我那兒，只一塊香沒福受用。（苦）只得撮土為香，禮雖微，表姑情意堅。望靈魂暫且聽言：指望松蘿相倚，誰想你抱石含冤？這也不要埋怨你丈夫，都是你的親娘把乘龍女壻嫌。

【憶多嬌】（末）愁哽咽，情慘切，萱堂苦逼中道絕，暮憶朝思難訴說。（合）喪溺江心，喪溺江心，永遠傳揚孝烈。（老旦）我那媳婦的兒，我有半年糧食，也不見得到你家來。

【綿搭絮】只為家貧無倚，在他閭閻❸。是你的兒夫去經年❹，杳沒音信傳。是你的繼母

---

❶ 未央：未盡；沒有完。屈原離騷：「及年歲之未晏兮，時亦猶其未央。」王逸注：「央，盡也。」

❷ 青年：年輕的生命。

❸ 閭閻：民間；鄉間。閭，門戶；人家。中國古代以二十五家為閭。閻，里巷的門。唐王勃滕王閣序：「閭閻

呵，信讒言。鎮日熬煎，熬煎得你抱屈含冤。我那兒，撇得我無倚無依。你帶我的孝才是順理。今日呵，反披麻哭少年！

【憶多嬌】(末)心痛惜，情慘戚，將身赴江學抱石。可憐夫婦鸞鳳拆，(合)即日登程，渺渺音容遠隔。(末)老安人，不須啼哭，趲行❺前去。

【風入松】(老旦)嘆連年貧苦未逢時，誰想一旦分離。我孩兒自別求科舉，怎知道妻房溺水？但說來，又恐驚駭我兒，決不可與他知。(末)安人不必恁憂慮，且聽男女咨啟。只說狀元催逼起，先令我送安人來至。那其間方說就裏❻，決不要使驚疑。

【急三鎗】(老旦)痛易情難訴！痛易情難訴！常思憶，常憂慮，心戚戚，淚如珠。(末)且自登程去，且自登程去，休思憶，休憂慮，途路上，免嗟吁❼。

【風入松】(老旦)如何教我免嗟吁？我這老景憑誰？年華老邁難移步，旦夕間有誰來溫顧❽？恨只恨他們繼母，逼他嫁死得最無辜。(末)果然死得最無辜，論貞潔真無。姻緣

撲地，鐘鳴鼎食之家。」

❹ 經年：過了一年，比喻時間長久。

❺ 趲行：趕路。

❻ 就裏：內情；底細。元無名氏漁樵記雜劇第四折：「若不是哥哥說開就裏，你兄弟怎麼知道。」

❼ 嗟吁：傷感長嘆。唐元稹酬樂天東南行詩一百韻：「耽眠稀醒素，凭醉少嗟吁。」

契合從今古，拆散了夫妻皆天數。漫騰騰洛陽近也，今且喜到京都。

萬里關山去路長，可憐年邁往他鄉。

江邊不敢高聲哭，恐怕猿聞也斷腸。

❽ 溫顧：溫清定省。冬天溫被，夏天扇席，晚上侍候睡定，早晨前往請安。表示侍奉父母無微不至。

第三十一齣　見母

【夜行船】（生上）一幅鸞箋飛報喜，垂白❶母，料已知之。日漸過期，人何不至？心下轉添縈繫。

雁塔題名感聖恩，便鴻❷昨已寄佳音。思親目斷雲山外，縹緲鄉關多白雲。下官前日修書，附承局帶回，請取家小，同臨任所。一去許久，不見到來，使我常懷憂念。正是：雖無千丈線，萬里繫人心。

【前引】（老旦上）死別生離辭故里，經歷盡萬種孤恓❸。（末上）昨過村莊，今入城市，深感老天垂庇❹。（老旦）這裏是那裏了？（末）京師地面了。（老旦）聞說京師錦繡邦，果然風景異他鄉。（末）紅樓翠館笙歌沸，柳陌花街蘭麝香。（老旦）李成舅，你曉得狀元行寓❺在何處？（末）小人一路

---

❶ 垂白：白髮下垂，謂年老。漢書杜業傳：「誠哀老姊垂白，隨無狀子出關。」顏師古注：「垂白者，言白髮下垂也。」

❷ 便鴻：託人順便捎的書信。鴻，借指書信。明無名氏傳奇鳴鳳記鄒慰夏孤：「所賴仁兄引道，准擬觀花，聊附便鴻之箋，慚無拜使之稱。」

❸ 孤恓：孤獨而悲傷。元關漢卿望江亭雜劇第一折：「到晚來獨自一個，好生孤悽。」

❹ 垂庇：賜予保護、庇護。宋劉安上天齊廟：「維神以靈惠，垂庇一方民。」

❺ 行寓：旅途或在外面的寓所。

打聽，行館就在四牌坊。老安人把孝頭梳藏了，慢慢說也未遲。（老旦）這也說得有理。（末）牌子❻，這裏可是王狀元行館麼？（淨上）這裏就是。（末）通報家裏有人在此。（淨）稟老爺，家裏有人在外。（生）著他進來！（末）老爺，李成磕頭。（生）起來。老安人小姐來了？（末）來了。（生接，背問❼末介）小姐為何不見？（末）後面來了。（生）母親請坐，孩兒拜見。一路風霜，久缺甘旨，恕孩兒不孝之罪。（老旦）兒，你在此一向好麼？（生）母親聽稟：

【刮鼓令】從別後到京，慮萱親當暮景。幸喜得今朝重會，娘，又緣何愁悶縈？李成舅，莫不是我家荊❽，看承母親不志誠❾？（末）小姐且是盡心侍奉。（生）我的娘，分明說與恁❿兒聽。你媳婦呵，怎生不與共登程？

【前腔】（老旦）心中自三省⓫，轉教人愁悶增。你媳婦多災多病，況親家兩鬢星⓬，家務

❻ 牌子：皂隸、衙役。皂隸在長官出行或上堂時持有「肅靜」、「迴避」之類的木牌，或持令牌傳人，故稱。

❼ 背問：舞臺上某一腳色，背著在場的部分腳色問另外的人物，是傳統戲曲的表現手法之一。

❽ 家荊：對人稱呼自己妻子的謙稱。

❾ 志誠：誠實、盡心。金董解元西廂記諸宮調卷四：「說志誠，說衷腸，騁奸俏，騁浮浪。」

❿ 恁：您。

⓫ 三省：多次認真地反省。論語學而：「曾子曰：『吾日三省吾身：為人謀而不忠乎？與朋友交而不信乎？傳不習乎？』」

⓬ 兩鬢星：兩鬢斑白，已臨暮年。

事要支撐，教他怎生離鄉背井？為你饒州之任恐留停。兒，你岳丈先令人送我到京城。

（生）母親言語不明，李成舅，你備細說與我知道。

【前腔】（末）當初待起程，（生）正要問你起程，小姐怎麼不來？（末）到臨期成畫餅。（生）母親，李成舅說甚麼畫餅？（末背）若說起投江一事，恐唬得恩官心戰驚。（生）李成舅，說甚麼驚字？（末）是有個經字，小姐呵！路途上少曾經⑬，當不得許多高山峻嶺，餐風宿水怕勞形⑭。（生）老安人也來了，他到來不得？（末）便是。小姐有些病體，老員外呵，因此上留住在家庭。

【前腔】（生）端詳那李成，語言中猶未明。娘，把就兒裏分明說破，免孩兒疑慮生。（老旦背。生）呀，母親因甚的變顏情，長吁短嘆珠淚零？（老旦袖出孝頭髻介。生）袖兒裏脫下孝頭繩，莫不是恁兒媳婦喪幽冥⑮？（生）我的娘，孝頭繩那裏來的？（老旦）兒！千不是萬不是，都是你不是！（生）娘，怎麼到是兒不是？（老旦）哇！還說你的是！當初承局書親附，拆開仔細從頭睹，道你狀元僉判任饒州。兒，這下一句不該寫。（生）那一句？（老旦）休妻再贅万俟府。（生）母親，語句都差了。（老旦）語句雖差字跡同，岳翁見了心生怒。（生）岳母沒有話說？（老旦）岳母即時起毒心，逼妻改嫁孫郎婦。（生）我妻從麼？（老旦）汝妻守節不相從，苦，這句難說了！（生悲介）娘，一發說了

⑬ 路途上少曾經：意謂很少走過長路。曾經，曾經經歷。

⑭ 勞形：使身體勞累、疲倦。莊子漁父：「苦心勞形，以危其真。」

⑮ 幽冥：陰間地府。魏曹植王仲宣誄：「嗟乎夫子，永安幽冥。」

罷。(老旦)將身跳入江心渡。(生)呀!渾家⑯為我守節而亡,兀的不是痛殺我也!(跌倒介)

【江兒水】(老旦)嚇得我心驚怖,身戰欽,虛飄飄一似風中絮。爭知你先赴黃泉路,我孤身流落知何處?不念我年華衰暮,風燭不定,死也不著一所墳墓。

【前腔】(生)一紙書親附,我那妻,指望同臨任所。是何人寫套書中句?改調潮陽應知去,迎頭先做河伯婦⑰。指望百年完聚,半載夫妻,也算做春風一度。

【前腔】(末)狀元休憂慮,且把情懷暫舒。夫妻聚散前生注,這離別只說離別苦,想姻緣不入姻緣簿。聽取一言伸覆:須信人生萬事,莫逃天數。

(老旦)孩兒,你且省愁煩。(生)孩兒只為不就万俟丞相親事,卻將我改調潮陽,害我身命,我肯辜負他?(老旦)孩兒,他既死了,無可奈何,且到任所,做些功果追薦⑱他。(生)這個少不得如此。(末)小人告狀元,老安人起程之時,老員外曾分付小人:送老安人面會狀元,你就趕回來。如今稟狀元,小人告回。(生)李成舅,我身伴無人,同到了任所,那時我修書與你去。(末)既如此,小人願隨狀元去。

---

⑯ 渾家:妻子。舊時婦女主內,故稱。元李文蔚燕青博魚雜劇第一折:「渾家王臘梅,原不是我自小裏的兒女夫妻。」

⑰ 河伯婦:意謂死於水。河伯,河神。史記滑稽列傳:「當其時巫行,視人家女好者云:『是當為河伯婦。』」

⑱ 追薦:追悼祭奠,一般是請僧道為死者誦經禮懺,祈禱祝福。盂蘭盆經宗密疏上:「搜索聖賢之教,虔求追薦之方。」

（老）追想儀容轉痛悲，（生）豈期中道兩分離？

（末）夫妻本是同林鳥，（合）大限來時各自飛。

第三十二齣　遣　音

【破陣子】（外上）野外江山幽雅，城中景物繁華。（貼旦、旦、丑上）六街三市堪描畫，萬紫千紅實可誇。（合）閩城❶景最佳。

（外）夫妻幸喜到閩城，跋涉程途為利名。（貼）大布仁風寬政令，廣施德化慰黎民。（外）夫人，我自到任三月，且喜詞清訟簡❷，盜息民安。（貼）乃相公治政所致。相公曾許孩兒書去報他丈夫知道。兒，管教你夫妻重會。（旦）爹爹，這裏到饒州多少路程？（外）約有一月之程。（旦）爹爹，多與他些盤纏。

（外）教我多與他些盤纏，我在此呵，

【榴花泣】守官如水，胸次瑩無瑕。薄稅斂，省刑罰，撫安民庶禁行猾。幸喜詞清訟簡，無事早休衙。（旦）依條按法，想繩一戒百誰不怕？待三年任滿期瓜❸，詔書來早晚遷加❹。

【前腔】（貼）覷著他花容月貌勝仙娃，忍將身命掩黃沙？天教公相救伊家，好似撥雲見

❶ 閩城：指福州城。

❷ 詞清訟簡：形容社會安定，很少糾紛訴訟。

❸ 任滿期瓜：任期到了，由他人接替。期瓜，又稱瓜代、瓜期，指官吏任職期滿。左傳莊公八年：「齊侯使連稱、管至父戍葵丘，瓜時而往，曰：『及瓜而代。』」

❹ 遷加：升官加俸。明賈仲明昇仙夢雜劇第三折：「我受皇恩理民明教化，為通判俸祿遷加。」

日，枯樹再開花。（外）貞潔可誇，恁捐生❺就死令人訝。恁萱親怎不詳察？全不道有傷風化。

【漁家傲】（旦）若提起舊日根芽，不由人不兩淚如麻。恨只恨一紙讒書，搬得我母親叱吒❻。（外）他見差，逼汝身重嫁，那些個一鞍一馬。這書剳令人遺發，管成就鸞孤鳳寡。

（外）夫人，我到堂上去來，開門。（眾）各官免揖。（外）叫一個打差舍人❼進來。（淨上）該小人輪班。（外）你叫什麼名字？（淨）小人叫苗良。（外）苗良，我有一封書，著你到饒州王三府❽處投下，要回書，限你二十個日子，與你二兩銀子盤纏，星夜趕去。

【前腔】（淨）今日裏拜辭都爺❾，明日裏到海角天涯。一心要傳遞佳音，不憚路途波查❿。

（外）關門。（旦）爹爹，下書人去也不曾？（外）去了。（旦）我還有一句話。（外）有什麼話？（旦）見他只說三分話。（丑）姐姐，便多說幾句怎麼？（旦）又恐他別娶渾家。（外）你把閒言一筆都

---

❺ 捐生：捨棄生命。晉潘岳寡婦賦：「感三良之殉秦兮，甘捐生而自引。」

❻ 叱吒：怒斥；呵斥。史記淮陰侯列傳：「項王喑噁叱吒，千人皆廢。」司馬貞索隱：「叱吒，發怒聲。」

❼ 舍人：此處指府衙中當班的小吏。

❽ 三府：僉判的別稱。因其官品低於知府、同知，故稱。

❾ 都爺：對巡撫的尊稱。見清梁章鉅稱謂錄都堂。

❿ 波查：本指困苦、危害，後泛指艱辛、折磨。宋曹涇與貴池縣尉胡同年書之三：「此生竟是如此波查，苦中作樂而止。」

勾罷，回來便知真共假。

【尾】月再圓，花重發，那其間歡生喜洽，重整華筵泛紫霞⓫。

（外）饒福⓬相離數日程，（旦）修書備細說緣因。

（丑）分明好事從天降，（末）重整前盟合舊盟。

⓫ 紫霞：喻指美酒。元王旭臨江仙壽張都運父：「歌翻白雪調，酒泛紫霞杯。」

⓬ 饒福：饒州與福州。

第三十三齣　赴任

【臨江仙】（老旦上）客夢悠悠難喚醒，窗前尚有殘燈。（生、末上）攬衣披枕自評論，今日飄零，何日安寧？（老旦）孩兒，促整衣裝及早行，區區只為利和名。（生）拚卻餐風並宿水，（末）不愁帶月與披星。（老旦）孩兒，就此趲行前去。

【朝元歌】騰騰曉行，露濕衣襟冷；徐徐晚行，月照遙天暝。只為功名，遠離鄉背井，渡水登山驀嶺，帶月披星，車塵馬足不暫停。晴嵐❶障人形，西風吹鬢雲。（合）潮陽海城，到得後那時歡慶。

（淨上）三山❷巡檢❸接老爺。人夫手本❹在此。（生）拿上來。你那官兒回去，弓手送我過梅嶺❺。

---

❶ 晴嵐：晴天山中的霧氣。唐白居易代春贈：「山吐晴嵐水放光，辛夷花白柳梢黃。」

❷ 三山：福州的別稱。

❸ 巡檢：宋時於京師府界東西兩路，備置都同巡檢二人，京城四門巡檢各一人，又於沿邊、沿江、沿海置巡檢司，掌訓練甲兵，巡邏州邑，職權頗重。後受所在縣令節制。明清時，凡鎮市、關隘、要害處，俱設巡檢司，歸縣令管轄。

❹ 人夫手本：人員名單。此處指迎送人員名單。

❺ 梅嶺：即大庾嶺。在江西、廣東兩省交界處。宋置梅關，為南北交通孔道。

（淨）梅嶺上猢猻太多。（生）怎麼有許多猢猻？（淨）老爺此去，指日封侯。（生）生受❻你，去罷。

（淨下）

【前腔】幾處幽林曲徑，松杉列翠屏。回首亂雲凝，禪關❼掩映，聽遠鐘三四聲。欽奉綸音❽，命遊宦❾，宿郵亭❿。遠離京城，盼陽關⓫把往事空思省。水程共山程，長亭復短亭。（合前。丑上）潮陽府陰陽生⓬接老爺。（生）這裏到府還有多少路？（丑）還有五十里之程。

（生）那個差來的？（丑）本府太老爺⓭差來的。（生）還在幾時上任？（丑）太老爺分付，三月十五日請老爺城隍⓮廟宿山⓯，十六日午時⓰上任。（生）多拜上老爺。（丑下）

---

❻ 生受：煩勞；多謝。元無名氏凍蘇秦雜劇第三折：「生受哥哥，替我報復去，道有蘇秦在於門首。」

❼ 禪關：禪門；寺門。唐李白化城寺大鐘銘：「方入於禪關，睹天宮崢嶸，聞鐘聲瑣屑。」

❽ 綸音：皇帝的詔令。唐劉禹錫謝賜冬衣表：「三軍挾纊，俯聽綸音。九月授衣，載馳天使。」

❾ 遊宦：離家在外地做官。唐崔國輔題豫章館：「遊宦常往來，津亭暫臨憩。」

❿ 郵亭：驛館，傳送文書的人投止之處。漢書薛宣傳：「過其縣，橋梁郵亭不修。」顏師古注：「郵，行書之舍，亦如今之驛及行道館舍也。」

⓫ 陽關：故址在今甘肅敦煌西南。古以出玉門關者為北道，出陽關者為南道，此處往南赴任，故曰「盼陽關」。

⓬ 陰陽生：舊時以星相、占卜、宅墓、圓夢為職業的人。

⓭ 太老爺：大老爺，指太守。

⓮ 城隍：守護城池的神。

⓯ 宿山：即在山上過夜。

【前腔】危巔絕頂，飛流直下傾。嘆微名奔兢，身似浮萍。鷓鴣啼，不忍聽。野花開又馨，消遣羈旅情。到處草茵，題詠眼前無限景。牧笛隴頭鳴，漁舟江上橫。（合前）

【前腔】（老旦）八九處人家寂靜，柴門半掩扃，谿洞水泠泠。路遠離別興，自來不慣經。遙望酒旗新，買三杯，消渴胸。哀猿晚風輕，歸鴉夕照明。（合前。淨上）城隍廟道士接爺爺宿山。

（老）長亭渺渺恨綿綿，（生）遠望潮陽路八千。

（末）正是雁飛不到處，（合）果然人被利名牽。

⑯ 午時：上午十一時到下午一時，也泛指中午前後。唐白居易晝寢：「不作午時眠，日長安可度？」

第三十四齣 誤訃

【探春令】（外上）人生最苦是別離，論貞潔他人怎如？窗外日光彈指過，庭前花影坐間移。我前日差苗良去到饒州，怎麼不見回來？（淨上）轉眼垂楊綠，回頭麥子黃。萬事分已定，浮生空自忙。苗良進。（外）苗良回來了？（淨）小人回來了。（外）可有回書？（淨）回書在此。（外）這是我的。（淨）因此老爺的書不曾投下，故此回書。（外）怎麼不曾投下？（淨）小人到饒州，逕進東門，正遇行喪❶，銘旌❷上寫「僉判王公之柩」。小人又到私衙去問，都說：到任三月，不伏水土，全家而亡。（外）可惜，人無百歲期，枉作千年計！請夫人小姐出來。

【一枝花】（貼上）書緘情慘切，煙水多重疊。（旦、丑上）報道有書回，故人如見也。（見介。外）孩兒，遞書人回來了。（貼）遞書人回來，必有好音。（外）原書也不曾投下，有什麼好音？

【漁家傲】（旦）莫不是明月蘆花沒處尋？（外）明月蘆花一片白，那裏去尋？（旦）莫不是舊日王魁，嫌遞萬金？（外）他也不是王魁，你也不是桂英。（旦）莫不是忘了半載同衾枕？（外）

❶ 行喪：辦理喪事。後漢書崔駰傳：「行道，母劉氏病卒，上疏求歸葬行喪。」

❷ 銘旌：豎在靈柩前，標誌死者官職身分姓名的旗幡，多用絳帛粉書。品官則借銜題寫曰某官某公之柩，士或平民則稱顯考顯妣，另紙書題者姓名粘於旌下。

也不是。(旦)莫不是不曾之任？(外)怎麼不曾之任。(旦)爹爹，欲言不語情難審，那裏是全拋一片心？(外)咱語言說到舌尖聲還噤。若提起始末緣因，教你愁悶怎禁？兒，此生休想同衾枕，要相逢除非是東海撈針。如今兀自不思省，不投下佳音回訃音。

(旦)爹爹，佳音便怎麼？訃音便怎麼？(外)喜信是佳音，死信是訃音。你丈夫到任三月，不服水土，全家而亡了。(旦)丈夫死了，兀的不是痛殺我也！

【梧桐樹】我為你受跋踄，我為你遭磨折。丈夫，我為你投江，我為你把殘生捨。今日怎知先傾逝，這樣淒涼，教我暗地裏和誰說？稟爹爹，可容奴家帶孝？(外)兒，在任穿些素縞罷。(旦)與我除下釵梳，盡把羅衣卸，持喪素服存貞潔。

【東甌令】(外)休嗟怨，免擷屑③，分定恩情中道絕。夫妻本是同林鳥，限到各分別。生同衾枕死同穴，誰肯早拋撇。(旦)念妾得蒙提挈④，只指望同諧歡悅。誰知道全家病滅，不由人不撲簌簌淚珠流血。

【金蓮子】(貼)休憂此生鸞鏡⑤缺，常言道：救人須救徹⑥。(丑)聽覆取休得要哽咽！

③ 擷屑：愁悶頓足的樣子。元王實甫西廂記雜劇第二本第三折：「星眼朦朧，檀口嗟咨，擷屑不過，這席面暢好是烏合。」

④ 提挈：提攜、牽扶；扶持幫助。墨子兼愛下：「家室奉承親戚，提挈妻子而寄託之，不識於兼之有是乎？於別之有是乎？」

姐姐，待等三年孝滿，別贅豪傑。

【尾】（旦）再醮❼徒然費脣舌，共姜誓盟❽甘自悅，守寡從教鬢似雪。

（旦）甘守共姜誓柏舟，（外）分明塵世若浮鷗。

（淨）三寸氣在千般用，（合）一日無常❾萬事休。

❺鸞鏡：太平御覽卷九一六引南朝宋范泰鸞鳥詩序：「昔罽賓王結罝峻祁之山，獲一鸞鳥，王甚愛之，欲其鳴而不致也。乃飾以金樊，饗以珍羞，對之愈戚。三年不鳴。夫人曰：『聞鳥見其類而後鳴，何以懸鏡以映之。』王從言。鸞睹影感契，慨焉悲鳴，哀響中霄，一奮而絕。」

❻救人須救徹：救人就要救到底，幫助別人要有始有終。施耐庵水滸傳第九回：「魯智深道：『殺人須見血，救人須救徹。洒家放你不下，直送兄弟到滄州。』」

❼再醮：再次結婚。後專指婦女再嫁。孔子家語本命：「夫死從子，言無再醮之端。」醮，音ㄐㄧㄠˋ，古代行婚禮時，父母給子女酌酒稱為醮。

❽共姜誓盟：舊以為詩經鄘風柏舟所敘之事。詩序：「衛世子共伯早死，其妻守義，父母欲奪而嫁之，誓而弗許，故作是詩以絕之。」然而，共伯早死與歷史事實不符，有人以為是一般寡婦的自誓之辭，與詩意也有不合之處。

❾無常：人死的婉轉說法。寒山詩集附錄拾得詩：「忽爾無常到，定知亂紛紛。」

第三十五齣　時祀

【一枝花】（老旦上）細雨霏霏時候，柳眉❶煙鎖常愁。（生、末上）昨夜東風驀吹透，報道桃花逐水流。（合）新愁惹舊愁。

（老旦）極目家鄉遠，白雲天際頭。（生）五年離故里，洒淚溼征裘。告母親知道，孩兒夜來夢見渾家扯住兒衣袂❷，說：十朋只與你同憂，不與你同樂。覺來卻是一夢。（老旦）敢是與你討祭？（末）祭禮俱已完備，請老夫人主祭。（老旦）非是兒夫❸負你情，只因奸相妬良姻。生前淑性❹甘貞潔，死後英魂脫世塵。餐玉饌❺，飲瑤樽❻，水晶宮裏伴仙人。你兒夫任滿朝金闕❼，與汝伸冤奏紫宸❽。

---

❶ 柳眉：形容女子的眉毛如柳葉，細長而秀美。唐李商隱和人題真娘墓：「柳眉空吐效顰葉，榆莢還飛賣笑錢。」

❷ 衣袂：衣袖。亦借指衣衫。

❸ 兒夫：古時婦女向長輩稱自己的丈夫。元王實甫破窯記雜劇第三折：「我這裏猛然觀，抬頭覷，我道是誰家個奸漢，卻原來是應舉的兒夫。」此處是王十朋母親對錢玉蓮訴說，「兒夫」之意應為「你的丈夫」。

❹ 淑性：賢淑的秉性。漢張衡七辯：「淑性窈窕，秀色美豔。」

❺ 玉饌：珍美的飲食。

❻ 瑤樽：本指酒杯，代指美酒。

❼ 金闕：天子所居的宮闕。明沈鯨傳奇雙珠記廷對及第：「青雲隨步朝金闕，各要把此衷竭。」

❽ 紫宸：天子所居宮殿的名稱，代指帝位、帝王。唐杜甫奉贈鮮于京兆二十韻：「獻納紆皇眷，中間謁紫宸。」

【新水令】（生）一從科第鳳鸞飛，被奸謀有書空寄。幸萱堂無禍危，痛蘭房❾受岑寂。捱不過凌逼，身沉在浪濤裏。

【步步嬌】（老旦）將往事今朝重提起，越惱得肝腸碎。清明祭掃時，省卻愁煩，且自酬禮，須記得聖賢書。看酒。（生）兒女何勞母親遞酒。（老旦）道不與祭如不祭❿。（生）看香來。

【折桂令】爇沉檀香噴金猊⓫，昭告靈魂，聽剖因依⓬。自從俺宴罷瑤池，宮袍寵賜，相府勒贅。俺只為撇不下糟糠舊妻，苦推辭桃杏新室⓭，致受磨折，改調俺在潮陽。妻，因此上耽誤了恁的歸期。

【江兒水】（老旦）聽說罷衷腸事只為伊，卻原來不從招贅生奸計。懊恨娘行忒薄倖，凌逼你好沒存濟⓮。母子虔誠遙祭，望鑒微忱⓯，早賜靈魂來至。

❾ 蘭房：女性所居之處。晉潘岳哀永逝文：「委蘭房兮繁華，襲窮泉兮朽壤。」

❿ 不與祭如不祭：論語八佾：「子曰：『吾不與祭，如不祭。』」意謂我若不能親自參加祭祀，是不請別人代理的。與，參與。

⓫ 爇沉檀香噴金猊：爐中的香料散發出香氣。爇，焚燃。沉檀，即沉水香，一種香料。金猊，上頭有猊圖案的香爐。

⓬ 因依：原因；原委。

⓭ 桃杏新室：再娶的新婦。桃杏，比喻美女。

⓮ 存濟：生路；活路。元無名氏殺狗勸夫雜劇第二折：「遍長空六出花飛，不停閒雪兒緊風兒急，這場冷，著

【雁兒落】（生）徒捧著淚盈盈一酒卮，空列著香馥馥八珍⑯味。慕音容，不見你；訴衷曲，無回對。俺這裏再拜自追思，重相會是何時？搵不住雙垂淚，舒不開咱兩道眉。先室⑰，俺只為套書信的賊施計。賢妻，俺若是昧誠心，自有天鑒知。

【僥僥令】（老旦）這話分明訴與伊，須記得看書時。懊恨娘行忒薄劣，拋閃得兩分離在中路裏，兩分離在中路裏。

【收江南】（生）呀！早知道這般樣拆散呵，誰待要赴春闈？便做到腰金衣紫⑱待何如？說來又恐外人知，端的是不如布衣，端的是不如布衣！俺只索要低聲啼哭自傷悲。

【園林好】（老旦）免愁煩回辭奠儀，拜馮夷⑲多加護持。早早向波心中脫離，惟願取免沉溺，惟願取免沉溺。

---

⑮ 望鑒微忱：希望明白微薄的心意。鑒，辨別；明察。明劉基贈周宗道六十四韻：「螻蟻有微忱，抑塞無由揚。我無存濟。」

⑯ 八珍：原為古代八種烹飪方法，後來泛指美味佳餚。

⑰ 先室：對已經過世的妻子的敬稱。

⑱ 腰金衣紫：腰繫金帶，身穿紫衣，比喻位居高官。元無名氏戲文小孫屠：「自嘆綠袍難掛體，腰金衣紫是何人？」

⑲ 馮夷：即河伯。莊子大宗師：「馮夷得之，以游大川。」成玄英疏：「姓馮名夷，弘農華陰潼鄉堤首里人也。服八石，得水仙。大川，黃河也。天帝錫馮夷為河伯，故游處盟津大川之中也。」

（生讀祝文⑳介）維大宋熙寧㉑七年吉月辛卯朔日㉒己酉，賜進士及第任潮陽浙江溫州府永嘉縣孝夫㉓王十朋。謹以清酌素饌之奠，致祭於亡過妻玉蓮錢氏夫人前而言曰：惟靈之生，抱義而歸；惟靈之死，抱節而歸，義也。嗚呼噫嘻！昔受荊釵為聘，同甘苦於茅廬。春闈一赴，鸞鳳分飛。詐書一到，骨肉分離。姑娘為奪婚之媒，繼母為逼嫁之威。捱不過連朝折挫，抵不過晝夜禁持。拜辭睡昏昏之老姑，哭出冷清清之繡幃。江津渡口，月淡星稀，脫鞋遺跡于岸邊，抱石投江於海底。江流哽咽，風木慘悽。波滾滾而洪濤逐魄，浪層層而水泛香肌。哭一聲妻，寒壑應猿啼。叫一聲妻，雲愁雨怨天地悲。妻魂不寐，默而鑒之。於戲㉔哀哉！尚饗㉕！

【沽美酒】（生）紙錢飄，蝴蝶飛。紙錢飄，蝴蝶飛。血淚染，杜鵑啼。睹物傷情越慘悽。靈魂恁自知，靈魂恁自知。俺不是負心的，負心的隨著燈滅。花謝有芳菲時節，月缺有團圓之夜。我呵！徒然間早起晚寐，想伊念伊。妻，要相逢除非是夢兒裏再成姻契。

---

⑳ 祝文：祭祀神鬼祖宗的文辭。南朝梁劉勰文心雕龍祝盟：「昔伊耆始蜡，以祭八神，其辭云：『土反其宅，水歸其壑，昆蟲毋作，草木歸其澤。』則上皇祝文，爰在茲矣。」

㉑ 熙寧：宋神宗趙頊的第一個年號。

㉒ 辛卯朔日：辛卯，指月份，從前文看，應是三月。朔日，初一。

㉓ 孝夫：喪妻者對亡妻的自稱。

㉔ 於戲：音ㄨ ㄏㄨ，「嗚呼」的假借字。

㉕ 尚饗：祭文結尾的套話，表示希望死者來享用供品。

【尾】昏昏默默歸何處？哽哽咽咽思念你。直上姮娥宮殿裏。

（生）年年此日須當祭，歲歲今朝不可違。

天長地久有時盡，此恨綿綿無絕期㉖。

㉖ 天長地久有時盡二句：語出唐白居易長恨歌。

第三十六齣 夜香

【一枝花】(旦上)花落黃昏門半掩，明月滿空階砌。嗟命薄，嘆時乖。華月在，人不見，好傷懷！

昔恨時乖赴碧流，重蒙恩相得相留。深處閨門重閉戶，花落花開春復秋。奴家自那日投江，不期遇著錢安撫撈救，留為義女，勝如親生。只是無以報他。今宵明月之夜，不免燒炷清香，以求蔭庇❶。

【園林好】想那日身投大江，蒙安撫恩德怎忘？勝似嫡親襁褓❷，如重遇父和娘。奴家燒此夜香呵，願他增福壽，永安康！想我母親亡過之後，又虧繼母呵，

【川撥棹】親鞠養❸，我爹爹呵，擇良人求配鴛行。誰知道命合遭殃，命合遭殃！遞讒書逼奴險亡，蒙天眷，遇賢良。奴家燒此夜香呵，保祐他永安康，保祐他永安康。想我婆婆取奴家呵。

❶ 蔭庇：比喻長輩照顧晚輩或祖宗保佑子孫。宋魯應龍閑窗括異誌：「士人之就試者，莫不先期備金錢，禱以求蔭庇。」

❷ 襁褓：背負嬰兒的寬帶和包裹嬰兒的被子，代指嬰兒，幼小時期。宋黃庭堅寄耿令幾父過新堂邑作：「日頭晏起飯，襁褓語嘔啞。」

❸ 鞠養：撫養；養育。元劉唐卿降桑椹雜劇第二折：「今立身成名，豈不知父母鞠養之恩。」

【好姐姐】指望終身奉養，誰知道中途骯髒❹。存亡未審，使奴愁斷腸，心悽慘。奴家燒此夜香呵，願得親姑早會無災障，骨肉團圓樂最長。想我丈夫有了奴家呵，

【香柳娘】又重在洞房，重在洞房，將奴撇漾❺。奴家一身猶可，你不思父母恩德廣。奴家指望你還有相見之日，誰想你到先亡了！痛兒夫夭亡，痛兒夫夭亡，不得耀門牆，拋棄萱花堂上。奴家燒此夜香呵，願他魂歸故鄉，遣他魂歸故鄉，免得此身渺茫，早賜瑤池宴賞。

【尾】終宵魂夢空勞攘❻，若得相逢免悒怏❼，再爇明香答上蒼。

香烟緲緲浮清碧，衷曲哀哀訴聖祗❽。
致使更深與人靜，非干愛月夜眠遲。

---

❹骯髒：糟蹋。

❺撇漾：拋棄；丟開。元戴善夫風光好雜劇第二折：「有句話須索商量，你休將容易恩情，等閑撇漾。」

❻勞攘：心情煩燥不安。金董解元西廂記諸宮調卷一：「張生聞語，轉轉心勞攘。」

❼悒怏：心情壓抑，不高興。

❽聖祗：神靈。

第三十七齣 民戴

（末上）一喝千人諾，單行百吏隨。恁般多富貴，端的是男兒。自家乃是本府親隨隸兵。你看時光好疾，日月相催。自從本官到任潮陽勾當❶，不覺又是五年。真個清廉如水，上下相安。前日忽有上司文書到府，將俺相公陞除吉安太守，卻是因禍致福。原先我相公原除饒州僉判，只因不就丞相親事，卻將改調潮陽。如此更遷，意欲陷害在潮陽。如今朝廷別立丞相，廉知相公治事清廉，持心公正，因此陞除吉安太守。今日促裝行李，那來的鼓樂彩旗，敢是與相公送行的？

【賞宮花】（淨、丑上）耆宿❷社❸長，聽榮除❹，特舉觴。五年民沾惠，盡安康，臥轍攀鞍❺無計策，離歌別酒眾難忘。

（末）許多什麼人嚷？（淨、丑）郎中❻，我們聞知相公高陞，眾鄉民特來送行。（末）難得你們厚意，

---

❶ 勾當：職銜名。指主管辦理某種公務的官員，宋時稱各路屬官為勾當公事，後因避高宗趙構名諱，改為「幹辦公事」，亦稱「幹當」。

❷ 耆宿：德高望重的老人。

❸ 社：古代農村的基層組織，或謂二十五家為一社。

❹ 榮除：榮升。

❺ 臥轍攀鞍：東漢侯霸為淮陽太守，徵入都，百姓號哭遮使車，臥於轍中，乞留霸一年。見後漢書侯霸傳。後常用為挽留去職官吏的典故。唐杜甫奉送王信州崟北歸：「解龜逾臥轍，遣騎覓扁舟。」

問你高姓？（淨）老漢叫做李達玉，年紀方纔五十六。在城開張雜賣鋪，家中財貨頗豐足。年年差我做方正❼，因此營充做耆宿。聖節賀正預公宴❽，簪花飲酒與喫肉。有時迎接上司官，見我必先問風俗。一句話也不曾回，五十六棒不罰贖。那時無計可施為，依舊歸家賣蠟燭。（末）免教人在暗中行，這個老人高姓？（丑）老漢積祖❾姓丁，並無手藝營生。圖小利討充社長，誰知也不安寧。又要報寫粉壁❿，又要催討常行課程⓫。又要報淘砌河勘⓬，又要辦水桶麻繩。又要勸農栽種，又要督造坊城。

---

❻ 郎中：宋時稱職事人員或親隨。施耐庵水滸傳第三十回：「施恩便對武松道：『兄長，這幾位郎中，是張都監相公處差來取你，他既著人牽馬來，哥哥心下如何？』」

❼ 方正：即坊正，管理街坊的小吏。舊五代史漢書史弘肇傳：「時，太白晝見，民有仰觀者，為坊正所拘，立斷其腰領。」元無名氏神奴兒雜劇第二折：「一壁廂說與廂長，一壁廂報與坊正。」

❽ 聖節賀正預公宴：慶賀皇帝生日、元旦群臣朝賀預備官宴。聖節，唐玄宗開元十七年，八月五日玄宗生日，左丞相源乾曜，右丞相張悅等上表請以是日為千秋節，制許之。後歷代皇帝生日，或定節名，或不定節名，皆稱為聖節。唐李洞喜鸞公自蜀歸：「歸來逢聖節，吟步上堯階。」賀正，慶賀歲首元旦，群臣朝賀。通典：「漢高帝十月定秦，遂為歲首。七年，長樂宮成，制群臣朝賀儀。武帝改用夏正，亦在建寅之朔。則元日慶賀，始於漢高祖也。」宋王禹偁除夜寄羅評事同年詩之三：「郡僚方賀正，獨宿太湖稜。」公宴，公卿高官或官府的宴會。唐章孝標初及第歸酬孟元翊見贈：「每登公宴思來日，漸聽鄉音認本身。」

❾ 積祖：猶言累代、世代。

❿ 粉壁：古代衙門前的白色牆壁，用以書寫告示，公布法令。

⓫ 常行課程：日常賦稅。常行，一般年景所實行的。課程，按稅率收稅。宋陳造奉化縣丞廳壁記：「其政譬民馨先人，而賦租課程不後。」

只有催關鹽票⑬，是我覓鈔門庭。有錢與我的，便把他口數減；無錢與我的，便把他口數增。若還官司賑濟，這場買賣非輕。若有人告投社長，一件件並不容情。被告詐他十貫五貫，原告吃他三瓶五瓶。有錢與我的，私下和允。無錢與我的，便打他腳筋。我怕事如探湯老狗，我愛錢如見血蒼蠅。這人戶家家作念。（末）想必說你好？（丑）那裏是，都罵我沒分曉老鴨精！（末）這一下打得你嘴匾。（淨）我們百姓無造化⑭，這等好官陞了。（丑）便是他五年在此，深虧他。如今陞了江西吉安府知府，我們眾老人都到長亭送行。脫他靴來釘在儀門上，千年遺跡，後官來看⑮。

【前腔】（生上）潮陽海邦，坐黃堂⑯，名譽彰。（老旦上）省臺⑰飛薦剡⑱，看文章，擢任

---

⑫ 淘砌河勘：清除河中淤泥，修建堤壩渠道，勘察河道安全狀況。

⑬ 鹽票：又作「鹽引」，官方發放的允許運銷食鹽的憑據。其法始於宋之鹽鈔，後來鈔法大壞，乃換給鹽引。元、明皆沿用之。

⑭ 造化：福分；運氣。元李文蔚燕青博魚雜劇第一折：「他如今不來尋你，就是你的造化了。」

⑮ 脫他靴來三句：舊唐書崔戎傳：「將行，州人戀惜遮道，至有解靴斷鞓者。」後即以此作為百姓愛戴地方官，極力挽留或長久懷念的典故。

⑯ 黃堂：古時太守衙門的正堂，後亦稱太守為黃堂。宋范成大吳郡志卷六據郡國志云：「黃堂在雞陂之側（今蘇州市東），春申君子假君之殿也，後太守居之。以數失火，塗以雌黃，遂名黃堂，即今太守之正廳是也。今天下郡治，皆名黃堂，昉此。」

⑰ 省臺：朝廷諸省和御史臺的並稱，亦泛指中央政府。

⑱ 薦剡：推薦人的文書。剡，音ㄕㄢˋ，水名。即浙江嵊縣的剡溪，其水製紙甚佳，故以「剡」代紙。宋無名氏念奴嬌：「川泳雲飛賓主意，薦剡新翻濃墨。」

三山為太守。叩頭萬歲謝吾皇。

自離京苑到潮陽，烏兔相催⑲曉夜忙。（生）自覺因循經五載，追思中饋⑳好心傷。母親，孩兒得蒙聖恩陞授吉安知府，且喜相去家鄉不遠。（淨、丑）我們眾老人特來與老爺餞行。（生）老人做甚麼？（淨）老爺自到任以來，一廉如水，百姓今喜高陞，小老人具禮遠送。大奶奶，老人磕頭。（老旦）生受你。（淨）老爺，小老人沒有什麼孝心，安排果酒旗帳，聊表野人獻芹㉑之意。（生）我在此沒有好處，何勞許多禮物旗帳？（淨）老爺，怎麼沒有好處。老爺未曾下車之時，蠻獠侵擾，盜賊猖狂，百姓橫行，瘟疫難當。弟強兄弱，子罵爺娘，兒啼女哭，餓斷絲腸。無衣無食，有褌無襠。西風一起，凍得狗叫汪汪。（丑）自老爺下車之時就好。（生）怎麼就好？（丑）蠻獠遠遁，盜賊潛藏。家家樂業，戶戶安康。新新舊舊，衣服盈箱。粗粗細細，米爛陳倉。家家快活，專買石床。只聽得浪蕩都㉒，浪蕩都，打個村裏亞鴣㉓。

---

⑲ 烏兔相催：日月交替，時光如流。烏，太陽，傳說日中有三足烏。山海經大荒東經：「一日方至，一日方出，皆載於烏。」郭璞注：「中有三足烏。」月中有玉兔，在桂樹之下搗藥，故以兔稱月。

⑳ 中饋：妻室的代稱，因舊時女子主家中供膳諸事。宋張齊賢洛陽搢紳聞記張相夫人始否終泰：「及為中饋也，善治家，尤嚴整。」

㉑ 野人獻芹：列子楊朱說從前有個人在鄉里的豪紳前吹噓芹菜如何好喫，豪紳嘗了之後，竟「螫於口，慘於腹」，後來就用獻芹謙稱自己贈品菲薄或建議淺陋。唐高適自淇涉黃河途中其九：「尚有獻芹心，無因見明主。」

㉒ 浪蕩都：打鼓聲。

㉓ 村裏亞鴣：即村裏迓鼓，曲調名。

【月上海棠】（淨、丑）吾郡間，萬民沾惠恩無限。喜陞吉安，餞別陽關。無計留攬轡攀鞍。為霖雨須還清盼㉔。（合）程途邅，拚擔些巇嶮㉕，受此𨇽跧㉖。

【前腔】（老旦）衰老年，只愁煙瘴為吾患。幸家門吉慶，子母平安。今日裏子擢高官，飲別酒應難留戀。（合前）

【前腔】（生）心愧赧㉗，備員竊祿㉘常嗟嘆。想劉寬㉙難並，趙普㉚果難攀。偶然間盜息民安，非德化㉛何勞稱讚？（合前）

（老）一劄丹書降紫宸，（生）兼程之任肯因循。

㉔ 清盼：對別人顧盼的美稱。李白贈范金卿其一：「君子枉清盼，不知東走迷。」

㉕ 巇嶮：音ㄒㄧ ㄒㄧㄢˇ，險惡；艱險。唐陸龜蒙彼農：「世路巇嶮，淳風蕩除。」

㉖ 𨇽跧：音ㄨㄢ ㄑㄩㄢˊ，身體彎曲，形容非常辛苦勞累。

㉗ 愧赧：對不起；慚愧。唐韓愈答陳商書：「辱惠書，語高而旨深，三四讀尚不能通曉，茫然增愧赧。」

㉘ 備員竊祿：居官而無功，愧對皇帝的俸祿，自謙之辭。備員，充數，算是官場中的一個，形容無所作為或有職無權。竊祿，無功受祿之意。唐杜荀鶴自敘：「寧為宇宙閑吟客，怕作乾坤竊祿人。」

㉙ 劉寬：字文饒，後漢華陰人。桓帝時為南陽太守，溫仁多恕。

㉚ 趙普：（西元九二二—九九二年）字則平。祖籍幽州薊，遷鎮州（今河北正定），再遷洛陽。後周時為趙匡胤的幕僚，策劃陳橋兵變，幫助奪取政權。宋初為樞密使，乾德二年（西元九六四年）起為宰相，對充實禁軍、削弱地方武力、實行更戍法、解除石守信兵權等都有重要貢獻，有「半部論語治天下」之說。

㉛ 德化：德教。晉劉琨勸進表：「蒼生顒然。」李善注：「堯德化布於四海，仁惠被於蒼生。」

（淨）勸君更盡一杯酒，（末）西出陽關無故人㉜。（下）

（淨、丑弔場）老爺請脫靴。（生）不消罷。（淨、丑）留遺百姓瞻仰。（生）一官去了一官來，你眾人去罷。（淨、丑）老爺臨去，說一官去了一官來。（丑）老爺曉得你我有學問老人，留這一句詩在，我和你聯。（淨）我聯第二句，教人望得眼巴巴。（丑）你再吟一句，結句就是我。（淨）三府老爺來到任，（丑）竹廾拶指㉝不曾挨。（淨）如今老爺去了，我和你眾人們出銀三分，教木匠做靴匣。漆好了，釘在儀門上，也見我和你一點心。（丑）那個管工？（淨）是我管。（丑）木梢我要一根。（淨）你要木梢怎麼？（丑）我要他做灰扒柄㉞。（淨）你做老人，思量幹這樣。也罷，我有個使舊的與你罷。（下）

㉜ 勸君更盡一杯酒二句：語出唐王維送元二使安西。

㉝ 竹廾拶指：用竹製的拶子套入手指，再用力緊收，是舊時的一種酷刑。拶，音ㄗㄢˇ，壓緊。

㉞ 灰扒柄：暗指扒灰，即公公與兒媳之間亂倫的性關係。

第三十八齣　意　旨❶

【菊花新】（老旦上）雲鬟衰鬢玉龍蟠❷，羞睹妝臺鏡裏鸞。（生、末）日月似梭竄，嗟嗟人事暗中偷換。

（老旦）憶昔家中苦，別離家鄉，已經五載。因為潮陽路遠，不能見你岳父母。如今既任吉安，與溫州不遠，何不差人搬取岳父母到任，同享富貴？（生）謹依母親，明年正月十五日玄妙觀起醮❸大會，我已曾差人分付追薦我妻，即便修書差李成回去便了。

（淨）龍歸大海，道奔豪門。大叔，起動你通報，玄妙觀道士特來與老爺討意旨。（末報介。生）著他進來。（淨）太夫人，磕頭。請問太夫人，小夫人因何病症而亡，好寫意旨。

【泣顏回】（老旦）說起便心酸，抱屈溺水含冤。（生）鴛鴦失伴，做了寡鵠孤鸞。（淨）聞說事端，便鐵心見說肝腸斷。仗良緣拔靈魂，使亡者早得超凡。

【前腔】（生）潸觀慈母兩眉攢，他歡無半點，愁有千般。朝夕縈絆，教人痛苦針鑽。（淨）

❶ 意旨：作醮時所用的表文，在神壇前宣讀所用。

❷ 玉龍蟠：白色的蟠龍髻。清李漁閒情偶寄聲容修容：「古人呼髻為蟠龍，蟠龍者，髻之本體，非由裝飾而成，隨手綰成，皆作蟠龍之勢。」玉，白。

❸ 醮：道士設壇念經做法事。

河伯水官，那其間怎把人勾喚？致令得死別生離，如何會意悅心歡？

【賺】（末）擎捧雕盤，送出魂旛❹絹一端；更有些醮金❺三十貫，權收管。必須齋沐❻虔誠，休教功果不圓滿。（淨）天怎瞞，小貧道謹辭台回觀。

【撲燈蛾】（老旦、生）薦亡雖已完，邀親豈宜緩？若請岳翁至，同臨觀中遊玩。也趁天時地暖，便起程休得盤桓❼。是則是夜長晝短，論朝行暮宿，休憚路漫漫。

【尾】生的報答心方穩，死的薦拔❽情頗寬，好事完成意始歡。

報答存亡兩痛情，　來朝遣僕遞佳音。
思親但得重相見，　方信家書抵萬金。

---

❹ 魂旛：舊時辦理喪事時用以招魂或導引亡魂的旗。

❺ 醮金：作醮的酬金，請道士作道場所用的花費。

❻ 齋沐：作道場前進行齋戒和洗浴，以示乾淨，以表虔誠。唐盧綸酬李端公野寺病居見寄：「齋沐暫思同靜室，清羸已覺助禪心。」

❼ 盤桓：逗留、徘徊。漢班固幽通賦：「承靈訓其虛徐兮，竚盤桓而且俟。」李善注：「盤桓，不進也。」

❽ 薦拔：超度。

第三十九齣　就祿

【三台令】（外上）夜來花蕊銀燈，曉起鵲聲翠屏。（淨上）何喜報門庭，頓教人側耳頻聽。

（外）每日心懷耿耿❶，終朝眼淚盈盈。只為孩兒成畫餅，教人嘔氣傷情。（淨）雖然燈花結蕊，那堪鵲噪聲頻？（外）料我寒家冷似冰，量無好事到門庭。

【前腔】（末上）近別南粵郵亭，又入東甌郡城。水秀山明，睹風物喜不自勝。

自離吉安，又到溫州。此間已是自家門首。不免徑入。（淨）李成回來了。（外）李成在那裏？（淨）這不是李成？（外）你撇得我好！怎麼只管不回來？教我終日望你。（末）小人送王老安人到京，見了狀元，本欲便回，因被苦留相送赴任，不能回來。（淨）他是忘恩負義的人，送他怎麼？（末）老安人，那狀元不是負義的人。他當時除授饒州僉判，因奸相招贅不從，改調潮陽，意欲陷害。後因朝廷體知處事能為❷，持心公正，陞任吉安知府。因此修書迎請老員外老安人到任所，同享榮華。書已在此。（外）我也看不見。李成，你字字行行念與我聽。前番一封書害得家破人亡。

❶ 心懷耿耿：謂心事牽縈迴繞，難以忘懷。

❷ 處事能為：處理政務很能幹。

【一封書】（末）壻百拜岳父前：自離膝下已數年。因奸相不見憐，改調潮陽路八千。今喜陞為吉安守，遣僕相迎到任間。匆匆的奉寸箋，仗乞尊顏照不宣❸。（外）我聽此書呵，

【下山虎】見鞍思馬，睹物傷情。觸起關心事，怎不淚零？如今我壻得沐聖朝寵榮，我女一身成畫餅。取我到吉城，值此寒冬，怎出外境？（合）天寒地冷，未可離鄉背井，且待春和款款行。

【亭前柳】（淨）老兒垂鬢已星星，弱體戰兢兢。況兼寒凜凜，那更冷清清。此行怎去登山嶺？

【下山虎】（末）義深恩厚，恨遠愁縈。久絕鱗鴻信，悶懷倍增。因此母子修書遣僕來請，料想恩官必待等。天氣最嚴凝❹，暮止朝行，我當奉承❺。（合前）

【亭前柳】（淨）老兒不去恐生嗔，欲去怕勞形。李成兒，你須先探試，臨事怎支撐？（末）小人只索從臺命❻。（合）且過新年，待春暖共登程。

---

❸ 不宣：不一一細說。舊時書信末尾常用此語。

❹ 嚴凝：嚴寒。禮記鄉飲酒義：「天地嚴凝之氣，始於西南，而盛於西北，此天地之義氣也。」宋陸游大雪：「大雪江南見未曾，今年方始是嚴凝。」

❺ 奉承：侍奉、照料。墨子兼愛下：「奉承親戚，提挈妻子。」

❻ 臺命：敬稱對方的意見，多指上級或長輩的意見。

（末）昔日離家過五秋，（外）今朝書到解千愁。

（合）來年同到吉安府，（合）不棄前姻過白頭。

第四十齣　奸詰

【霜天曉角】（小生、雜從上）黃堂佐政齊黎庶❶，肯將清，似月揚輝，如淵徹底，願效漢循良吏❷。勤簿書，門館無私，日以刑名❸為事。

五馬侯❹中列郡推❺，導之以政冀無違。此心一點如丹赤，敢學虞庭❻向日葵。下官溫州府推官周璧，表字元卿，乃王十朋同榜進士。職列黃堂，不作牛刀❼之試。食天廚之廩祿❽，平治郡之刑名。欲向丹墀排鷺序❾，先須甸服❿養鵷輪⓫。昨日堂尊送一紙狀來，卻是孫汝權告錢流行圖賴婚姻事。孫汝

---

❶ 黃堂佐政齊黎庶：太守輔佐朝政治理百姓。黃堂，指太守。黎庶，老百姓。

❷ 循良吏：依法行政而政績突出的官員。

❸ 刑名：刑律。

❹ 五馬侯：指太守。

❺ 郡推：指推官。唐時在節度使、觀察使下設推官，掌勘問刑獄。元明清在各府亦設此職。

❻ 虞庭：一作「虞廷」，虞舜的朝廷，代稱聖朝。唐楊炯唐恒州刺史建昌公王公神道碑：「韻諧金石，奏虞庭之八音；德合珪璋，列涂山之萬國。」

❼ 牛刀：比喻大材。語出論語陽貨：「子之武城，聞弦歌之聲。夫子莞爾而笑曰：『割雞焉用牛刀？』」

❽ 食天廚之廩祿：食朝廷俸祿。天廚，皇帝的庖廚，借指朝廷。

❾ 鷺序：白鷺群飛而有序，以喻朝官的班次。禽經：「寀寮雝雝，鴻儀鷺序。」張華注：「鷺，白鷺也，小不

權是個生員，錢流行是個太學生，曾考貢元，斯文⑫分上，不好執法審問。我行牌⑬去提原媒審問，便知端的。叫左右，帶那第一起犯人審問。（雜）俱齊了。（小生）帶進來！（外、淨、丑上）錢流行、孫汝權一邊伺候。錢氏，定是你巧語花言，說來說去，致令構訟⑭了。（丑）爺爺，小婦人非是慣做媒的。錢流行是我哥哥。（小生）你從實說來！

【啄木兒】（丑）吾兄女，將及笄。（小生）曾許甚人麼？（丑）許配王生尚未歸。（小生）婦人謂嫁曰歸。後來？（丑）那孫呆忽至吾家裏。（小生）到你家來怎麼？（丑）也要取我姪女，他浼央⑮老妾為媒氏。（小生）曾說去麼？（丑）吾領言曾到兄家去。老爺，小婦人的哥哥，他是個讀書君子，執意不從；我嫂嫂是個女流之輩，嫌王氏之貧，喜孫氏之富。便欲憐新將舊悔。（小生）後你哥哥如何說？

逾大，飛有次序，百官縉紳之象。」

⑩ 甸服：為「九服」之一，指王畿外方五百里至千里之間的地區。

⑪ 鵷輪：周禮考工記序：「凡察車之道，必自載於地者始也，是故察車自輪始。」又漢馮衍車銘：「乘車必護輪，治國必愛民。」後因以「鵷輪」指做官的官聲。鵷，音ㄩㄢ。

⑫ 斯文：論語子罕：「天之將喪斯文也，後死者不得與於斯文也。」本指禮樂制度，後用以指文人、儒者。

⑬ 行牌：發牌，下發傳喚緝捕的令牌或公文。

⑭ 致令構訟：導致打官司。

⑮ 浼央：懇託。

【前腔】（丑）吾兄意，執不從。（小生）你姪女也肯麼？（丑）姪女堅將節操持。我嫂嫂定不相容。吾兄就應變隨機，將姪女送到王門去。（小生）王家既成了親，孫家再不該議親了。（丑）結親後即赴科場裏。誰想一舉成名天下知。（小生）就是王十朋麼？（丑）正是。（小生）到是我年兄⑯家裏的事。得中狀元，有書回麼？

【前腔】（丑）因承局，附信歸。（小生）有書回是喜事了。（丑）喜氣翻成怨氣吁。（小生）一紙家書抵萬金，怎麼是怨氣？（丑）老爺，那裏是萬金佳音，原來是一紙休書。（小生）王狀元是個讀書君子，焉有此事來？（丑）他母疑是親筆跡，女言道改書中句。只為字跡相同亦起疑。

（小生）其時書來，說在那家為壻麼？

【前腔】（丑）贅在万俟府為女壻。（小生）你哥哥也曾去訪問不曾？（丑）曾訪問來。正遇孫郎下第歸，他與吾兄面述其言，他說道果贅侯門。（小生）孫汝權道你兄受他財禮。（丑）孫汝權，肉面對肉面，你家行甚財和禮？上有青天，我家那個來接取。（淨）老大人，依他說起來，把學生財禮一些不認了。（丑）爺爺，財禮是小事，就是我哥哥陪也陪得起的。致使我姪女投江身寃死。（小生）王夫人死了？（丑）老爺，只為孫汝權一句話。（小生）孫秀才，他不告你人命也罷，你反告他圖賴

⑯ 年兄：同年中人對對方的稱呼。封建科舉時代，同年中進士者稱為同年，互稱年兄，同年齡沒有關係。明葉憲祖傳奇鸞鎞記探婚：「昨聞杜年兄迎取年嫂到京，特來解賀。」

婚姻事。(末上)上命遣差，身不由己。小的是吉安府王爺差來送書在此。(小生)那個在吉安府做官？取上來！(末)書在此。(小生)年弟⑰王十朋頓首⑱緘書。呀，王年兄陞太守了，下書人起來，伺候回書。若非他存心以仁，道民以禮，焉有此不次之遷⑲？忻慰⑳！忻慰！

即豸㉑元卿年兄執事下，遽爾別來，屢經歲月。向改調時，深辱俯慰。因瘴鄉無使，故久乏音問。茲幸寸進守吉㉒，懷抱雖則少伸。又有不得已事，仰干執事下㉓。向寓京時，倩人持書迎候岳父母山妻，不想中途被人套換書信，致使山妻守節而亡。已獲原寄書人承局，奏送法司㉔。鞫問㉕間，供稱止有

---

⑰ 年弟：同年中的自稱。

⑱ 頓首：低頭致意，表示尊敬對方。

⑲ 不次之遷：不依照正常次序的升遷，即破格提拔。次，次序。漢書東方朔傳：「武帝初即位，徵天下舉方正賢良文學材力之士，待以不次之位。」

⑳ 忻慰：欣慰。宋蘇轍潁濱遺老傳下：「及二聖臨御，因民所願取而更之，上下忻慰。」

㉑ 豸：音ㄓˋ，通「解」。

㉒ 寸進守吉：有了微小的進步，當了吉安府太守。宋梅堯臣途中寄上尚書晏相公：「官雖寸進實過分，姓名已被賢者知。」

㉓ 仰干執事下：請求您。仰干，請求。仰，向上，對對方說話的敬稱。干，求。莊子外物：「仰小說以干縣令。」執事，對對方的敬稱。

㉔ 法司：古代掌管司法刑獄的官署。魏書甄琛傳：「復仍蹕前來之失者，付法司科罪。」

㉕ 鞫問：審訊。唐戴孚廣異記仇嘉福：「吾非常人，天帝使我案天下鬼神，今須入廟鞫問。」

孫汝權開包。望將此情轉達太父母大人，乞將孫汝權解京，與承局面證完卷㉖。再稟岳父母，以富家不厭貧寒，以女妻之，生將調終身養老之計。今山妻雖死，義不可絕。特差人舟相候，冀推年誼㉗，借重一言，贊襄㉘岳父母上道，以全半子終養之情，感德豈尠尠㉙哉！明年朝覲㉚，想得京中一會。時下寒煖不均，伏惟調護㉛，以膺天寵㉜，不宣㉝。十朋再拜。（介）吏讀與他們聽！（念介。小生）錢老先生，這一封書是令壻命轉送老先生的，請收去。（介）老先生，請出去換了衣巾，進來相見。錢氏無干，出去！（外、丑下。小生）皂隸選大板子，拿那孫汝權下去打四十！（打介）討牌㉞。（寫介）發監，待文書完了，送到堂上，解他京裏去完卷。（帶淨下。小生）請錢老先生進來。（請外上介。小生）老先生請坐。（外）老大人請上，容學生拜謝。（小生）不勞不勞。（外）老大人上開藻鑑㉟，下判妍媸㊱。

㉖ 完卷：結案。

㉗ 年誼：同榜進士間的友誼。

㉘ 贊襄：輔助。

㉙ 尠尠：很小。

㉚ 朝覲：臣子定期朝見君王。禮記樂記：「朝覲，然後諸侯知所以臣；耕藉，然後諸侯知所以敬。」

㉛ 伏惟調護：意謂要對方保重。伏惟，俯伏思惟，下對上陳述時的表敬之辭，多用於奏疏或信函。漢書楊惲傳：「伏惟聖主之恩，不可勝量。」調護，保養身體。

㉜ 天寵：皇帝的恩寵。

㉝ 不宣：書信中結束時的套語，意為不再細說。

㉞ 討牌：討要令牌，拿來文書。

㉟ 藻鑑：品評鑑別。唐杜甫上韋左相二十韻詩：「持衡留藻鑒，聽履上星辰。」

冰釋厚誣㊲，心銘大德。（小生）學生失於龍蛇㊳之辨，致有鼠雀之牙㊴。撫己多慚，見公甚愧。請坐了。（外）不敢。（小生）老先生前輩，令壻又忝同年，不必太謙。（外）學生告坐了。（小生）適聞令壻書上，著學生專請老先生到他任所，必須就起程前去。（外）老大人，學生年邁，朝暮不能保，豈能遠涉路途。

【歸朝歡】（小生）賢東坦㊵，賢東坦，教音下期，令賤子，令賤子，翁前轉致。須宜是，須宜是，行囊且攜，恐他們懸望伊。（外）家筵雖小誰為理？田園頗廣誰為治？欲去還留心兩持㊶。

【三段子】（小生）翁今幾兒？（外）念箕裘㊷無人可倚。（小生）族分幾？（外）念宗支㊸無

㊱ 妍媸：美醜。陸機文賦：「妍蚩好惡，可得而言。」

㊲ 冰釋厚誣：化解嚴重的蒙蔽欺騙。

㊳ 龍蛇：形容矯健迅捷的筆勢。此處指筆跡。

㊴ 鼠雀之牙：原意是因為強暴者的欺凌而引起爭訟。後比喻打官司的事。鼠、雀比喻強暴者。詩經召南行露：「誰謂雀無角，何以穿我屋？……誰謂鼠無牙，何以穿我墉？」

㊵ 東坦：女壻。用王羲之東床坦腹之典。

㊶ 兩持：兩種考慮無法決定。

㊷ 箕裘：比喻繼承父兄之業。禮記學記：「良冶之子，必學為裘；良弓之子，必學為箕。」唐孔穎達疏：「積世善冶之家，其子弟見其父兄世業陶鑄金鐵，使之柔和，以補治破器，皆令全好，故此子弟仍能學為袍裘，補續獸皮，片片相合，以至完全也。……善為弓之家，使干角撓屈調和成其弓，故其子弟亦睹其父兄世業，

人可悲。（小生）你既然只有身一己，如何不去倚賢壻？況是他慇懃想伊。（小生）叫左右，與我打點馬船人夫，送錢相公到吉安府去。（外）如此多感多感！

（小）行囊速整莫蹉跎，（外）景物相催老去何。

（合）一夜相思千里外，（合）西風吹馬渡關河。

仍學取柳和軟撓之成箕也。」

43 宗支：親族支脈。後漢書桓帝紀贊：「桓自宗支，越躋天祿。」

第四十一齣 晤婿

【小蓬萊】（外上）策馬登程去也，西風裏犖落❶艱辛。淡煙荒草，夕陽古渡，流水孤村。（淨上）滿目堪圖堪畫，那野景蕭蕭，冷浸黃昏。（末上）樵歌牧唱，牛眠草徑，犬吠柴門。

【臨江仙】（外）綠暗汀洲❷三月景，錦江❸風靜帆收。垂楊低映木蘭舟❹，半篙春水滑，一段夕陽愁。（末）灞水❺橋東回首處，美人親捲簾鉤。落花幾陣入紅樓。行雲歸處水，流鴉噪枝頭。老員外，今日麗風和，花明景曙❻，加鞭趲行幾步。

【八聲甘州】（外）春深離故家，嘆衰年倦體，奔走天涯。一鞭行色，遙指賸水殘霞。牆頭嫩柳籬畔花，見古樹枯藤棲暮鴉。嗟呀，遍長途觸目桑麻。

❶ 犖落：猶勞碌，辛勞忙碌。

❷ 汀洲：水中小島。屈原九歌湘夫人：「搴汀洲兮杜若，將以遺兮遠者。」

❸ 錦江：本指四川岷江支流，因蜀人在江中濯錦其色格外鮮亮而得名。這裏指的是風景錦繡的江河。

❹ 木蘭舟：蘭木造的舟船，比喻船的高貴。任昉述異記卷下：「木蘭洲在潯陽江中，多木蘭樹。昔吳王闔閭植木蘭於此，用構宮殿也。七里洲中，有魯般刻木蘭為舟，舟至今在洲中。」

❺ 灞水：本指長安東的河流，此處借指路上的河流。

❻ 景曙：意謂天氣晴和。曙，亮，天快亮時稱曙。

【前腔】(淨)呀呀，幽禽聚遠沙，對彷彿禾黍，宛似蒹葭，江山如畫，無限野草閒花。旗亭⑦小橋景最佳，見竹鎖溪邊三兩家。漁槎⑧，弄新腔一笛堪誇。

【解三酲】(外)為當初被人謊詐，把家書暗地套寫，致吾兒一命喪在黃泉下，受多少苦波查。今日幸得佳壻來迎也，又愁著逆旅淹留人事賒⑨。(合)空嗟呀，自嘆命薄，難苦怨他。

【前腔】(末)步徐徐水邊林下，路迢迢野田禾稼，景蕭蕭疏林暮靄斜陽掛。聞鼓吹，鬧鳴蛙，一徑古道西風鞭瘦馬⑩。謾回首，盼想家山淚似麻。(合前)

高山迢遞日初斜，　綠柳依稀路更賒。
目斷前村煙未暝，　不知今夜宿誰家？

---

⑦ 旗亭：酒亭。旗，酒旗，酒店做廣告的布製招牌。唐劉禹錫武陵觀火：「花縣與琴焦，旗亭無酒濡。」

⑧ 漁槎：漁船。金董解元西廂記諸宮調卷六：「駝腰的柳樹上有漁槎，一竿風旆茅檐上掛。」

⑨ 賒：遠。唐王勃滕王閣序：「北海雖賒，扶搖可接。」唐戎昱桂州臘夜：「坐到三更盡，歸仍萬里賒。」

⑩ 古道西風鞭瘦馬：語本元馬致遠越調天淨沙秋思：「古道西風瘦馬。」

第四十二齣　親敘

【懶畫眉】（生上）紫簫聲斷彩雲開，膩粉香朦玉鏡臺，燈前孤幌冷書齋。血衫難挽仙裾返❶，造化能移泰嶽❷來。

【前腔】（老旦上）荊釵博你鳳頭釵，重義輕生脫繡鞋，一回思想一回哀。鳳釵還在人何在，我那兒，可陰祐你雙親到此來。

【前腔】（外、淨、末上）館甥位掌五侯臺❸，千里裁封❹遣使來，令人更喜復悲哀。哀吾弱息今何在，喜他母子恩情得再諧。（末）老員外，這裏是府門首。（外）你可通報。（末）那個在門上，老老爹來了。（丑）大叔來了。（報介。生）岳父岳母到了，請母親同去迎接。

【哭相思】一自別來容鬢改，恨公衙失迎冠蓋❺。（外）生別重逢，死離難再。（生）罷愁思

❶ 血衫難挽仙裾返：意謂王十朋難以挽回錢玉蓮。血衫，淚流成血，染紅衣衫，代指王十朋。仙裾，代指婦女，此處指錢玉蓮。裾，衣襟。

❷ 泰嶽：東嶽泰山。

❸ 館甥位掌五侯臺：意謂女婿位居高官。館甥，女婿。五侯，公、侯、伯、子、男五等諸侯。泛指高官。

❹ 裁封：裁箋封信。因紙張較大，寫信時往往裁開。唐孟浩然人日登南陽驛門亭子懷漢川諸友詩：「未有南飛雁，裁書欲寄誰？」

且加親愛。

（外）親家，小女姻緣淺，終身地下遊。（老旦）他鄉迎舊戚，便覺解深愁。（生）半子情方盡，終身願已酬。（淨）休嫌山婦拙，思好莫思仇。（老旦）親母何出此語？（淨）人之所以異於禽獸者，以其有仁義也❻。（老旦）言重言重。

【玉交枝】感你恩深如海，我一坏土❼填得甚來？久銘肺腑時時戴，特此遠迎冠蓋。兒，快令人把綺席❽開。親家，洗塵莫怪輕相待。（合）細思想荊釵可哀！細思想荊釵可哀！

【前腔】（外）蒙承過愛竟忘哀，夫妻遠來。想當初在舍慚餔待❾，望尊親海涵寬貸❿。賢壻，你腰金忘勢真大才，不比薄情人轉眼生驕態。（合前）

【前腔】（淨）自慚睚眦⓫，望尊親休勞掛懷。一時我也出無奈，莫把我做人看待。人家

---

❺ 冠蓋：官員的冠服和車乘。

❻ 人之所以二句：語本孟子離婁下：「人之所以異於禽獸者幾希，庶民去之，君子存之。舜明於庶物，察於人倫，由仁義行，非行仁義也。」

❼ 一坏土：一捧土，極言其少。史記張釋之馮唐列傳：「假令愚民取長陵一坏土，陛下何以加其法乎？」後也借稱墳墓。唐駱賓王代徐敬業討武曌檄：「一坏之土未乾，六尺之孤安在？」

❽ 綺席：豐盛的宴席。唐太宗帝京篇：「玉酒泛雲罍，蘭肴陳綺席。」

❾ 餔待：款待。餔，飲食。

❿ 海涵寬貸：包容寬恕。蘇軾湖州謝上表：「此蓋伏遇皇帝陛下，天覆群生，海涵萬族。」南朝梁蕭綸與湘東王繹書：「晝謀夕計，共思康復，至於其餘小忿，或宜寬貸。」

晚母休學我忌猜，逼兒改嫁遭毒害。（合前）

【前腔】（生）慚予一介⑫，荷深恩扶出草萊⑬。微名五載忘親愛，豈知中路變禍災？當初指望白首諧，誰知青歲遭殘害？（合前。丑）老爺，酒席已完備了。（老旦）親家請後堂坐。（外）請了。

（外）幾年遠別喜相逢，（生）又訝相逢似夢中。

（淨）果是稠人⑭難物色⑮，（合）信知女壻近乘龍。

---

⑪ 睚眦：音ㄧㄞˊ ㄗˋ，怒目而視，借指微小的怨恨。史記范雎蔡澤列傳：「一飯之德必償，睚眦之怨必報。」

⑫ 一介：一個，此處是「一介布衣」的簡稱。

⑬ 草萊：草茅，喻在野未出仕者。漢書蔡義傳：「臣山東草萊之人。」

⑭ 稠人：許多人當中。

⑮ 物色：本指形貌，引申為按一定標準去訪求。後漢書嚴光傳：「帝思其賢，乃令以物色訪之。」

第四十三齣　執　柯

【普賢歌】（淨上）侯門涉水最難求❶，願適賢良王太守。自家非強口，管教成配偶，且請媒人吃喜酒。

正是作伐全憑斧❷，引線必須針。我年兒有個令愛守寡，央我為媒，要招本郡太守王梅溪。他鼓盆❸已久，未有夫人，央我去說親。鄧興，這裏府前了，通報。（末）是誰？（丑）鄧老爺相訪。（末）老爺有請。

【玩仙燈】（生上）兀坐書齋，聞道有客來訪。

（見介　生）賤職所拘，未得拜訪。（淨）荷蒙與進，豈勝榮幸。（生）惶恐！惶恐！（淨）臺下❹治政

❶ 侯門涉水最難求：比喻侯門難入。相傳唐代崔郊之姑有侍婢，與郊相戀。郊姑貧，賣婢於連帥。郊思慕無已。其婢因寒食出，與郊相遇，郊贈之以詩：「公子王孫逐後塵，綠珠垂淚滴羅巾。侯門一入深如海，從此蕭郎是路人。」唐范攄雲溪友議卷一載其事。

❷ 作伐全憑斧：詩經豳風伐柯：「伐柯如何？匪斧不克。取妻如何？匪媒不得。」後人因以「作伐」指代作媒。

❸ 鼓盆：莊子至樂：「莊子妻死，惠子弔之，莊子則方箕踞鼓盆而歌。」後人因以「鼓盆」指代喪妻。盆，瓦缶。

❹ 臺下：舊時對人的尊稱。明葛昕上李漸庵中丞：「恭惟臺下，三秦毓秀，一代蜚聲。」

甚佳，黎民無不感仰。（生）皆賴老先生教指。（淨）外蒙公祖見賜胙肉，老荊見了，叫小廝連忙與我煮起來吃飯，煮在鍋中連連燒了七八十滾，還是硬的。我老荊作詩一首：蒙君賜胙肉，闔家盡喜歡。柴燒七八擔，水煮幾鍋乾。硬似丁靴底，猶如鞫馬鞍。齒牙三十六，個個不平安。（生）豬婆肉。（淨）不是豬婆，小豬的娘。（生）休要取笑。（淨）老夫今日一來相訪，二來有一句話。（生）何事見教？（淨）老夫有一同年錢載和，有一小姐，守寡在家。聞得公祖大人鼓盆已久，今特央老夫為媒，望守公成全此親，甚是美事。（生）老先生在上，念學生貧寒之際，以荊釵為聘，遂結姻親。山妻守節而亡，焉肯忘義再娶？（淨）公祖大人幾位令嗣？（生）未有子息。（淨）公祖大人，「不孝有三，無後為大」，卻不絕嗣了？（生）正欲螟蛉❺一子，以續後嗣。（淨）吾聞螟蛉者，嗣非其類，鬼神不享其祀。公祖大人讀書之人，如何逆理，冒瀆，冒瀆。

【啄木兒】（生）乞情恕，聽拜稟：自與山妻合巹婚，才與他半載同衾，一旦鳳拆鸞分。他抱冤守節先亡殞，我辜恩再娶心何忍？行短天教一世貧。

【前腔】（淨）他八兩，你半斤，彼此為官居上品。論閥閱戶對門當，真個好段姻緣。你意驕性執不從順，故千推萬阻令人恨，有眼何曾識好人。

---

❺ 螟蛉：詩經小雅小宛：「螟蛉有子，蜾蠃負之。」螟蛉是一種綠色小蟲，蜾蠃是一種寄生蜂。蜾蠃常捕捉螟蛉存放在窩裏，產卵在牠們身體裏，卵孵化後就拿螟蛉作食物。古人誤認為蜾蠃不產子，餵養螟蛉為子，因此用「螟蛉」比喻義子。

【三段子】(生)事當隱忍，未可便一時怒嗔。(淨)你再不娶親，我只愁你斷子絕孫誰拜墳？(生)言激心惱空懷忿，我今縱不諧秦晉，也不會家中絕後昆❻。

【歸朝歡】(淨)你沒思忖，不投分❼，那裏是儒為席上珍❽？(生)我做官守法言忠信，名虧行損遭談論，縱獨處鰥居，決不可再婚！

(淨)性執心迷見識差，(生)婚姻不就且回家。

(淨)落花有意隨流水，(生)流水無心戀落花❾。

---

❻ 後昆：後嗣子孫。尚書仲虺之誥：「垂裕後昆。」

❼ 投分：投緣。晉潘岳金谷集作詩：「春榮誰不慕，歲寒良獨希。投分寄石友，白首同所歸。」

❽ 儒為席上珍：禮記儒行：「儒有席上之珍以待聘。」意謂有德有才，彷彿席上有珍。

❾ 落花有意隨流水二句：宋釋普濟五燈會元卷五十四：「落花有意隨流水，流水無意戀落花。」比喻談不攏。

第四十四齣　續　姻

【杜韋娘】（旦上）朔風寒凜冽，雲布野，捲飛雪，看萬木千林都凍折。小窗前，梅花再綴，冰稍數點幽潔。淡月黃昏，暗地香清絕，早先把陽和❶漏泄，又葭管灰飛地穴❷。

痛憶我亡夫，感念嗟吁，轉頭又是五年餘。安撫收留恩不淺，補報全無。今日乃是冬至令節，等待爹媽出來，拜賀則個。

【麻婆子】（丑上）做奴做奴空惆悵，何時得嫁馬上郎❸？做奴做奴空勞攘，只落得曉夜忙。遇冬節，巧梳妝，身穿一套好衣裳。市人市人都誇獎，道我是個風流好養娘❹。

（拜介）時遇新冬，喜氣重重，拜節之後，願小姐招一個老公。（旦）休得胡說，相公、夫人來了。

【海棠春】（外、貼上）時序兩推遷，莫惜開芳宴。孩兒，金烏似箭，玉兔如梭，不覺來此又是五

---

❶ 陽和：春天的溫和氣息。

❷ 葭管灰飛地穴：古人燒葦膜成灰，置於十二律管中，放密室內，以占氣候。某一節候到來，相應律管中的葭灰即飛出。見後漢書律曆志上。

❸ 馬上郎：騎馬的郎君，即做官的郎君。

❹ 養娘：婢女。投託在官宦人家，任其驅使，依其生活，聽其出嫁，得其嫁妝，是家奴私婢性質的女子。宋元話本碾玉觀音：「璩公歸去與婆婆說了，到明日寫一紙獻狀，獻來府中。郡王給與身價，因此取名秀秀養娘。」

年。前日鄧尚書來相探，閒話間說起王太守未有夫人，因此將你吉帖付與他去，了汝終身。（旦）爹爹，但願終身守節，再醮難言。（外）你丈夫未死，不肯嫁禮之所當。汝夫已死多年，不嫁將何倚靠？（旦）望爹爹為我螟蛉一子，以為終身後嗣。（外）如此終無結果。（旦）妾聞仁者不以盛衰改節，義者不以存亡易心。截耳殘形，永杜重婚之議；劈面流血，難從再醮之言；自古及今，芳名不滅。使妾有失志節，聽此寧無愧乎？誓以柏舟，甘效共姜，死而後已。若竊隙鑽窬❺，潛奔司馬❻，則非奴所願也。若不容奴於相府，則賤妾仍喪於江中。（外）夫人，我尋思這般志節也難得。孩兒，你要守節，改日過房❼一子，與你為後嗣。（旦）如此甚感爹爹，爹媽請坐，待奴家拜節。看酒來。

【集賢賓】一陽氣轉春透徹❽，履長❾歡慶冬節。驗歲瞻雲❿人意切，聽殘漏曉臨臺榭。

---

❺ 竊隙鑽窬：不光明正大的行為，多指偷情。竊隙，從小孔中偷看。鑽窬，從小洞中爬入。

❻ 潛奔司馬：指漢代卓文君私奔司馬相如事。史記司馬相如列傳：「臨邛大富商卓王孫女卓文君，好音律，新寡家居。司馬相如過飲於卓氏，以琴心挑之，文君夜奔相如，同馳歸成都。」

❼ 過房：過繼別人之子為子。宋歐陽脩濮議：「但習見閭閻里俗，養過房子及異姓乞養義男之類，畏人知者，皆諱其所生父母。」

❽ 一陽氣轉春透徹：古人以為天地間有陰陽二氣，每到冬至日，則陰盡陽轉。

❾ 履長：謂冬至一陽初生，白晝從此漸長。古代冬至日有履長之賀，婦女在這一天獻履襪給舅姑，以示女工開始。見明謝肇淛五雜俎天。

❿ 驗歲瞻雲：意謂通過觀察雲色來預測年成。

今年是別，黃雲讖⑪爭書吉帖。（合）芳宴設，沉醉後，管絃聲咽。

【前腔】（外）日晷⑫漸長人盡悅，繡紋弱線添些。待臘將舒堤柳葉，凍柔條未堪攀折。

百官擺列，賀亞歲⑬齊朝金闕。（合前）

【鶯啼序】（貼）光陰迅速如電掣，斷送了多少豪傑。遇良辰自宜調燮，且把閒悶拋撇。

進履襪歡看婦儀⑭，炷寶鼎對天答謝。（合前）

【前腔】（丑）道消遣長空嘆嗟，畫堂中且安享驕奢。看紛紛綠擁紅遮，綺羅香散沉麝。

辟寒犀⑮開元此日，曾遠貢喧傳朝野。（合前）

【琥珀貓兒墜】（眾）玉燭寶典⑯，今古事差迭⑰。遇景酣歌時暫歇，珠簾垂下且莫揭。

⑪ 黃雲讖：周禮春官保章氏：「以五雲之物，辨吉凶、水旱降豐荒之祲象。」鄭玄注引鄭司農曰：「以二至、二分觀雲色，青為蟲，白為喪，赤為兵荒，黑為水，黃為豐。」後因以「黃雲讖」指豐年的預兆。讖，迷信的人指將要應驗的預言、預兆。

⑫ 日晷：日影。周髀算經卷上：「故冬至日晷丈三尺五寸。夏至日晷尺六寸。」

⑬ 亞歲：冬至。宋陳元靚歲時廣記卷三八引歲時雜記：「冬至既號亞歲，俗人遂以冬至前之夜為冬除。」

⑭ 婦儀：猶婦功，指婦女所做的刺繡、縫紉等事。

⑮ 辟寒犀：能避寒的犀角。王仁裕開元天寶遺事：「開元二年冬，交趾國進犀一株，色黃如金，使者請以金盤置於殿中，溫溫然有暖氣襲人。上問其故，使者對曰：『此避寒犀也。』」

⑯ 玉燭寶典：記載歲時節令的書，隋杜台卿撰。

（合）歡悅，那獸炭紅爐，焰焰頻爇。

【前腔】（眾）小寒天氣，莫把酒樽欹。醉看歌姬容豔冶，春容微暈酒黯頰。（合前）

【尾】玉山[18]頹低日已斜，酒散歌闌呼侍妾。把錦紋[19]烘熱，從教醉夢賒。

天時人事日相催，冬至陽生春又來。

雲物不殊鄉國異，開懷且覆掌中杯[20]。

---

⑰ 差迭：差錯、失誤。傳奇幽閨記幽閨拜月：「為軍馬犯闕，散失忙尋相應者，那時節只爭個字兒差迭。」

⑱ 玉山：喻指美好的儀容。世說新語容止：「其醉也，傀俄若玉山之將崩。」

⑲ 錦紋：錦被。

⑳ 天時人事日相催四句：唐杜甫小至詩句，第四句原為「教兒且覆掌中杯」。

第四十五齣　薦亡

（淨扮道士上）捏訣驚三界❶，扣齒動百神。狗肉吃兩塊，好酒飲三瓶。等到天明後，依然去誦經。門徒聞不善，道我不志誠。今日上元令節❷，本觀修設醮會。太老爺拈香，道人打起鐘磬。待我把經文誦完，肚中空虛，要吃也無。八個餛飩，使我自然。田螺棘螺，共買五錢。吃了三碗，吐瀉半年。頭頭利市，和合仙官，召請必竟來臨。取出雲璈❸，讚揚法事❹。癩頭婆娘請我，時時到他家裏，正值肚飢，便吃蒸餅，爛煮豬蹄。油煎雞卵，熱炒鴨兒。鹽拌白菜，醬煮烏龜。糟鼇豆腐，及攢蘿鹽。臨臨兩碗，筍乾粉皮。般般吃盡，不剩些兒。肚中膨脹，飽病難醫。尿糞急送，不可遲疑。忽然阿出，汙了道衣。怕人哂笑，火速走歸。道婆看見，一頓播搥，打得不可思議功德。

【翫仙燈】（生上）節居元宵，燈月燦然高，到觀門拈香薦悼。（淨）道士接爺爺。（生）功果都

❶ 三界：佛教指眾生輪迴的欲界、色界和無色界。唐寒山詩之二一三：「可畏三界輪，念念未曾息。」

❷ 上元令節：即元宵節，正月十五。施耐庵水滸傳第六十六回：「次日正是正月十五，上元佳節，好生晴明。黃昏月上，六街三市，各處坊隅巷陌，點放花燈，大街小巷，都有社火。」

❸ 雲璈：雲鑼，打擊樂器。元史禮樂志五：「雲璈，製以銅，為小羅十三，同一木架，下有長柄，左手持，而右手以小槌擊之。」

❹ 法事：宗教儀式，指供佛、禮懺、打醮修齋等儀式。晉法顯佛國記：「道俗雲集，燒香燃燈，種種法事，晝夜不息。」

完了麼？（淨）經文都完了，專等老爺拈香。

【一封書】（生）特朝拜上清❺，仗此名香表志誠。亡妻滯水濱，願神魂得上升。（淨）橫死孤魂都召請，請到壇前聽往生。（合）誦仙經，薦亡靈，仗此功勳超聖境。

【前腔】（旦、丑上）前日已預名❻，居此良辰來殿庭。拈香炷寶鼎，望慈悲作證盟。（淨）惟願亡靈來受領，獻取香花酒果餅。（合前）

【前腔】（生）驀然見俊英，與一丫鬟前後行。潛地想面形，轉教人疑慮生。（末）他兩次三回常觀顧，覷了恩官也動情。（合前）

【前腔】（旦）迴廊下撞迎，頓教人心暗驚。那燒香上卿，好似亡夫王十朋。（丑）休得輕言當三省，燒罷名香轉看燈。（合前下。生）見鞍思馬，睹物思人。適才那婦人好像我夫人。叫道士過來，適才婦人那家宅眷？（淨）錢都爺小姐。（生）原來天下有這般相似的。

（生）忽睹佳人意自疑，拈香已畢早回歸。
思量總是一場夢，你是何人我是誰？

❺ 上清：道教所指玉清、上清、太清三清境之一。
❻ 預名：預先報名；提前打招呼。

第四十六齣　責婢

【步步嬌】（旦上）觀裏拈香驀相會，使我心縈繫。（丑）小姐，如今枉致疑，既認得真時，何不問取詳細。（旦）梅香，這就裏你怎知，恐錯認了風流壻。（丑）你道這官人是誰？（旦）是誰？（丑）本府太守，前日鄧尚書來說親的。（旦）原來是他。

【紅衲襖】意沉吟，情慘傷；步趑趄❶，心怏怏。（丑）見了娘行好生著意想，莫不是遞書人回來胡調謊？（旦）料判州❷，名未彰；論太守，職未當。（丑）自古男兒當自強。

【前腔】小姐，你曾和他共鴛衾，同象床，直恁的你認不得他形共龐。（旦）面貌身材果然廝像，行動舉止沒兩樣。（外暗聽。丑）既認得真時合主張。（旦）如何主張？（丑）你把往事相問當。（旦）尤恐錯認陶潛作阮郎❸。

拈香相遇兩沉吟，　且自歸家問的真。

❶ 趑趄：音ㄗ ㄐㄩ，猶豫不前。晉張載劍閣銘：「一人荷戟，萬夫趑趄。」廣雅：「趑趄，難行也。」

❷ 判州：州府的通判。宋代初年開始在各州府設此職，地位僅次於州府長官，協助長官處理政務，且握有連署州府公事和監察官吏的實權。明清設於各府，分掌糧運及農田水利等事務。

❸ 尤恐錯認句：陶淵明寫過桃花源記，而劉晨、阮肇天台山遇仙女也被稱為桃源故事，所以此處說「錯認」。

好似和針呑卻線，　刺人腸肚繫人心。

（外上）哇！你那賤人，欲人不知，莫若不為❹。我家三世無犯法之男，五代無再婚之女。你言而無信，行亦有虧。江心渡口溺水，非因守節；玄妙觀中私語，必是通情。鄧尚書說親，直恁千推萬阻。見王太守樂意，卻不顧五典三綱❺，不思玷辱門牆。問出奸情，押還原籍，教你雖無尾生難，也有屈原愁❻。（打梅香介）

【錦纏道】治家邦，正人倫，有三綱五常。你潛說出短和長，怎不隄防，他人須有耳隔牆。講甚麼晉陶潛認作阮郎？卻不道，誓柏舟甘效共姜？（打丑介）先打後商量，問出你私情勾當，押發離府堂。文牒❼上明開供狀，抵多少衣錦去還鄉。

【前腔】（丑）小梅香，待回言，恐觸突了使長❽。不回言，這無情棒打難當，怎知道禍

❹欲人不知二句：即「若要人不知，除非己莫為」。漢劉向說苑叢談：「欲人勿知，莫若勿為；欲人勿聞，莫若勿言。」唐吳兢貞觀政要卷五：「諺曰：『欲人不知，莫若不為；欲人不聞，莫若不言。』為之而欲人不知，言之而欲人不聞，此猶捕雀而掩目，盜鐘而掩耳者，只以取笑，將何益乎！」

❺五典三綱：即三綱五常：君為臣綱，父為子綱，夫為妻綱；仁、義、禮、智、信。朱熹楚辭集注序：「然使世之放臣、屏子、怨妻、去婦，抆淚謳吟於下，而所天者幸而聽之，則於彼此之間，天性民彝之善，豈不足以交有所發，而增夫三綱五典之重？」

❻教你雖無尾生難二句：意謂教你不是淹死，就是跳江。莊子盜跖：「尾生與女子期於梁下，女子不來，水至不去，抱梁柱而死。」屈原最後自投汨羅江而死。此處用二典，皆與其思想內容不符，只用其死於水之事。

❼文牒：文書、案卷。

從天降。他本是守荊釵寒門孟光。（外）潛奔之女，什麼孟光！（丑）休錯認做出牆花⑨淮甸⑩雙雙。我說起這行藏⑪。（外）說什麼來？（丑）他說道：燒香的王太守，好似亡夫模樣。尋思痛感傷，因此上和妾在此閒講，又不曾想像赴高唐⑫。

【前腔】（旦）守孤孀，薦亡靈，親臨道場。燒香罷，轉迴廊，偶相逢，不由人不睹物悲傷。（外）你這賤人要做鶯鶯⑬？（旦）那裏是西廂下鶯鶯伎倆？（外）你這賤人就是紅娘！（旦）怎麼的就打梅香，生紐做⑭紅娘？當初去投江，（外）虧你不識羞，還說投江！（旦）把原聘物牢拴在髻上，荊釵義怎忘？妾豈肯隨波逐浪，卻不道辱沒宗祖把惡名揚？

【前腔】（外）假乖張，賤奴胎，把花言抵搪⑮，全不顧外人揚，惱得我氣滿胸膛。你本

---

⑧使長：金元時奴僕對主人的稱呼，也作「侍長」。元白樸牆頭馬上雜劇第三折：「夜來兩個小使長把牆頭上花都折壞了。」此話為院公所言。

⑨出牆花：舊時指風流女子，歌伎行首。元關漢卿南呂一枝花不伏老套曲：「攀出墻朵朵花，折臨路枝枝柳。」

⑩淮甸：淮河流域。

⑪行藏：來歷；底細。金董解元西廂記諸宮調卷五：「那紅娘對生話行藏。」

⑫高唐：幽會。本為戰國時楚國臺觀名稱，在雲夢澤中。傳說楚襄王遊高唐，夢與巫山神女雲雨相會，後遂以指代幽會。元張可久雙調折桂令秋思曲：「想像高唐，縈損柔腸，夢見才郎。」

⑬鶯鶯：與下文紅娘均為西廂記中人物。

⑭生紐做：硬做成。

是王月英留鞋在殿堂⑯，怎不學浣紗女抱石投江？（打介）你這賤人還不說！（丑）雪上更加霜，自不合與他人閒講。誰知惹禍殃，閒話裏沒些度量⑰，怎知道一霎時禍起在蕭牆⑱？

（外）既有釵，取上來，且進去。（旦）滿懷心腹事，盡在不言中。（下。外）這妮子荊釵遮飾，未可信憑。明日假意納聘作席，請鄧尚書、王太守，把此釵虛說是聘物，將出觀看。若是王太守認此釵，便有區處⑲。若不認此釵，押赴本鄉。

正是混濁不分鰱共鯉，　水清方見兩般魚。

---

⑮ 抵搪：抵賴、搪塞。

⑯ 你本是王月英句：元無名氏雜劇有王月英元夜留鞋記，寫賣胭脂的女子王月英同秀才郭華相愛，相約元宵幽會。郭華酒醉熟睡，月英留鞋而去，郭華酒醒後悔恨自殺，後又復生，最終同月英成婚。明傳奇胭脂記、地方戲郭華買胭脂皆與此彷彿。

⑰ 度量：考量。明馮夢龍掛枝兒帳評注引訴落山坡羊：「你自家去思，你自家去想，自去度量，還是誰家的理短，誰家的理長？」

⑱ 禍起在蕭牆：即「禍起蕭牆」。意謂禍害災難從內部發生。蕭牆，宮室內當門的小牆，比喻內部。論語季氏：「吾恐季孫之憂，不在顓臾，而在蕭牆之內也。」顓臾是春秋時的小國家。

⑲ 區處：分別處置、處理。漢書黃霸傳：「鰥寡孤獨有死無以葬者，鄉部書言，霸具為區處。」

第四十七齣　疑　會

（淨上）致仕❶歸家二十年，水邊亭子屋邊田；饒他白髮簪中滿，老景康寧便是仙。老夫鄧謙，年過八十，位至三台。享朝廷之洪福，賴祖宗之陰庇，每日登山飲酒。求詩畫的纏得慌，鄧興，去門首看，若有求詩的來，只說老爺不在。請吃酒，便說在家。（末）領卻都爺書，早到尚書府。有人麼？（丑）是那個？（末）要見你們老爺。（丑）老爺不在家。（末）既不在家，我去了。（丑）轉來，是請老爺吃酒麼？（末）正是。（丑）既然請吃酒，在家。（末）起初說不在家？（丑）你不曉得，我們老爺分付，但有求詩畫，只說不在家。（末）通報。（丑）住著，實是請喫酒的麼？（末）說道是。（丑）老爺，請吃酒的在外。（淨）說在家便好。（丑）說在家。（淨）我說下頦子癢，定有酒喫。（丑）老爺，下頦准不要鑽龜。（淨）哇！叫他進來。（丑）大哥進來。（末）老爺，磕頭。（淨）那裏來的？（末）小人錢爺差來的。（淨）那個錢爺？（末）有帖在此。（淨）取上來，「年弟錢載和頓首拜請司空❷鄧年兄執事下」，原來是我年兄。（丑）那個錢爺？（淨）你不曉得，就是做安撫的。（丑）嗄，就是送改機❸來的，裁衣

❶ 致仕：辭官退休。公羊傳宣公元年：「退而致仕。」何休注：「致仕，還祿位於君。」新唐書白居易傳：「會昌初，以刑部尚書致仕。」亦作「致事」。禮記曲禮上：「大夫七十而致事。」

❷ 司空：官名。西周始置，春秋戰國時沿置，掌管工程。西漢成帝時改御史大夫為大司空，後世以作工部尚書的別稱。

服少了兩幅，做不成罷了。（淨）既是他，來者來之，勞者勞之。（丑）爺該賞他。（淨）賞他什麼東西便好？（丑）與奶奶說，討一兩銀子與他。（淨）這等不做家的。今早買菜剩得一個錢，賞他罷。（丑）怎麼賞得出？（淨）你不要管。長官沒有什麼賞你，一個錢且收下。（末）一個錢買酒吃不醉，買飯吃不飽，要他何用？（淨）就不是做家的，拿這錢去做買賣。（末）這一個錢做甚買賣？（淨）一錢為本，萬錢為利。（末）好讖語，小人收去。（淨）下書人去了？（丑）去了。（淨）明日也要擺酒請錢爺。（丑）辦什麼茶飯？（淨）後圈豬殺一個。（丑）豬昨夜養下，也沒有老鼠大，如何用得？（淨）你不曉得，君子略嘗滋味。快打轎。（丑）打轎轎夫不在，只得我一個，不如我駝去罷。（淨）不如自走了罷。

正是數日不相見，　今日又相逢。

---

❸ 改機：雙層提花絲織品。將以往用五層的閩緞機改為四層，創製的新產品，名為「改機」。

第四十八齣　團圓

【紫蘇丸】(外上)若認此荊釵，其中可宛轉。(淨上)安撫開華宴，相招意非淺。(生上)侯門宴請來，催赴跨青驄❶。(外)蒙君不棄，蝸居門戶生光彩。

(淨)老夫感蒙過愛，特辱寵招，不勝愧感之至。(外)寒門不足以淹車騎❷。近為小女納聘，請大人一觀。(淨)老拙作伐不從，今聘他人。(生)此乃一言為定。(淨)外者多蒙賜柴炭，感感在心，正要到府拜謝。不想年兄相招，所以不果❸。(生)不敢。(淨)我這公祖❹少年老成，居民無不瞻仰，老夫感激深恩。正是年近雪下，且是寒冷，與我老妻思想，若得一簍炭便好。說言未盡，新書柴炭俱送來了。年兄，如今的人只有錦上添花，那肯雪中送炭？(生)言重。(淨)老夫昨夜與老妻受了一驚。(外)為何？(淨)被盜。(生)有這等事？(淨)這盜無理，公祖大人恰要懲治他。(外)不知偷了什麼？(淨)

❶ 青驄：毛色青白相雜的駿馬。玉臺新詠古詩為焦仲卿妻作：「躑躅青驄馬，流蘇金鏤鞍。」

❷ 寒門不足以淹車騎：謂家門貧寒不能留住達官貴人的車馬，謙詞。淹，停止。唐杜甫賓至：「竟日淹留佳客坐，百年粗糲腐儒餐。」

❸ 不果：沒有結果。孟子公孫丑下：「固將朝也，聞王命而遂不果。」

❹ 公祖：舊時紳士對知府以上地方官的敬稱。對地位較高者，也稱老公祖、大公祖、公祖父母。明周易重修河南范文正公祠堂記：「己巳春，西塘、后峰二公祖枉駕寅賓館。」少年老成：年紀不大，卻非常老練。北堂書鈔主符「有老成之風」注引三輔決錄注「韋秉少為郡主簿，楊戲奇之曰：『韋主簿雖少，有老成之風。』」

偷了我一擔糞去。（外）這是小事。（淨）你就不明了，寧可偷了金，這個糞，學生捨不得。若無糞壅稻苗，怎得穀子成器？這糞滋五穀，土養民，老夫不要，望公祖追來公用。（外）年兄請了。（淨）還是公祖大人坐。（外）年兄請坐。（淨）學生怎敢佔坐❺，還是公祖大人坐。（外）年弟有句話，守公到怕不知。吉長官起送守公，已後是陶長官。陶長官去後，卻是學生補任三月。（生）如此上司了。（跪介。外）請起。（生）學生侍坐。（外）還是年兄坐。（淨）若如此，老夫佔了。（生）學生傍坐。（外）怎麼是這等，擡那桌兒下來。（生、淨）告坐。（外）請坐。年兄，福建好地方。（淨）年兄，你可省得他說話？（外）我從在那裏，不曾聽得這話。年兄學與我聽一聽。（淨）我學生頭一年在那裏，半句也不省，後來就省得了。一日在船上，只見岸上一簇人在那裏啼哭，我問那門子，那些人為何啼哭？那門子說：沒有了個臉。我說：打官話說來。他說道：沒有了個兒子，在那裏啼哭。我方才曉得臉是兒子。（外）女壻叫什麼？（淨）叫東婆臉。（外）女兒叫什麼？（淨）叫娘臉。（外）他那裏路道難行。（淨）路道崎嶇難行。他那裏有菡萏❻灘難行。（外）什麼灘？（淨）菡萏灘。（外）守公，年兄學那福建詞到好聽，唱一個兒。（淨）這就不該了，你我是年家頑慣，祖父母❼在此，焉敢放肆。（外、生）這個不必謙。（淨）恰不當，鄧興你依唱。（淨諢唱）今宵五彩團圓，將手掩上房門。郎脫褲，奴脫裩，齊著力，養個兒子做狀元。（外）年兒，一個字也不省。（淨）叫做什麼賀新郎，那門子寫出來，方才曉得。（外）請了。（淨）今

❺ 佔坐：坐下。

❻ 菡萏：荷花。南唐李璟攤破浣溪沙：「菡萏香銷翠葉殘，西風愁起綠波間。」

❼ 祖父母：對知府以上地方官的尊稱。縣令為父母官，知府以上便稱祖父母、老祖父母等。

日喜酒落得吃一杯。(外)年兄出一令。(淨)老拙說個數目口令，說著數，就是他吃。(外)年兄出令。(淨)要一、二、三、四、五、六、七、八、九、十。(外)如今年兄起。(淨)一、二、兩、三、四、五、六、六、七、八、九、十。(外)年兄多了「兩」、「六」。(淨)如今公祖起。一、二、不要。兩、三、四、五、六、七、八、九、十。(外)又是年兄。(出釵介。淨)擡禮過來觀看。老夫鄧識寶，取在手內，便知什麼寶貝。(外)送去鄧爺看。(淨看)聞又不香，捏又無痕。起初鄧識寶，如今不識寶。公祖大人識窮天下寶，讀盡世間書。還是祖父母大人看。(外)送去王爺看。(生看介)

【一江風】見荊釵不由我不心驚駭，是我母親頭上曾插戴，這是那得來？教我揵耳揉腮❽，欲問猶恐言相礙。心中輾轉猜，原是我家舊聘財。天那，這是物在人何在？

(外)守公睹物傷情，必有緣故，何不對我一說？(生)實不瞞老大人說，這荊釵下官聘定渾家之物。

(外)既是守公聘定令正❾之物，願聞詳細。

【駐馬聽】(生)聽訴因依，昔日卑人貧困時，忽有良媒作伐，未結婚姻，愧乏財禮，荊釵遂把聘錢氏。(外)成親幾年？(生)結親後即赴春闈裏，幸喜及第。(外)除授那裏？(生)除授饒州僉判，叨蒙恩庇。(外)為何潮陽去？

❽ 揵耳揉腮：即「抓耳撓腮」，表示焦灼、無奈。

❾ 令正：正妻。舊時以嫡妻為正室，所以稱對方的正妻為令正。吳承恩西遊記第五十九回：「尊府牛魔王，當初曾與老孫結義，乃七兄弟之親。今聞公主是牛大哥令正，安得不以嫂嫂稱之。」

【前腔】（生）再聽因依，說起教人珠淚垂。（外）中間必有緣故。（生）為參万俟丞相，招贅不從，反生惡意，將吾拘繫。奏官裏⑩，一時改調蠻煙地。（外）為何改調？（生）要陷我身軀，同臨任所，五載不能僉替⑪。（外）曾有書回？

【前腔】（生）曾寄書回，深恨孫郎故換易。（外）你家須認得字跡。（生）奈我妻家不辨字跡差訛，語句真異。岳翁妻母見差池，逼勒荊婦重招壻。（外）令正從否？（生）苦不遵依，將身投溺江心裏。

【前腔】曾薦亡妻，原籍視臨在宮觀裏。我在迴廊之下，見一佳人，與妻無二。教人輾轉痛傷悲，今朝又見荊釵記。睹物傷悲，人亡物在，空彈珠淚。

【前腔】（外）休皺雙眉，聽俺從頭說仔細。我在東甌發足⑫，渡口登舟，一夢蹺蹊⑬。（生）夢見甚的？（外）道五更一女來投水，急令稍水忙撈取。休得傷悲，夫妻再得諧連理。

【前腔】（淨）此事真奇，節婦義夫人怎比？年兄，疾忙開宴，請出夫人，就此相會。天教今日重完聚，金杯捧勸須當醉。（生）深感提攜，從今萬載傳名譽。

---

⑩ 官裏：猶官家，指皇帝。宋周密武林舊事卷七：「是日官裏大醉，中后宣逍遙子入便門升輦還內。」

⑪ 僉替：調動。

⑫ 發足：起程。三國魏劉劭人物志七繆：「驥士發足，眾士乃誤；韓信立功，淮陰乃震。」

⑬ 蹺蹊：可疑。朱子語類卷二十九：「如一件事物相似，自恁地平平正正，更著不得些子蹺蹊。」

（淨）夫守義，真是傑；妻守節，真是烈。年兄申奏朝廷，禮宜旌表⑭。下官告退。有緣千里能相會，無緣對面不相逢。（下。外）梅香，請小姐出來。

【哭相思】（旦上）妮子傳呼意甚美，尚未審凶和喜。（外）兒，王守公正是你丈夫。（生、旦）每痛憶伊作幽冥鬼，不料重逢你！（外）快去府裏請太夫人相見。（老旦上）公相相招會兒婦，焉敢躊躇。（旦）婆婆，自從那日別離，今日又得相會。

【紅衫兒】（老旦）自那日投江隨潮去，痛苦傷悲。忽聞人報導身亡，轉教人痛悲。若不遇公相相留，怎能勾夫妻重會？效銜環結草⑮，當報恩義。

（末上）出入朝廷，強似蕊宮仙島。聖旨已到，跪聽宣讀。詔曰：朕聞禮莫大於綱常，實正人倫之本。爵宜先於旌表⑯，益厚風俗之原。邇者福建安撫錢載和，申奏吉安府知府王十朋，居官清正，而德及

---

⑭ 旌表：表彰。以官方名義對忠孝節義人物立牌坊賜匾額，樹為榜樣。晉書荀崧傳：「今承大弊之後，淳風頹散，苟有一介之善，宜在旌表之例。」

⑮ 銜環結草：後漢書楊震傳李賢注引南朝梁吳均續齊諧記華陰黃雀記楊震之父楊寶故事：「寶年九歲時，至華陰山北，見一黃雀為鴟梟所搏，墜於樹下，為螻蟻所困，寶取之以歸，置巾箱中，唯食黃花，百餘日毛羽成，乃飛去。其夜有黃衣童子向寶再拜曰：『我西王母使者，君仁愛救拯，實感成濟。』以白環四枚與寶：『令君子孫潔白，位登三事，當如此環矣。』」左傳宣公十五年：「魏武子有嬖妾，無子。武子疾命顆（魏武子之子）曰：『必嫁是。』疾病，則曰：『必以為殉。』及卒，顆嫁之，曰：『疾病則亂，吾從其治也。』及輔氏之役，顆見老人結草以亢杜回，杜回躓而顛，故獲之。夜夢之曰：『余，而所嫁婦人之父也。爾用先人之治命，余是以報。』」

黎民。其妻錢氏，操行端莊，而志節貞異。母張氏，居孀守共姜之誓，教子效孟母之賢⑰。似此賢妻，似此賢母，誠可嘉尚。義夫之誓，禮宜旌表。今特陞授王十朋福州府知府，食邑⑱四千五百戶。妻錢氏，封貞淑一品夫人⑲。母張氏，封越國夫人⑳。亡父王德昭，追贈天水郡公㉑。宜令欽此。謝恩！

（生）萬歲！萬歲！萬萬歲！

【大環著】（外）那一日江道，那一日江道，得夢蹊蹺。靈神對吾曾說道，見佳人果然聲韻㉒高。投水江心早，稍公救撈，問真情取覆㉓言詞了。留為義女，帶同臨任所福州道。

（合）怎知今日，夫妻母子，子母團圓，再得重相好。腰金衣紫還鄉，大家齊歡笑，百

---

⑯ 爵宜先於旌表：爵位名義應該在旌表之前發布。

⑰ 孟母之賢：孟子幼年因住處靠近墓地，嬉戲時常「為墓間之事」，孟母遂遷之街市附近。孟子又學「為賈人炫賣之事」。再遷至學宮旁，「乃設俎豆揖讓進退」。孟母曰：「真可以居吾子矣」」（見列女傳母儀）。又列女傳鄒孟軻母：「自孟子之少也，既學而歸。孟母方績，問曰：『學何所至矣?』孟子曰：『自若也。』母以刀斷其織，孟子懼而問其故，孟母曰：『子之廢學，若吾斷斯織也。』」

⑱ 食邑：古代君主賜予臣下作為世祿的封地。漢書蕭何曹參傳：「上以何功最盛，先封為酇侯，食邑八千戶。」

⑲ 一品夫人：朝廷封賜的最高一級貴婦的榮銜。宋王炎盧夫人輓詩：「一品夫人貴，千秋列女傳。」

⑳ 越國夫人：對女性的一種榮譽稱號，並非真的擁有此地。越國，春秋時的諸侯國，在今浙江一帶。

㉑ 天水郡公：一種名譽封號。天水，郡名。在今甘肅天水市一帶。

㉒ 聲韻：本來指詩文藝品格調，這裡是借指錢玉蓮的品格氣質。

㉓ 取覆：謂稟告，請求答覆。宋朱熹約束榜：「如有未了文字，都吏次早揀牌入筒，取覆抽押。」

世永諧老。

【前腔】（旦）念奴家年少，念奴家年少，適侍英豪。在雙門㉔長成身自嬌，守三從四德㉕遵婦道，蘋蘩頗諳曉。母姑性驕，見孫郎富勢生圈套。家尊見高，就將奴與君成配了。（合前）

【前腔】（老旦）想當初窮暴㉖，想當初窮暴，豈有今朝。蒼天果然不負了，幸孩兒喜得名譽高。門閭添榮耀，闔家旌表，感皇恩母子得寵招。加官賜爵，受天祿滿門福怎消？（合前）

【前腔】（生）歎椿庭喪早，歎椿庭喪早，母氏劬勞。想當年運乖時未遭，對青燈簡編莫憚勞。萱親況年老，深蒙泰山，送荊釵豈嫌寒舍小。春闈應舉，助白金與我恩怎消？（合前）

【越恁好】（生）自上長安道，自上長安道，步蟾宮，掛紫袍。為不就万俟丞相寵招，不從贅配多嬌。（合）潮陽任所被改調，受千辛萬苦，因此上五年傷懷抱。

㉔ 雙門：兩家的門，指錢玉蓮的娘家和婆家。

㉕ 三從四德：舊時規範婦女的禮教。三從，是未嫁從父、出嫁從夫、夫死從子。四德，是婦德、婦言、婦工、婦容。元劉唐卿降桑椹雜劇第一折：「那堪媳婦潤連，三從四德為先。」

㉖ 窮暴：極度窮困。

【前腔】（旦）詐書傳報，詐書傳報，苦逼奴嫁富豪。遂投江，幸得錢安撫急撈救，免隨潮。

【尾】移宮換羽㉗雖非巧，倣古依今教爾曹，奉勸諸君行孝道。

夫妻節義再團圓，　母子重逢感上天。
深恨詐書分鳳侶，　痛憐渡口溺嬋娟㉘。
潮陽隔別三山㉙恨，　玄妙相逢兩意傳。
夙世姻緣㉚今再會，　佳名千古二儀㉛間。

㉗移宮換羽：指譜曲。宮、羽，與商、角、徵合稱「五音」。

㉘嬋娟：指美女。唐權德輿玉臺體十二首之二：「嬋娟二八正嬌羞，日暮相逢南陌頭。」

㉙三山：福州別稱，因其東為九仙山，西為閩山，北為越王山。

㉚夙世姻緣：前世姻緣。

㉛二儀：天地。曹植惟漢行：「太極定二儀，清濁始以形。」

附錄一　荊釵記歷代評論選輯

明徐渭南詞敘錄：

南曲固是末技，然作者未易臻其妙。琵琶尚矣，其次則玩江樓、江流兒、鶯燕爭春、荊釵、拜月數種，稍有可觀，其餘皆俚俗語也；然有一高處：句句是本色語，無今人時文氣。

明王世貞曲藻：

拜月亭之下，荊釵近俗而時動人，香囊近雅而不動人，五倫全備是文莊元老大儒之作，不免腐爛。

北人自王、康後，推山東李伯華。伯華以百闋傍妝臺為德涵所賞。今其辭尚存，不足道也。所為南劇寶劍、登壇記，亦是改其鄉先輩之作。二記余見之，尚在拜月、荊釵之下耳，而自負不淺。

明江盈科雪濤閣集卷二：

湯理問邀集陳園，楊太史、鍾內翰、袁國學同集，看演荊釵：侯家亭館殊突兀，畫棟年深半湮沒。老樹槎丫似禿翁，秋草蒙茸如亂髮。湯君脫冠自掃除，行炙以馬酒以車。褒衣肅客次第坐，奉觴蹴踖行赳趄。問客為誰？何官何氏？檇李中書，雲間太史。武陵廷尉，公安博士。本是同年及第人，臭味契合肝腸真。尊前大嚼意興劇，一石五斗何須論。主人愛客情獨諧，揀得梨園佳子弟。歌聲婉轉如串珠，又似鳴泉觸石際。傳奇演出號荊釵，恰少歡會多離哀。極意描寫逼真境，四座太息仍徘徊。或云此戲本偽撰，當日龜齡無此變。便如說夢向癡人，添出一番閒識見。從來天地是俳場，生旦丑淨由人裝。假固假兮真亦假，浪生歡喜浪悲傷。何如對客傾杯酒，且自雄談開笑口。醒能多事醉能忘，曲裏糟邱真樂土。五更酩酊金罍竭，歸鞭撻碎長安月。西窗一覺成未成，曉雞喔喔催明發。

明胡應麟莊嶽委談：

凡傳奇以戲文為稱也，亡往而非戲也，故其事欲謬悠而無根也，其名欲顛倒而無實也，反是而欲求其當焉，非戲也。故曲欲熟而命以生也，婦宜夜而命以旦也，開場始事而命以末也，塗汙不潔而命以淨也。凡此，咸以顛倒其名也。中郎之耳順而壻卓也，相國之絕交而娶崔也，荊釵之詭而夫也，香囊之幻而弟也。凡此，皆以謬悠其事也，由勝國而迄國初一轍，近為傳奇者，若良史焉，古意微矣。

明呂天成曲品卷下：

妙品一　荊釵

以真切之調，寫真切之情，情文相生，最不易及。詞隱先生稱其能守韻。然則今本有失韻者，蓋謄錄之訛耳。直當仰配琵琶而鼎峙拜月者乎！

明王驥德曲律論陰陽：

【梁州序】第三句第三字，亦似揭起，而亦以陽為妙，如「日永紅塵」與「一點風來」，「風」不如「紅」

妙。【勝如花】第三句第三字亦然，荊釵之「登山驀嶺」與浣紗之「登山涉水」，兩「登」字俱欠妙。餘可類推。

曲律論襯字：

凡曲自一字句起，至二字、三字、四字、五字、六字、七字句止。惟【虞美人】調有九字句，然是引曲。又非上二下七，則上四下五，若八字、十字以外，皆是襯字。今人不解，將襯字多處，亦下實板，致主客不分。如古荊釵記【錦纏道】「說甚麼晉陶潛認作阮郎」，「說甚麼」三字，襯字也。紅拂記卻作「我有屠龍劍釣鰲鉤射雕寶弓」，增了「屠龍劍」三字，是以「說甚麼」三字作實字也。

曲律雜論上：

古曲自琵琶、香囊、連環而外，如荊釵、白兔、破窯、金印、躍鯉、牧羊、殺狗勸夫等記，其鄙俚淺近，若出一手。豈其時兵革孔棘，人士流離，皆村儒野老塗歌巷詠之作耶？

古戲如荊、劉、拜、殺等，傳之幾二三百年，至今不廢。以其時作者少，又優人戲單，無此等名目便以為缺典，故幸而久傳。若今新戲日出，人情復厭常喜新，故不過數年，即棄閣不行，此世數之變也。

曲律雜論下：

嘗戲以傳奇配部色，則西廂如正旦，色聲俱絕，不可思議；琵琶如正生，或峨冠博帶，或敝巾敗衫，俱嘖嘖動人；拜月如小丑，時得一二調笑語，令人絕倒；還魂、「二夢」如新出小旦，妖冶風流，令人魂銷腸斷，第未免有誤字錯步；荊釵、破窯等如淨，不系物色，然不可廢；吳江諸傳如老教師登場，板眼場步，略無破綻，然不能使人喝采。浣紗、紅拂等如老旦、貼生，看人原不苛責；其餘卑下諸戲，如雜腳備員，第可供把盞執旗而已。

勸之曲品所載，搜羅頗博，而門戶太多。舊曲列品有四：曰神，曰妙，曰能，曰具。而神品以屬琵琶、拜月。夫曰神品，必法與詞兩擅其極，惟實甫西廂可當之耳。琵琶尚多拗字纇句，可列妙品；拜月稍見俊語，原非大家，可列能品，不得言神。荊釵、牧羊、孤兒、金印，可列具品，不得言妙。

明徐復祚曲論：

琵琶、拜月而下，荊釵以情節關目勝，然純是倭巷俚語，粗鄙之極；而用韻卻嚴，本色當行，時離時合。

明凌濛初譚曲雜劄：

曲始於胡元，大略貴當行不貴藻麗。其當行者曰「本色」。蓋自有此一番材料，其修飾詞章，填塞學問，了無干涉也。故荊、劉、拜、殺為四大家，而長材如琵琶猶不得與，以琵琶間有刻意求工之境，亦開琢句修詞之端，雖曲家本色故饒，而詩餘弩末亦不少耳。

白兔、殺狗二記，即四大家之二種也，今世所傳，誤謬至不可讀。蓋其詞原出以太質，索解人正難，而妄人每於字句不屬，方言不諳處，輒加竄改，真面目全失矣。荊、拜二記雖亦經塗削，而其所存原筆處，猶足以見其長，非後來人所能辦也。

吾湖臧晉叔，知律當行在沈伯英之上，惜不從事於譜。使其當筆訂定，必有可觀。晚年校刻元劇，補缺正訛之功，故自不少，而時出己見，改易處亦未免露出本相，識有餘而才限之也。荊釵一記，自謂得元人秘本。信韻叶而調諧矣，然穿鑿斧痕，豈皆岑鼎？如「草舍茅檐」一曲，本用監咸險韻，時本有一二犯別韻者，必是不知韻者訛之，固無可疑。而臧本韻韻皆嚴，誠為一洗；然「莫忘雎炊扊」一語，押則妙矣，句則奇矣，有以知其非元人面目也。澠淄之味，善嘗者自別之。不可枚舉。

明祁彪佳遠山堂曲品評尋親記：

詞之能動人者，惟在真切，故古本必直寫苦境，偏於瑣屑中傳出苦情。如作尋親者之手，斷是荊、殺一流人。惜兩加改削，訛處遂多。

遠山堂曲品評雙杯記：

張廷秀累遭困辱，易邵姓顯達。相傳為浙中一大紳，然實無此事也。近日詞場，好傳世間詫異之事，自非具高識者不能，不若此等直傳苦境，詞白穩貼，猶得與荊、劉相上下。

明卓人月孟子塞殘唐再創雜劇小引：

作近體難於古詩，作詩餘難於近體，作南曲難於詩餘，作北曲難於南曲。總之，音調法律之間，愈嚴則愈苦耳。北如馬、白、關、鄭，南如荊、劉、拜、殺，無論矣。入我明來，填詞者比比。大才大情之人，則大愆大謬之所集也。湯若士、徐文長兩君子，其不免乎？減一分才情，則減一分愆謬。張伯起、梁伯龍、梅禹金，斯誠第二流之佳者。乃若彈駁愆謬，不遺錙銖，而無才無情，諸醜畢見，如臧顧渚者，可勝笑哉！必也具十分才情，無一分愆謬，可與馬、白、關、鄭、荊、劉、拜、殺頡之頏之者，而後可以言曲，夫豈不大難乎？

明張岱陶庵夢憶卷四「嚴助廟」：

十五夜，夜在廟演劇，梨園必請越中上三班，或雇自武林者，纏頭日數萬錢，唱伯喈、荊釵。一老者坐臺下對院本，一字脫落，群起噪之，又開場重做。越中有「全伯喈」、「全荊釵」之名起此。

清李漁閒情偶寄結構第一減頭緒：

頭緒繁多，傳奇之大病也。荊、劉、拜、殺之得傳於後，止為一線到底，並無旁見側出之情。三尺童子，觀演此劇，皆能了了於心，便便於口，以其始終無二事，貫串只一人也。後來作者，不講根源，單籌枝節，謂多一人可增一人之事。事多則關目亦多，令觀場者如入山陰道中，人人應接不暇。殊不知戲場角色，止此數人；便換千百個姓名，也只此數人裝扮，止在上場之勤不勤，不在姓名之換不換。與其忽張忽李，令人莫識從來，何如只扮數人，使之頻上頻下，易其事而不易其人，使觀者各暢懷來，如逢故物之為愈乎？作傳奇者，能以「頭緒忌繁」四字刻刻關心，則思路不分，文情專一。其為詞也，如孤桐勁竹，直上無枝，雖難保其必傳，然已有荊、劉、拜、殺之勢矣。

閒情偶寄詞采第二：

吾於古曲之中，取其全本不懈，多瑜鮮瑕者，惟西廂能之。琵琶則如漢高用兵，勝敗不一；其得一勝而王者，命也，非戰之力也。荊、劉、拜、殺之傳，則全賴音律；文章一道，置之不論可矣。

閒情偶寄賓白第四詞別繁減：

琵琶、西廂、荊、劉、拜、殺等曲，家絃戶誦已久，童叟男婦，皆能備悉情由，即使一句賓白不道，止唱曲文，觀者亦能默會。是其賓白繁減，可不問也。

閒情偶寄演習部選劇第一別古今：

故開手學戲，必宗古本，而古本又必從琵琶、荊釵、幽閨、尋親等曲唱起。蓋腔板之正，未有正於此者。此曲善唱，則以後所唱之曲，板腔皆不謬矣。

清吳儀一吳吳山三婦合評牡丹亭還魂記所附或問十七則：

為曲者有四類：深入情思，文質互見，琵琶、拜月其尚也；審音協律，雅尚本色，荊釵、牧羊其次也；呑剝坊言讕語，白兔、殺狗之流也；專事雕章逸詞，曇花、玉盒之亞也。案頭場上，交相為譏，下此無足觀矣。牡丹亭之工，不可以是四者名之，其妙在神情之際。

清金埴不下帶編卷二：

蓋荊釵、琵琶均非實事，若院本則以二劇為冠。

清朱彝尊靜志居詩話卷四「徐畛」：

徐畛，字仲由，淳安人。洪武中征秀才，至藩省辭歸。有巢松集。識曲者目荊、劉、拜、殺為元四大家。殺狗記則仲由所撰也。其言曰：「吾詩、文未足品藻，惟傳奇詞曲，不多讓古人。」

清笠閣漁翁笠閣批評舊戲目：

拜月、荊釵，元之南曲也。

清李調元劇話：

荊釵劇見鶴林玉露：「龜齡及第甚晚，已有二子，並非新娶，而其母已沒。」今之荊釵傳奇，乃史氏妄作也。天祿誌餘謂：「玉蓮，王梅溪女。孫汝權，宋進士，與梅溪友善。先生劾史浩八罪，汝權實慫恿之，為史氏所最切齒，遂妄作荊釵傳奇，謬其事以蔑之。南宋餘姚許浩嘗賦荊釵百詠，即其事也。」楊升庵外集謂：「潛說友，乃宋安撫使，與賈似道同時。今傳奇王十朋有此人，訛以為錢，反以為梅溪前輩，謬也。」

清焦循劇說卷二：

甌江逸誌云：「王十朋，字龜齡，年四十七魁天下，以書報其弟夢齡、昌齡曰：『今日唱名，蒙恩賜進士及第，惜二親不見，痛不可言！嫂及聞詩、聞禮，可以此示之。』詩、禮，其二子也。此二語者，上念二親而不以科名為喜，特報二弟而不以妻子為先，孝弟之意可見矣。為御史，首彈丞相史浩。今世所傳荊釵記，玉蓮乃梅溪女，孫汝權乃梅溪同榜進士，史客故謬其說耳。」又一說：「玉蓮實錢氏，本倡家女。初王與之狎，錢心許嫁，後王狀元及第歸，不復顧，錢憤，投江死。」聽雨筆記云：「孫汝權乃宋朝名進士，有文集行世。玉蓮則王十朋女也。十朋劾史浩八罪，乃汝權嗾之，理宗雖不聽，而史氏子姓怨兩人刺骨，遂作荊釵記，以玉蓮為十朋妻，而汝權有奪配之事，其實不根之謗也。」冬夜箋記、天祿志餘與此略同。按：史載陳之茂嘗毀史浩，浩擬之茂進職，上曰：「卿以德報怨邪？」曰：「臣不知有怨。若以為怨，而以德報之，是有心也。」莫濟詆浩尤甚，浩薦濟掌內制，上曰：「濟非議卿者乎？」浩曰：「臣不敢以私害人。」浩寬厚如此，何其容獨惡於龜齡而見諸詞曲耶？書影亦辨之，云：「荊釵，後人謂史之黨為之以詈王者，宋時安得有傳奇也？」南窗閒筆云：「錢玉蓮，宋名妓，從孫汝權。某寺殿成，梁上題『信士孫汝權同妻錢玉蓮喜舍』。」此亦以錢玉蓮為妓；

而前則以為王不顧而投江，此則以為從孫而施寺，恐皆緣傳奇而傅會耳。河上楮談云：「或謂高作琵琶，陳留人多病之，乃作荊釵。蓋王梅溪、孫汝權皆永嘉人，故欲以報也。」升庵集云：「潛說友，宋之安撫使。今傳奇王十朋有此人，訛為『錢』。」

宋楊文公才思敏給。北朝致祭皇后文，楊捧讀，空紙無一字，隨自撰曰：「惟靈：巫山一朵雲，閬苑一團雪，桃源一枝花，秋空一輪月。豈期雲散、雪消、花殘、月缺！」仁宗大喜。此數語謂之一時敏給則可，謂之是祭皇后文，輕褻失體矣。柯丹邱荊釵記曲中用之，作梅溪祭玉蓮，確當不可易。（今坊本荊釵記無此祭文）

荊、劉、拜、殺，為劇中四大家。荊釵，柯丹邱作。白兔，即劉也。拜月，施君美作。君美名惠，元武林人。今名幽閨記。殺狗，俗名玉環，徐畛仲由作。仲由，淳安人，洪武中征秀才，至藩省，辭歸。有巢雲集。自稱曰：「吾詩、文未足品藻，惟傳奇、詞曲，不多讓古人。」

譚輅云：「荊釵相會處，不佳。後人改婦姑遇於舟中，愈於原本。」

高深甫作玉簪，假於湖以資談笑，當亦如琵琶之蔡邕、荊釵之王十朋耳。

清梁廷楠曲話李黼平序：

予觀荊、劉、拜、殺暨玉茗諸大家，皆未嘗斤斤求合於律；俗工按之，始分出襯字，以為不可歌；其實得國工發聲，愈增韻折也。故曲無定，以人聲之抑揚抗墜以為定。

清梁廷楠曲話卷二：

荊、劉、拜、殺，曲文俚俗不堪，殺狗記尤惡劣之甚者。以其法律尚近古，故曲譜多引之。

曲話卷三：

荊釵・堂試折，亦一曲兩用「錢」韻。

又：

荊釵曲白都近自然，惟赴試折家國離情，路上自不必向朋輩喁喁絮語，且末、淨合唱「蒙囑咐，牢記取，教我成名先寄數行書」，又居然與王十朋心事關照，殊嫌著相。焚香記・寄書折，關目與荊釵記大段雷同。金員外潛隨來東，孫汝權亦下第留京，一同也；賣登科錄人寄書，承局亦寄書，二同也；同歸寓所寫書，同調開肆中飲酒，同私開書包，同改寫休書，無之不同，當是有意剿襲而為之。

清平步青小棲霞說稗觀劇詩：

冬夜箋記：「每閱傳奇，輒嘆前賢父母妻妾為其溷亂，如荊釵記、王曾、呂蒙正。」

小棲霞說稗荊釵記：

通俗編卷三十七荊釵劇條引鶴林玉露：「王龜齡年四十七，大魁天下，以書報其弟曰：『今日唱名，蒙恩賜進士及第。惜二親不見，痛不可言！嫂及聞詩、聞禮，可以以詩示之。』詩、禮，其二子也。」按此，則龜齡及第甚晚，已有二子，並非新娶，而其母則已殤。今之荊釵傳奇，都不可檢。清高士奇天祿識餘卷上謂：「玉蓮者，王梅溪先生女。孫汝權，宋進士，與梅溪為友，敦尚風誼。先生劾史浩八罪，汝權實慫恿之，為史氏所最切齒，遂妄作荊釵傳奇，謬其事以蔑之。南宋餘姚許浩嘗賦荊釵百詠，蓋即其事。」楊升庵外集謂：「潛說友乃宋安撫使，今傳奇王十朋有此人，訛以為錢。考潛與賈似道同時，而傳奇反以為梅溪前輩，亦適見其謬矣。」

按蘇文忠公詩編注集成卷首姓氏永嘉賈氏巖老下詁案：梅溪有送賈巖老自閩還鄉詩，乃其妻弟也。是忠文娶於賈，非錢，傳奇之誣妄可證，惜晴江不及引也。江邨識餘本堅瓠丁集卷二所引，聽雨增記、甌江逸誌同，冬夜箋記已辨之。堅瓠集又引南窗閒筆云：「錢玉蓮，宋名妓，從孫汝權。某寺殿梁上題『信士孫汝權同妻錢玉蓮喜舍』。」鄺齋雜記卷三云：「應相伯言湖郡城門有石牌坊一座，大書『湖州協副將孫汝權同妻錢玉蓮建』。」則孫又為武人，而玉蓮其室非妓也。蓋即南窗閒筆之說，而莊誤述之。某協副將，至國朝始有此稱，明時尚稱副總兵，不名副將，何況南宋？此真輾展傳訛，不足詰也。柳南續筆卷一云：「王梅溪嘗讀書溫州江心寺。寺去桑門三里，溫州城門也。往來嘗與妓錢玉蓮善，約富貴納之。梅溪登第後，三年不還鄉，玉蓮為人逼娶，自沉於桑門江口。蜀人破堂和尚為錢先生湘靈述之如此，今其事備載湘靈集中。」甌江逸志及所載又一說，即鄺齋雜記、柳南所本，蓋即傳奇之誣而小變之。劣僧無識，惡舌妄傳，湘靈載入集何耶？忠文夫人既非錢氏，則異說汙蔑，紛紛變幻，於忠文何損毫末耶？攤飯續談云：「竹懶新著，周懋龍天錫嘗著說辨之，凡數百言。」

清楊恩壽詞餘叢話：

聽雨增記：「孫汝權乃宋朝名進士，有文集行世。玉蓮則王十朋女也。十朋劾史浩八罪，汝權實嗾之，理宗雖不聽，而史氏子姓怨兩人刺骨，故作荊釵記，以玉蓮為十朋妻，汝權有奪配之事。」又南窗閒筆：「錢玉蓮，宋名妓，從孫汝權。某寺殿成，梁上題『信士孫汝權同妻錢玉蓮喜舍』。」按此，則玉蓮確係汝權之妻矣。十朋無故受誣，殊為可惡。

孫秀昭示兒編：「北朝來祭章獻太后，楊大年捧讀祭文，僅空紙，無一字，因自撰云：『惟靈：巫山一朵雲，閬苑一堆雪，桃園一枝花，瑤臺一輪月。豈期雲散、雪消、花殘、月缺！』仁宗深嘆其敏捷。」案：此詞浮豔輕佻，施之君后，失禮已甚。錢竹汀宮詹云：「大年死於大僖四年；章獻之崩，大年死已久矣，其為委巷不經之談無疑。」荊釵記祭江一齣，其祭文云：「巫山一朵雲，閬苑一團雪，桃源一枝花，瑤臺一輪月。妻呵，於今是雲散、雪消、花殘、月缺！」施之於此，則妙文也。

清姚燮今樂考證：

周亮工云：「玉蓮，龜齡之女，汝權則佐龜齡劾侂胄者。龜齡傳奇，後人謂侂胄之黨為之以詈公者。然宋時安得有傳奇？或當侂胄之黨有為此語者，流傳人世，以訛傳訛，紊謬如是也。」

曲海總目提要卷四：白兔

元明以來，相傳院本上乘，皆曰荊、劉、拜、殺。荊謂荊釵，劉謂白兔，拜謂幽閨，殺謂殺狗記。又曰荊、劉、蔡、殺，謂琵琶也。樂府家推此數種，以為高壓群流。李開先、王世貞輩議論，亦大略如此。蓋以其指事道情，能與人說話相似，不假詞采絢飾，自然成韻。猶論文者謂西漢文能以文言道世事也。

曲海總目提要卷四：荊釵記

元人所撰。後人又加更改。有古荊釵及荊釵兩種，皆未知誰筆。王十朋事。據宋人傳奇點綴。考訂事實見後。

按此劇言溫州王十朋，以荊釵聘貢生錢流形之女玉蓮。時有孫汝權者，亦託流形妹張姑娘為媒。孫富王貧，玉蓮繼母欲以女嫁汝權，而玉蓮願嫁十朋，其父竟從女志。十朋既娶，應舉擢狀元。與榜眼王仕弘、探花周璧（一作周必大）同謁宰相万俟卨。卨欲贅十朋，十朋堅卻。時十朋、仕弘皆選僉判，十朋饒州，仕弘潮陽。卨怒十朋，遂換十朋於潮陽瘴地。汝權在京師聞卨欲贅十朋，會十朋託承局寄書迎母妻，汝權醉承局以酒，竊書改易，言已贅万俟，令妻改嫁。流形得書驚訝，繼母復聽張姑娘計，逼女嫁汝權。花輿入門，玉蓮遂投江殉節。福建安撫使錢載和舟過，急拯其溺。問係同姓，收以為女，而其家不知也。周璧為溫州節推，孫控錢賴婚，錢控孫威逼人命。錢供贅於相府之語，出孫口中，言其所目睹。璧與十朋同謁卨，見其以辭婚觸怒，意孫有詐，下之獄。十朋迎母至京，母責以重婚致媳自盡，十朋大慟。母知無此事，益悲痛，遂偕往潮陽，且令迎妻父母於署所。居三年，遷守吉安。載和赴閩，即遣使至饒訪十朋信。會仕弘沒於任，使者但見書王僉判之靈，誤報十朋已卒。玉蓮聞之，頓易縞素。既而載和移節兩廣，道經吉安，見其守投刺，名曰王十朋，心疑前者之誤。泊舟烏鵲山下，邀飲舟中，詢得其實，且使其妻邀十朋母於舟中，令女侍酒。姑媳乍相見，不覺愴然，已而涕泗交集。載和妻詰問，母乃具言其情，與媳抱持慟哭，呼十朋相見，骨肉並聚。而承局為吉安驛吏，十朋詰責之，始悉曾遇汝權醉酒易書之故。乃致札於璧，斃之獄中。

按宋朝典故，首甲及制科登第者，可得僉判。凡劇多以正生為狀元，惟此及呂蒙正、王曾、蔡襄、馮京、張九成等是實。狀元授僉判，亦惟此是實。但十朋曾守饒州，非僉判，亦未嘗守吉安也。万俟卨與十朋無涉，借以點染耳。

李日華紫桃軒雜綴：玉蓮，王梅溪先生十朋之女。孫汝權，宋進士，先生之友，敦尚風誼，先生劾史浩八罪，汝權實慫恿之，史氏所最切齒。遂妄作荊釵傳奇，故謬其事以蔑之耳。

劉氏鴻書聽雨增紀云：孫汝權，乃宋朝名進士，有文集行世。玉蓮，則王十朋之女也。十朋劾史浩八罪，乃汝權嗾之，理宗雖不聽，而史氏子姓怨兩人刺骨，遂作荊釵記誣之。以玉蓮為十朋妻，而汝權有奪配事，其實不根之謗也。瓊山丘文莊公之少也，其父為求配於土官黎氏，黎誚之曰：「是兒豈吾快壻耶」，不許。公遂作鍾情麗集，言黎女失身辜輅，他日黎得之，以百金囑書坊毀刻，而其本已遍傳矣。

又相傳溫州府城外有大橋，橋柱石上刻「孫汝權同妻錢玉蓮喜舍」，未知的否。

宋史：王十朋，字龜齡，溫州樂清人。秦檜死，上親政策士，諭考官曰：對策中有陳朝政切直者，並置上列。十朋以權為對，大略欲令威福一出於上，對策萬餘言。上嘉其經學淹通，議論醇正，遂擢為第一。詔十朋，乃親擢授紹興府僉判。孝宗時嘗知嚴州。累遷起居郎。上書論史浩八罪曰：懷奸，誤國，植黨，盜權，忌言，蔽賢，欺君，訕上。上為出浩知紹興府，十朋再論之，遂改與祠。十朋旋除吏部侍郎，力辭，出知饒州。嗣後凡歷四郡，以龍圖閣學士致仕。

周必大，字子充，江西吉安人，孝宗時宰相，與十朋同時。

錢載和等皆增出，史傳無其人。

附錄二　荊釵記序跋總評選輯

李卓吾批評荊釵記總評：

傳奇第一關棙子全在結構。結構活則節節活，結構死則節節死。一部死活，只系乎此。如荊釵之結構，今人所不及也。所稱節節活者也。夫婦之變，乃後母為祟耳，此意人人能道之。獨万俟強贅，孫子謀婚，俱從夫婦上橫起風波，卻與後母處照應，真絕妙結構也。又生出王士弘改調一段，於是夫既以妻為亡，妻亦以夫為死，各各情節，驀地橫生，一旦相逢，方成苦離歡合，乃足傳耳。至其曲白之真率，直如家常茶飯，絕無一點文人伎倆，乃所以為作家也。噫！荊、劉、拜、殺四大名家，其來遠矣，後有繼其響者誰也？噫！筆墨之林，獨一荊釵為絕響已哉。

清黃丕烈荊釵記跋：

余藏詞曲多舊本。蔡伯喈琵琶記巾箱本，已從郡故家收得，而為之裝潢藏弆矣。昨歲歲除，有書估以青蚨二分拾得舊刻原本王狀元荊釵記示余，余出番餅一枚易之，重其希有也。先是，裝潢某有子出閶，以見諸冷攤，忽視之，未之收。適余介渠裝潢，與琵琶記合裝，索余一番餅。至是，竟成奇貨。賤日，豈殊眾貴未始晤希，夫物則亦有然者矣。今春二月小晝始裝成，因記。復翁。

是書卷末，有「姑蘇葉氏戊廾梓行」八字，則此蓋郡中刊本也。然世鮮流傳者，故此書間有缺文，無別本可補。偶取坊間通行元曲本手補一二不全矣。書之難得如此。姑蘇葉氏，有明一代崑山文藏家，最著。此外，有洞庭葉家林宗昆仲是也。今「戊廿」，未知其的，志之備諗來者。復翁。

吳梅屠赤水評荊釵記跋：

丙子季冬，訪居子逸鴻於海上，因晤平湖葛君芃吉，出屠緯真校刊荊釵，為君家傳樸堂舊物，三世寶藏，為之欽仰不已。余見赤水所作如曇花、彩毫、修文三傳，穠麗有餘，獨少本色，至其評校古曲止有董詞、王詞，他未寓目。芃吉示我此帙，亦今歲眼福也。書中上下方校記頗詳，不知出自誰手，細核之，殊有見地。其云「萃雅」者，吳歈萃雅也。其云三籟者，南音三籟也。其云臧本者，臧晉叔改本也。晉叔改「臨川四夢」，余有臧本，而不知更有荊釵也。其云新譜者，吳江沈寧庵之侄自晉著有南詞新譜也。其云馮稿者，馮夢龍有南曲譜，徐靈昭評定長生殿曾一引證也。其云李批，李卓吾評刻本也。諸書或顯或不顯，而並集一書中，豈非盛舉乎？余荒齋藏弆有卓吾評刻本，獨無此種，今得縱覽一過，實出芃吉之賜，因記簡末，為他日詞林掌故云。丙子除夕，霜崖吳梅。（據北京圖書館藏古本荊釵記）

吳梅荊釵記跋：

明寧獻王撰。鬱藍生曲品，題柯丹邱撰，黃文暘曲海目仍之。蓋舊本題丹邱先生，鬱藍生不知丹邱先生為寧獻王道號，故遂以為柯敬仲耳。

荊釵曲本不佳，惟以藩邸之尊，而能洞明音呂，故一時傳唱，遍於旗亭，實則明曲中，尚是下里也。梅溪受誣，與中郎同。而為梅溪辨冤者，亦不乏人。有謂梅溪為御史，彈劾丞相史浩，史門客因作此記。玉蓮乃梅溪女，孫汝權為梅溪同榜進士。史客故謬其說，以聳人聽聞也。夫宋時安得有傳奇，此言殊不足辨。又有謂玉蓮實錢氏，本倡家女，初王與之狎，錢心已許嫁，後王狀元及第歸，不復顧錢，錢憤投江死。又有謂玉蓮宋名妓，從孫汝權，某寺落成，梁上題「信士孫汝權同妻錢玉蓮喜舍」，此亦以玉蓮為伎，而前則以失愛於王，憤而投江，後則以委身孫氏，布施僧寺。蓋皆緣傳奇傅會之，亦不足辨。明代皆以丹邱為柯敬仲，不知為寧獻王道號，一切風影之談，皆因是而起也。世傳梅溪祭玉蓮文，有「巫山一朵雲，閬苑一堆雪，桃源一枝花，瑤臺一輪月」四句，云出於楊大年，今傳刻本亦無此文，恐此曲已經後人改削矣。霜崖。（據曲選）

吳梅荊釵記跋：

元刊荊釵記，題丹邱先生撰。世皆以為柯敬仲，不知為寧獻王權也。王為太祖第十六子，洪武二十四年，就封大寧，永樂元年，改封南昌，晚慕沖舉，自號臞仙，涵虛子、丹邱先生，皆其別號也。王作曲甚多，有辨三教、勘妒婦、烟花判、瑤天笙鶴、白日飛升、九合諸侯、私奔相如、豫章三害、肅清瀚海、客窗夜話、獨步大羅天、楊姨復落娼諸種，而以荊釵為最著。此記曲本不佳，惟以藩邸之尊，而能洞明音呂，故一時傳唱，遍於旗亭，實則在明曲中尚是下里。梅溪受誣，與蔡中郎同。有謂梅溪為御史，彈劾丞相史浩，史門客因作此記。玉蓮乃梅溪女，孫汝權為梅溪同榜進士，史客故謬其說，以聳人聽聞也。夫宋時安得有傳奇？此言殊不足辨。又有謂玉蓮實錢氏，本倡家女。王初與之狎。後王及第歸，不復顧錢，錢憤投江死。又有謂玉蓮宋名妓，後適孫汝權。此皆緣傳奇傅會之，亦不足辨。記中純用本色語，確為明初人筆，惟赴試、閨念、憶母諸齣，摹仿琵琶，太覺形似。蓋孝陵酷愛東嘉之作，至比之布帛、菽粟。王作此記，亦曲從時尚也。吳中道和曲社，已一年矣。今歲周晬，同人奏荊釵全本。余亟處京師，未與盛會。猶記梨園中有「唱死琵琶，做死荊釵」之語，諸君獨不畏難耶？嗟呼！少年盛氣，多於牛腰，來日大難，味如雞肋。余卑棲塵俗，離群索居，南皮之遊，西園之宴，簪紱滿座，獨遺鯫生。重以畿甸傳烽，倉皇風鶴，湖山費淚，絲竹凋年，俛仰身世，蓋亦自傷遲暮矣。王戌四月長洲吳梅識於京都絨線胡同。（據戲曲第三輯）

專家校注考訂　古典小說戲曲大觀

世俗人情類

紅樓夢　饒彬校注
脂評本紅樓夢　馬美信校注
金瓶梅　劉本棟校注
老殘遊記　田素蘭校注
平山冷燕　張國風校注
品花寶鑑　徐德明校注
野叟曝言　黃珅校注
綠野仙蹤　葉經柱校注
禪真逸史　黃珅校注
海上花列傳　姜漢椿校注
九尾龜　楊子堅校注
醒世姻緣傳　袁世碩、鄒宗良校注
三門街　嚴文儒校注
花月痕　趙乃增校注
孽海花　葉經柱校注
魯男子　黃珅校注
遊仙窟　玉梨魂（合刊）　黃瑚、黃珅校注
筆生花　黃明校注
浮生六記　陶恂若校注

公案俠義類

水滸傳　繆天華校注
兒女英雄傳　繆天華校注
三俠五義　張虹校注
七俠五義　楊宗瑩校注
小五義　李宗為校注
續小五義　文斌校注
蕩寇志　侯忠義校注
綠牡丹　劉倩校注
羅通掃北　劉倩校注
楊家將演義　楊子堅校注
萬花樓演義　陳大康校注
粉妝樓全傳　陳大康校注
七劍十三俠　張建一校注
包公案　顧宏義校注
海公大紅袍全傳　楊同甫校注
施公案　黃珅校注

歷史演義類

三國演義　饒彬校注
東周列國志　劉本棟校注
東西漢演義　朱恒夫校注
隋唐演義　嚴文儒校注
說岳全傳　平慧善校注
大明英烈傳　楊宗瑩校注

神魔志怪類

西遊記　繆天華校注
封神演義　楊宗瑩校注
濟公傳　楊宗瑩校注
三遂平妖傳　楊東方校注
南海觀音全傳　達磨出身
傳燈傳（合刊）　沈傳鳳校注

諷刺譴責類

儒林外史　繆天華校注
官場現形記　張素貞校注
文明小史　張素貞校注

鏡花緣　尤信雄校注
二十年目睹之怪現狀　石昌渝校注
何典　斬鬼傳　唐鍾馗平
鬼傳（合刊）　鄔國平校注

擬話本類

拍案驚奇　劉本棟校注
二刻拍案驚奇　徐文助校注
喻世明言　徐文助校注
警世通言　徐文助校注
醒世恒言　廖吉郎校注
今古奇觀　李平校注
豆棚閒話　照世盃（合刊）
陳大康校注
石點頭　李忠明校注
十二樓　陶恂若校注
西湖佳話　陳美林、喬光輝校注
西湖二集　陳美林校注

型世言　侯忠義校注

著名戲曲選

竇娥冤　王星琦校注
漢宮秋　王星琦校注
梧桐雨　王星琦校注
琵琶記　江巨榮校注
第六才子書西廂記　張建一校注
牡丹亭　邵海清校注
荊釵記　趙山林校注
荔鏡記　趙山林、趙婷婷校注
長生殿　樓含松、江興祐校注
桃花扇　陳美林、皋于厚校注
雷峰塔　俞為民校注

琵琶記

高明／著　江巨榮／校注　謝德瑩／校閱

《琵琶記》以小孝、大孝的爭論為戲劇衝突的起點，一邊寫蔡伯喈進京，步步高昇，沉迷功名富貴；一邊寫趙五娘吃糠賣髮，獨力築墳，歷盡苦難折磨；這一樂一苦、一富一貧，形成了強烈對比，加深了悲劇效果。在思想與藝術上，無論是人物形象塑造、戲劇結構和語言、音樂格律方面都有突出的成就，因而被尊為南曲之祖、傳奇之祖。